本书系教育部人文社会科学研究一般项目（青年基金项目）"唐代小说在英语世界的传播与接受"（17YJC751048）结项成果

TANGCHUANQI ZAI YINGYU SHIJIE DE
CHUANBO YU JIESHOU YANJIU

唐传奇在英语世界的传播与接受研究

张莉莉◎著

中国社会科学出版社

图书在版编目(CIP)数据

唐传奇在英语世界的传播与接受研究/张莉莉著. —北京：
中国社会科学出版社，2023.12
ISBN 978-7-5227-2919-0

Ⅰ.①唐… Ⅱ.①张… Ⅲ.①传奇小说—小说研究—中国—唐代
②传奇小说—传播学—研究—中国 Ⅳ.①I207.41

中国国家版本馆 CIP 数据核字(2023)第 248653 号

出 版 人	赵剑英	
责任编辑	杨 康	
责任校对	赵雪姣	
责任印制	戴 宽	

出 版	中国社会科学出版社
社 址	北京鼓楼西大街甲 158 号
邮 编	100720
网 址	http://www.csspw.cn
发 行 部	010-84083685
门 市 部	010-84029450
经 销	新华书店及其他书店
印 刷	北京明恒达印务有限公司
装 订	廊坊市广阳区广增装订厂
版 次	2023 年 12 月第 1 版
印 次	2023 年 12 月第 1 次印刷
开 本	710×1000 1/16
印 张	16.25
插 页	2
字 数	206 千字
定 价	89.00 元

目 录

第一章　绪论

唐传奇是一种体制较为完备的文言短篇小说，构思奇特，富有玄幻色彩，唐传奇的繁盛期出现在唐代宗到唐宣宗间约百年的时间里，诞生了许多脍炙人口的作品，如《莺莺传》《霍小玉传》《枕中记》《南柯太守传》《虬髯客传》等。现存的唐传奇主要保留在宋代李昉等编撰的《太平广记》中，还有一部分保存在《文苑英华》《类说》《太平御览》等文集中。唐传奇脱胎于六朝志怪小说，它的出现有赖于写作者文学意识的觉醒，鲁迅曾在《中国小说史略》中评价唐传奇："小说亦如诗，至唐代而一变，虽尚不离于搜奇记逸，然叙述宛转，文辞华艳，与六朝之粗陈梗概者较，演进之迹甚明，而尤显者乃在是时则始有意为小说。"[①] 唐传奇是中国小说发展史上不可或缺的一环，它承前启后，奠定了中国现代小说艺术的基础，也引发了中国文学理论与观念的深层变化。

国内的唐传奇研究成果较早被介绍到英语世界的是陈寅恪先生的文章《韩愈和唐代小说》，此文1936年被美国的魏楷（J. R. Ware）教授译成英文发表，[②] 一经刊登便吸引了不少西方汉学家的注意，

---

① 鲁迅：《中国小说史略》，商务印书馆2011年版，第65页。

② Tschen Yinkoh, "Han Yü and The T'ang Novel", *Harvard Journal of Asiatic Studies*, Vol. 1，No. 1，1936，pp. 39 – 43. 魏楷教授将题目中的"小说"一词译为novel，但novel主要指的是长篇小说，而唐传奇是文言短篇小说，所以我们认为这里译成tale或者story更为恰当。

他们对韩愈与唐传奇兴起的关系尤为感兴趣，陈寅恪在文中的观点得到了他们的认可，部分汉学家在自己的研究中加以引用。在西方，唐传奇于整个 20 世纪一直为汉学界所青睐，它激发了诸多批评家的文学想象，成为经久不息的学术话题。英语世界的唐传奇研究阵地出现在英美汉学界，涌现出一批值得关注的研究成果。

本书的研究对象是英语世界的唐传奇，也就是对英语世界的唐传奇研究予以系统地归类总结，即"研究之研究"，它的价值在于："文学研究，是研究者透过时空的间隔对文学现象的反求构筑。而研究之研究，又是透过双重的时空对这一构筑的再次反求。看来这是同一向度的对'过去'的重复采掘，但它的用意已不止在作家与研究本身。"① 我们意图勾勒出唐传奇在英语世界的传播与接受之变化轨迹，同时观照国内唐传奇研究的路径和方法，以此形成跨文明研究的互补态势。

一 研究目的和学术价值

本书的写作意图是为国内外学者提供具有一定原创性与稀缺性的材料，提升唐传奇研究的学术价值。我们以共时和历时的双重维度，梳理英语世界唐传奇研究的发展脉络，总结英语世界唐传奇研究的得失，将其纳入学术史研究体系去阐释异质文化间的差异与互补，通过对唐传奇文本分析去探讨西方研究者对选题的取舍、美学的诉求，借此揭示中西方唐传奇的研究维度和话语空间的差异。反观国内对英语世界唐传奇翻译和研究状况的研究，始终处于松散状态，只有极少数著作略微提及，这与中西方的深度文化交流与互证互补的发展目标显然不一致，所以我们希望能

---

① 宋永毅：《老舍与中国文化观念》，学林出版社 1988 年版，第 253 页。

为中西方的唐传奇研究架构一座沟通之桥，使唐传奇研究能真正做到借鉴互补。"当前中国文学在跨文化传播中流传最广的是以英语为交际手段的文化圈，即'英语世界'。因此，研究中国文学在英语世界的流传情况，不仅对全面评价中国文学的历史影响、弘扬中华文化、促进我国人民的对外交往与国际合作具有非常重要的意义，也有助于加强中国文学史、中国文学批评史、比较文学和文化等学科的理论建设。"[①] 因此，这一选题对于国内的唐传奇研究具有一定的理论意义和实践价值。

第一，课题的资料价值。英语世界的研究者对唐传奇研究有着强烈的兴趣，具体表现在研究成果的数量、研究实绩、研究群体规模及分布、研究历史等方面。本课题注重资料的翔实和科学性，通过收集、梳理、总结，为国内的唐传奇研究提供全面、系统的资料参考。国内学界对唐传奇的研究触及研究所能到达的每个层面，但对国外唐传奇研究状况仍然较为陌生，英文相对较弱的学者无法通过直接阅读第一手研究资料全面了解英语世界的唐传奇研究现状。就国内现有为数不多的关于国外特别是英语世界中的唐传奇研究情况来看，内容分散零乱，研究缺乏深度。因此，对英语世界唐传奇研究的已有成果进行全面深入的梳理和探讨是十分必要的。

第二，有利于中西方唐传奇研究的平等对话、互释互补、共同发展。作为西方中国学研究的一部分，英语世界的唐传奇研究范围广泛，研究成果多样，涉及唐传奇诸多研究领域，虽然在研究的广度与深度上不及国内学者，但是，他们以自身的学术传统与理论方法丰富了唐传奇的研究，其研究方法也可供国内的唐传奇研究借鉴。当然，英语世界的唐传奇研究也和其他中国学研

---

① 黄鸣奋：《英语世界中国古典文学之传播》，学林出版社1997年版，第1页。

一样，存在诸多问题。中国古代文学博大精深，深奥难懂的语言势必影响许多汉学家对于中文原始文献的阅读理解，这种语言障碍难免会造成文化隔阂。西方学者的研究多为中学西释，解读中国传统文学经典虽有新意，呈现出丰富多彩的理论研究范式，但对于文本本身的意义解读却有一定的局限性。同样，西方汉学家意识到中华文明需要以镜像的方式审视自身的文化特质："中国文明在现时代所面对的决不再是某个粗蛮不文的、很快就将被自己同化的、马背上的战胜者，而是一个高度发展了的、必将对自己的根本价值取向大大触动的文明。可正因为这样，借别人的眼光去获得自知之明，又正是摆在我们面前的紧迫历史使命，因为只要不跳出自家的文化圈子去透过强烈的反差反观自身，中华文明就找不到进入其现代形态的入口。"① 当然，西方学者的研究，虽然在很大程度上依赖中国国内的基础研究成果，但是在文本内容、思想的理解和阐发上却有其自身特色。因此，英语世界对中国古典文学经典别具一格的审视，能给国内学者带来一定的启发性，为国内的唐传奇研究提供重要的推进价值。

第三，逐步完善英语世界里的中国文学与文化研究。目前，英语世界里的中国文学与文化研究正在学术界如火如荼地展开，已出版多部学术著作。如《英语世界里的〈诗经〉研究》（吴结评，四川大学出版社 2008 年版），《英语世界唐宋词研究》（黄立，四川大学出版社 2009 年版），《英语世界的郭沫若研究》（杨玉英，复旦大学出版社 2011 年版），《英语世界〈文心雕龙〉研究》（刘颖，巴蜀书社 2012 年版），《英语世界的〈红楼梦〉译介与研究》（王鹏飞，陕西师范大学出版社 2014 年版），《如何译介，怎样研究：中国古典词在英语世界》（涂慧，中国社会科学

---

① ［美］爱莲心：《向往心灵转化的庄子》，周炽成译，江苏人民出版社 2004 年版，序，第 1 页。

出版社 2014 年版），《沧浪诗话在西方》（蒋童、钟厚涛编著，中国文联出版社 2015 年版），《英语世界的〈孟子〉研究》（杨颖育，人民出版社 2015 年版），《英语世界的张爱玲研究》（柳星，中国社会科学出版社 2016 年版），《英语世界的胡适》（郑澈，中国社会科学出版社 2016 年版），《英语世界的元杂剧研究》（李安光，中国社会科学出版社 2017 年版），《英语世界清小说研究》（何敏，西南交通大学出版社 2017 年版），《英语世界的庄子主体形象构建研究》（王泉，中国社会科学出版社 2017 年版），《〈西游记〉在英语世界的译介与传播研究》（杜萍，中国社会科学出版社 2020 年版），《英语世界的六朝小说研究》（芦思宏，中国戏剧出版社 2020 年版）《英语世界的曹禺话剧研究》（韩晓清，中国社会科学出版社 2021 年版）等。

特别是国内著名学者曹顺庆教授主编了一套"英语世界中国文学的译介与研究丛书"，在学术界引起强烈反响，包括《英语世界的〈水浒传〉研究》（谢春平，中国社会科学出版社 2018 年版），《英语世界的〈易经〉研究》（李伟荣，中国社会科学出版社 2018 年版），《美国汉学界的苏轼研究》（万燚，中国社会科学出版社 2018 年版），《中国"现代派"诗人在英语世界的接受研究》（王树文，中国社会科学出版社 2018 年版），《〈楚辞〉在英语世界的译介与研究》（郭晓春，中国社会科学出版社 2018 年版），《英语世界的唐诗翻译——文本行旅与诗学再识》（王凯凤，中国社会科学出版社 2018 年版），《谢灵运诗歌在英语世界的译介及研究》（黄莉，中国社会科学出版社 2018 年版），《英语世界中的〈金瓶梅〉研究》（黄文虎，中国社会科学出版社 2019 年版），《中国古代女诗人在英语世界的传播与研究》（何嵩昱，中国社会科学出版社 2019 年版），《文化软实力视域下中国文学对外传播的历史变迁》（孔许友，中国社会科学出版社 2019 年版），

《英语世界的巴金研究》（王苗苗，中国社会科学出版社 2019 年版），《英语世界的中国神话研究》（郭恒，中国社会科学出版社 2020 年版），《英语世界的茅盾研究》（周娇燕，中国社会科学出版社 2020 年版）等。

本书可继续完善这种以域外视角观望中国文学与文化的前沿性课题，通过系统地介绍和探讨英语世界的唐传奇研究状况，以期为国内的唐传奇研究开拓更为宽阔的学术视野，提供更为丰富的学术资源，呈现科学、多元的学术思维。

二　英语世界唐传奇研究的国内现状

中国文学文本进入西方文化场域后，在新的时空语境中，必然会发生一定程度的变异。具有西方学术背景的汉学家在研究唐传奇时，异于中国学术语境的研究视角，不同的话语言说方式以及背后深层的变异原因，都是值得探究的。因此，英语世界的唐传奇研究成果也是国内学者关注的对象。目前，唐传奇研究在国内的研究成果众多，与之形成强烈反差的是，国内对英语世界的唐传奇研究了解不多，比较零散地出现在期刊、硕士学位论文以及各类专著中，主要体现在三个方面。

（一）国内唐传奇的英译研究

目前国内的唐传奇的英译研究成果比较少，只有少量相关英语专业的硕士学位论文和部分期刊论文，它们通常是从文本翻译的角度入手，比较国内外唐传奇译本的差异，关注语言层面的翻译技巧以及文化层面的意义转变。甘晓蕾的硕士学位论文《唐传奇意象英译的主体介入》（华东师范大学，2007 年）挑选了 11 篇唐传奇的代表文本，包括《任氏传》《莺莺传》《李娃传》《霍小玉传》《无双传》《柳毅传》《昆仑奴》《虬髯客传》《离魂记》

《枕中记》《定婚店》，中西译本 34 个，其中英译本的数量如下：《离魂记》《任氏传》《李娃传》都是 3 个译本，《莺莺传》《柳毅传》《定婚店》《枕中记》各有 2 个译本，《无双传》《昆仑奴》《霍小玉传》《虬髯客传》各有 1 个译本。① 作者运用认知语言学理论，分析在译者的介入下唐传奇意象怎样被保留、重组或创造。作者参考了《汉籍外译史》的资料，列出 11 位西方译者翻译过唐传奇的部分作品，但译本只到 1983 年为止，之后的译本没有收录其中，如高辛勇、宇文所安、马幼垣、倪豪士编选的译文集里的译本等。而且，宇文所安的唐传奇译本是公认的译作佳品。在本文研究时如果有遗漏，必然会削弱作者研究的权威性。就唐传奇英译本情况来看，文中提及最多的单篇英译本为 3 个，但是就我们掌握的资料发现英译本的数量远不止如此，如《莺莺传》的译本至少有 8 个，《任氏传》《虬髯客》《霍小玉传》的译本都在 6 个以上。李艾岭的硕士学位论文《宇文所安唐代传奇英译的描述性翻译研究》（西南财经大学，2008）运用描述翻译学理论分析了宇文所安选译的《诺顿中国文学选集：初始至1911》里的 4 篇唐传奇译本，包括《任氏传》《李章武传》《霍小玉传》《莺莺传》，除进行细致的文本对比之外，她还与杨宪益夫妇的译本进行了对比，在此基础上总结了宇文所安的翻译特色，关注其翻译技巧和翻译规则背后的社会文化因素。文中有一个错误需要指出来，她将李豪伟（Howard S. Levy）错认为日本人，②《游仙窟》虽是在日本出版的，但李豪伟其实是美国人，他此后还写过多篇唐传奇的研究论文。席珍彦的硕士学位论文《宇文所

---

① 甘晓蕾：《唐传奇意象英译的主体介入》，硕士学位论文，华东师范大学，2007 年，第 2—3 页。

② 李艾岭：《宇文所安唐代传奇英译的描述性翻译研究》，硕士学位论文，西南财经大学，2008 年，第 39 页。

安中国古典文学英译述评》（四川大学，2005 年）第四章分析了宇文所安翻译的《莺莺传》的特色，从结构、翻译技巧、叙事话语等方面运用小说翻译理论来展开阐释，并对照评析《任氏传》的宇文所安的译本和杨宪益夫妇的译本的异同。其实我们发现《任氏传》至少有 6 个译本，如果加强译本数量的对比，更能挖掘译本背后的文化因素。

刘赛玉的会议论文《翻译补偿在唐传奇〈虬髯客传〉译本中的应用》以电子科技大学教授周劲松在《翻译基础十二讲》（电子科技大学出版社 2016 年版）中的《虬髯客传》英译本为研究对象，指出在翻译实践中，使用翻译补偿策略如增益、具体化和概略化，能够尽量还原英语读者的阅读体验。房芳的《唐传奇英译中的虚涵数意——以〈虬髯客传〉三个译本为例》（《唐山文学》2017 年第 8 期）依据虚涵数意的翻译标准，评价了《虬髯客传》的杨宪益戴乃迭译本、周劲松译本和 Wang Jing 译本的不同翻译策略，三个译本的差异源于唐传奇英译目的的差异。刘贞、唐伟胜的《再论唐传奇篇名的英译：一种文类视角》（《解放军外国语学院学报》2019 年第 2 期）对唐传奇篇名的英译进行分类，探究其体现的文体特征。魏颃的硕士学位论文《英语世界的〈莺莺传〉与〈李娃传〉研究》（北京外国语大学，2019 年）从主题、人物形象和叙事学方面论述了唐传奇重要名篇《莺莺传》《李娃传》在英语世界的研究现状。笔者的《英语世界唐传奇译介的定量研究》（《中外文化与文论》2018 年第 2 期）以英语世界公开出版的唐传奇译本为研究对象，通过对英译中国文学选集的唐传奇作定量分析，目的在于考察英语世界唐传奇文本的实际地位，揭示唐传奇作品经典化形成的深层文化原因以及译者的主观性和独特性，总结英语世界唐传奇译介的特征和价值，进而探讨唐传奇在英语世界所经历的从模糊到明晰的文类界定变化。何文静的

《英语世界的唐代小说译介：翻译历史与研究现状》（《三峡大学学报》2019 年第 6 期）总结了英语世界的唐代小说译介主要的三种形式，指出影响现状的因素、对外传播策略和素材的选择对唐代小说译介的影响极为关键。何文静的另一篇论文《英语世界唐代小说翻译的非文学取向》（《三峡大学学报》2017 年第 6 期）指出西方汉学界从早期的俯视和仰慕中国，到中期的"发现"中国，再到后期寻找当代中国的盛唐影子，这种变化在翻译中呈现不同的价值取向，反映了中国形象的变化特征。

另外，中国翻译家杨宪益和戴乃迭为唐传奇的译介做出了重要的贡献。这对恩爱伉俪于 1954 年出版了《龙王的女儿：十个唐代故事》，将十个唐传奇故事翻译成英文，介绍给西方读者，包括《补江总白猿传》《任氏传》《柳毅传》《霍小玉传》《南柯太守传》《李娃传》《无双传》《杜子春传》《昆仑奴》《虬髯客传》。上面的三篇英语专业的硕士学位论文均提到杨氏夫妇的唐传奇译本，不过，像《莺莺传》《枕中记》等名篇没有被这对夫妇译介，属实让国内外读者失去了一次与文学翻译经典接触的机会。

（二）中国古典文学域外译介研究中的唐传奇研究

从 20 世纪 80 年代开始，国内学界提出了复兴比较文学的口号，立足中外文学关系的影响研究重新回到研究者的视野，西方汉学研究的价值逐渐被国内学术界关注，所谓"求新声于异邦"，异域文化语境下对中国文学的译介与研究所采用的研究方法和研究视角总能给国内研究带来启示。国内出现一批介绍中国古典文学在域外接受情况的编著，其中有多部与唐传奇研究相关。

王丽娜的《中国古典小说戏曲名著在国外》（学林出版社 1988 年版）是国内较早综合性地研究中国文学作品在海外传播情况的专著。该书以中国古典小说和戏剧的单个作品为线索，从文献学角度系统梳理译文情况和研究论著，涉及英、俄、朝、日等多种语言。资料丰富翔实，但收录的唐传奇资料较少，主要是《游仙窟》的资料，编者只列出一个英译本，译者为豪沃尔·莱维（Howarl S. Levy），列出两篇研究《游仙窟》的论文，一篇论文是 Chung-han Wang 考证《游仙窟》的作者，另一篇论文是韦利对豪·美维译本的评论。① 对于《游仙窟》的译者李豪伟，究竟是 Howarl S. Levy 还是 Howard S. Levy，我们进行了考证，发现王丽娜将李豪伟的名字误写为 Howard S. Levy，② 以讹传讹，此后很多人引用此资料便发生这样的错误，如马祖毅等编撰的《汉籍外译史》、甘晓蕾和李艾岭的硕士学位论文。③

张弘的《中国文学在英国》（花城出版社 1992 年版）勾勒了中国文学在英国的传播图景，论述了从 17 世纪英国的中国热到 20 世纪 90 年代约 400 年的中国文学接受史。书中的第五章概述英国对中国古代小说的译介，其中的唐传奇部分主要介绍韦利、杜德桥和张心沧三人的研究成果。编者特别肯定韦利对敦煌变文研究的贡献，对韦利的唐传奇研究只简单提及他译介的《莺莺传》和《李娃传》。虽然张心沧的《中国神怪故事》翻译和介绍了唐传奇中的许多优秀作品，但是编者对此书的看法是"却根本没有涉及变文与话本在从志怪到传奇的发展过程中的作用"④。同样遗憾的还有杜德桥的《李娃传》研究，编者指出杜德桥虽然提

① 王丽娜：《中国古典小说戏曲名著在国外》，学林出版社 1988 年版，第 341 页。
② 韦利在 1966 年发表的论文《〈游仙窟〉中的口语》一文就是对李豪伟译本的评论，并有详细的例子对比，此文明确将李豪伟的名字写为 Howard S. Levy。谢丹尼（Daniel Hsieh）的专著 Love and Women in Early Chinese Fiction 参考文献的第 308 页也明确列出了李豪伟的名字为 Howard S. Levy。李豪伟发表的期刊论文有 "Love themes in T'ang literature"（Orient/West 7, No. 1, 1962）和 "T'ang Courtesans, Ladies and Concubines"（Orient/West 7, No. 3, 1962）等。
③ 《汉籍外译史》的错误在书中第 258 页，甘晓蕾的论文错误在第 2 页，李艾岭的论文错误在第 39 页。
④ 张弘：《中国文学在英国》，花城出版社 1992 年版，第 222 页。

供了一个可靠的文本依据，但对于变文、话本和传奇三者的关系并没有进行深入研究。编者着墨最多的是杜德桥译介的《李娃传》，由于杜德桥使用中国传统校勘学方法，编者将此看作英美新批评方法的回响。其实，我们认为杜德桥的这种研究方法更多受到阐释学的影响，杜德桥之后专门写下《〈李娃传〉再探》回应"过度注释"所引发的质疑。

宋柏年的《中国古典文学在国外》（北京语言学院出版社1994年版）以中国文学发展为线索，整体考察其在世界的影响和传播。书中的第十章是关于唐传奇的介绍，编者花了较多笔墨介绍荷兰汉学家高罗佩的《狄公案》系列侦探小说，认为其对唐传奇的创造性改造使得唐传奇在西方的影响达到高峰。编者重点介绍了苏俄唐传奇研究成果，对英美的研究成果只列出了三篇论文，分别是格伦·杜布里奇（又译为杜德桥）的《李娃传》、马幼垣的《唐传奇里的传奇和幻想》和柯蒂斯·艾德金斯的《唐代传奇故事里的主角》。显然，此书的唐传奇资料相对稀少且范围狭窄，远远少于我们所掌握的资料。

黄鸣奋的《英语世界中国古典文学之传播》（学林出版社1997年版）是一部有关中国文学在西方传播的研究著作，此书内容全面且在国内较有影响力。该书第五章"英语世界中国古典小说之传播"第二节"先秦至元朝小说之传播"涉及唐传奇研究资料，较之前对唐传奇研究成果的介绍更为宽泛和细致，也是目前国内对英语世界的唐传奇研究介绍最为详细的书籍。作者按照唐传奇研究内容分类概述，对《莺莺传》的译本只介绍到1977年荣之颖的专著《元稹》，并未提及宇文所安的译本，不过，宇文所安的译本是1996年才出现的，与该书的资料统计时间很接近，疏漏在所难免。编者还介绍了李豪伟的《游仙窟》译本和杜德桥的《李娃传》译本，当然，唐传奇的单篇译文还是比较多的，但是黄鸣奋列出的杨宪益、王德箴以及作者不详在北京出版的唐传奇译本，① 按照英语世界的范畴界定不能算在其中，只能算作国内的研究成果。编者接着列出了与唐传奇相关的九篇博士学位论文，时间截至 1993 年，其中列出的周宗德（D. E. Gjertson）《唐代佛教故事集〈冥报记〉的研究与翻译》（1975），我们在鲁迅的《中国小说史略》、汪辟疆的《唐人小说》、李剑国的《唐五代志怪传奇叙录》、程毅中的《唐代小说史》、李宗为的《唐人传奇》等著作中均未发现《冥报记》作为唐传奇集的证据，孙顺霖的《中国笔记小说纵览》（华东师范大学出版社 2013 年版）将《冥报记》看作志怪小说集，所以我们暂时将这一处资料排除在英语世界的唐传奇研究资料之外。我们找到的相关的唐传奇研究的博士学位论文为 18 篇，最近的时间为 2010 年。此外，编者在文中列出了唐传奇研究的专著只有李玉华的《幻想与现实：唐代小说爱情主题的对比》，我们掌握的资料跟唐传奇相关的研究专著多达 10 部，如薛爱华的《神女：唐代文学中的龙女与雨女》、谢丹尼的《中国早期小说中的爱情和妇女》、保罗·劳泽的《中国早期文本中的女性、性别和男性群体》等。从唐传奇的期刊论文情况来看，黄鸣奋虽然指出数量多，但只列出了 7 篇，且时间最多只到 20 世纪 90 年代之初。根据我们的统计，唐传奇研究的期刊论文有将近 70 篇，20 世纪 90 年代书评有 30 多篇。黄鸣奋最后总结了英语世界的唐传奇研究特色，主要关注唐传奇的兴起和对比手法的运用。当然这只是唐传奇研究的一小部分，唐传奇研究最为突出的特点是多样的西方理论视角，唐传奇的改编研究也比较有特色。不过总的来说，黄鸣奋这本书相较于其他此类书来说，对唐传奇在英语世界的介绍是最多、最细致的。全书最大的缺憾在于对没

---

① 黄鸣奋：《英语世界中国古典文学之传播》，学林出版社 1997 年版，第 190 页。

有提及英国的唐传奇研究成果，特别是对英国汉学家杜德桥的唐传奇研究成果只字未提。

马祖毅和任荣珍编撰的《汉籍外译史》（湖北教育出版社2003年版）与黄鸣奋介绍的唐传奇情况互补，该书重点介绍唐传奇在英国的翻译情况，提及的资料包括张心沧编译的《中国神怪故事》列出7篇唐传奇英译，并介绍了20多篇唐传奇作品；此外介绍了韦利翻译的《莺莺传》，爱德华兹翻译的《李娃传》，杜德桥翻译的《李娃传》，1965年在日本东京出版、豪沃尔·莱维（Howarl S. Levy）翻译的《游仙窟》。① 实际上，就唐传奇在英语世界的译介和学术研究来看，美国的研究成果远远大于英国，不得不说这是该书在介绍唐传奇研究成果时出现的憾事。

夏康达和王晓平主编的《二十世纪国外中国文学研究》（天津人民出版社2000年版）在"欧美篇"第四章"中国小说研究"中提及唐传奇研究，认为西方的唐传奇研究是译介多讨论少；介绍了爱德华兹的《唐代散文作品》，简单指出《李娃传》《游仙窟》的译介较多；② 介绍了历代小说的合译本鲍吾刚（Wolfgang Bauer）和傅海波（Herbert Franke）的《金匮集》（慕尼黑，1959）和王际真的《中国传统的短篇小说》（纽约，1944），但编者并未指出这些译文集收录了唐传奇的译作。在论述中国小说的研究方法时，该书以张汉良（Chang Han-liang）的《杨林故事系列的结构分析》为例分析如何运用结构主义方法研究唐传奇作品。总的来说，此书对于20世纪英语世界的唐传奇研究的介绍相当少。

张海惠主编的《北美中国学：研究概述与文献资源》（中华书局2010年版）花了近千页的篇幅，对北美的中国学予以阶段

---

① 马祖毅、任荣珍：《汉籍外译史》，湖北教育出版社2003年版，第257—258页。
② 夏康达、王晓平：《二十世纪国外中国文学研究》，天津人民出版社2000年版，第298页。

性总结，哈佛大学田晓菲教授撰写的《关于北美中国中古文学研究之现状的总结与反思》，提及包括唐传奇在内的中国中古文学在北美汉学界遭遇的问题和挑战，判断未来汉学的潮流和趋势。其中列举的唐传奇资料主要有海陶玮研究《莺莺传》的论文，还有莎拉·艾兰发表的论文《重述故事：一个唐代故事的叙述变异》，该文比较同一个唐传奇故事在唐代有数种笔录的版本，跟其唐诗研究比起来，此文对唐传奇的关注十分有限。

顾伟列的《20世纪中国古代文学国外传播与研究》（华东师范大学出版社2011年版）专列一节介绍唐传奇在俄苏、欧美和亚洲的研究情况。有部分资料与黄鸣奋的《英语世界中国古典文学之传播》一书列出的资料相同，如有关唐传奇比较的论文，有关古文运动、科举与唐传奇繁荣的论文等，对唐传奇的艺术特色和文学价值的研究资料标注参考了黄鸣奋的材料。[①] 该书在列出志怪与唐传奇关系的研究论文时，发生了书写错误，周宗德（D. E. Gjertson）根据博士学位论文出版的著作《奇异的报应：唐临〈冥报记〉研究与翻译》，[②] 周宗德的名字D. E. Gjertson却被写成了D. H. Schafer。另外，文中提及的刘若愚的《中华游侠》和薛爱华的《神女：唐代文学中的龙女与雨女》并不是论文，而是专著，《中华游侠》的内容不是描绘唐传奇的志怪故事，而是描写了唐传奇英雄故事如《聂隐娘》《虬髯客传》《红线》等。但该书最大的亮点有两处，一是探讨了英国汉学家杜德桥对唐传奇研究的贡献，评论了杜德桥的译著《李娃传》的特色和文学价值。二是对评价美国汉学家宇文所安的唐传奇研究，编者指出中

---

① 顾伟列主编：《20世纪中国古代文学国外传播与研究》，华东师范大学出版社2011年版，第253页。

② Donald E. Gjertson, *Miraculous Retribution*：*A Study and Translation of T'ang Lin's "Ming-pao Chi"*, Berkeley：University of California, Center for South and Southeast Asian Studies, 1989.

唐时代的浪漫文化深刻影响着唐传奇的兴起。

综上所述，国内学者对唐传奇在英语世界的传播研究极具学术价值，也为我们查找文献资料提供了不少有益的借鉴。然而，这些针对唐传奇的研究较为零散，大多停留在对资料的收集整理和对内容浮光掠影的介绍，系统完整的研究成果尚未出现，部分研究资料有疏漏之处。而且英语世界出现的一些最新成果并未被纳入研究中，就算最新出版的《20世纪中国古代文学国外传播与研究》一书，整理的唐传奇研究资料仍然不够新颖。因此，本书旨在全面梳理英语世界的唐传奇研究状况，系统挖掘其文献资料价值，考察西方汉学家的批评实践与所置身的社会文化思潮之关联，立足杂语共生的历史语境，探究其研究范式的不足，反思其跨文化阐释的优劣，评估唐传奇的学术史价值。

（三）国内关于西方汉学家的唐传奇研究

英语世界研究唐传奇的非华裔汉学家主要有杜德桥、宇文所安、倪豪士、海陶玮等，华裔汉学家有张心沧、马幼垣、鲁晓鹏、李惠仪、李玉华等。目前国内涉及唐传奇研究的西方汉学家主要有杜德桥、宇文所安和倪豪士，相关资料较为零散且数量不多。有关倪豪士的研究主要有期刊论文《关于倪豪士〈传记与小说〉的学术反思》（《沧州师范学院学报》2014年第2期）、《一生一世的赏心乐事——美国学者倪豪士教授专访》（《文学遗产》2002年第1期）。宇文所安对唐传奇的研究并不多，除1996年他编选的《中国文学选集——初始至1911年》翻译了《任氏传》《李章武传》《霍小玉传》《莺莺传》外，主要有《中国"中世纪"的终结：中唐文学文化论集》里的两篇唐传奇研究论文。所以国内对宇文所安的唐传奇研究只有关于《中国"中世纪"的终结：中唐文学文化论集》的少量书评。

国内学术界对英国汉学家杜德桥的研究比较多，相关的期刊论文有许浩然的《英国汉学家杜德桥与〈李娃传〉研究》（《海南大学学报》2012年第4期），此文探讨杜德桥研究《李娃传》的学术价值，指出他运用莎士比亚学方法、西方结构主义视角和中国传统的文史互证法对《李娃传》的多维度阐释。顾友泽的《目录学观照下唐传奇作品的发掘及其反思》（《南通大学学报》2008年第4期）针对杜德桥发表的《〈丁约剑解〉：一个唐传奇分类问题》一文提出自己的看法，驳斥了杜德桥认为《丁约剑解》受目录学限制未能选入唐传奇的观点，指出传奇概念在古代极为模糊，加之古代庞大的书籍书目，导致了《丁约剑解》无法列入唐传奇之列。尹德翔的《〈丁约剑解〉与传奇文体问题》（《求是学刊》2005年第5期），对杜德桥质疑唐传奇文体划分提出自己的看法，他通过对《丁约剑解》的评议发现鲁迅对传奇文体的处理严谨而灵活，故提出对杜德桥的唐传奇观点应理性对待。唐雯的硕士学位论文《论英国汉学家杜德桥之中国古代民间宗教研究》（华东师范大学，2008年）主要关注杜德桥的《广异记》研究，探讨杜德桥的汉学研究历史及特色，促进了国内对杜德桥唐传奇研究的理解。

另外，西方汉学家研究唐传奇的论著部分被译为中文出版。1998年，乐黛云编选的《欧洲中国古典文学研究名家十年文选》出版，该书选入英国汉学家杜德桥的《〈柳毅传〉及其类同故事》一文，论文比较了《柳毅传》和唐代三个与之类似的故事，对人兽鬼神之间关系的诠释是其共同点。2006年，汉学家宇文所安的《中国"中世纪"的终结：中唐文学文化论集》由生活·读书·新知三联书店出版，其中的文章《浪漫传奇》探讨《霍小玉传》，指出在这个关于爱情和背叛的故事里，读者所呈现的公众价值观介入整个故事的价值评判中，并引导了故事的发展。另一篇文章《〈莺莺传〉：抵牾的诠释》分析了张生和崔莺莺是一对相反的话语诠释者，但却相互抵触，最终社会群体再次闯入本属于他们的私人领地。2007 年，倪豪士的著作《传记与小说——唐代文学比较论集》在中华书局出版，该书一部分是倪豪士用中文写就的，另一部分是翻译其英文论义。与唐传奇相关的有《〈文苑英华〉中"传"的结构研究》《唐人载籍中之女性性事及性别双重标准初探》《〈南柯太守传〉、〈永州八记〉与唐传奇及古文运动的关系》《〈南柯太守传〉的语言、用典及外延关系》《唐传奇中的创造及故事讲述：沈亚之的传奇故事》，作者运用结构主义理论、语言学及历史考证等方法研究唐传奇作品。

二 研究方法和创新点

本书力求收集大量原始的英文资料，再结合海外学者既有的研究成果，以客观、严谨的学术态度，多角度、深层次地分析、阐释和评述英语世界中的唐传奇研究。

其一，实证性研究方法。本书主要是对英语世界的唐传奇研究成果的研究，需要考证和梳理丰富的文学、历史和文化史料，大量收集西方学者用英语著述的唐传奇研究资料，并对这些研究成果进行客观、准确的阅读、分析、比较与归纳，以期求得实证，避免流于空泛。

其二，定量分析方法。唐传奇作品数量众多，译本分布不一致，通过定量分析方法，选取多部英译中国文学选集中的唐传奇译本，以此考察唐传奇单篇作品在英语世界传播的程度，并分析背后的文化动因和作品经典化的样貌。

其三，比较文学变异学理论方法。文学变异学理论是由曹顺庆教授提出来的，作为比较文学新的研究理论和研究方法，有助于我们重新审视英语世界的唐传奇研究，分析因异质文化差异而造成的英语世界唐传奇研究中出现的误读与误解。

其四，跨学科研究方法。唐传奇在英语世界的传播与接受，体现了本课题的多学科性，它是一个复杂的文化现象，历史、文学、社会学、政治学等诸多学科牵涉其中，对其展开全面系统的研究，就需要了解运用相关学科的研究方法，对唐传奇进行多视角、多层次的系统研究。

本书的创新之处体现在以下几个方面。

第一，研究对象的独特性。英语世界的唐传奇研究是国内唐传奇研究的盲点区域，长期以来没有得到足够的重视。从国内对英语世界的唐传奇研究情况来看，资料极为分散，且出现了一定的错误，如译者名字的误写、对文本内容的认识不足等，所以这是一个崭新且特别有学术价值的研究课题。本选题对英语世界的唐传奇进行研究，这是国内第一部以英语世界的唐传奇为研究对象的学术著作。

第二，学术研究的问题意识。英语世界的唐传奇的研究资料相当丰富，研究专著大约 10 部，博士学位论文 18 部，期刊论文 70 多篇，书评 30 多篇，各种英译本有 20 多部。要将这么多资料整理归纳，我们必须具备问题意识，避免空泛地罗列材料。我们对已有的材料进行分析、评估和重建，力图表达我们的观点，从主题、人物形象、中西比较等方面来展开研究。如对唐传奇爱情主题的研究，本书重点论述三个唐传奇作品呈现的自我与儒家社会的矛盾冲突，观察英语世界的研究者如何阐释他们的观点，从观点的差异和类似之处发现思想碰撞的火花。如针对李娃的人物形象研究，本书先是挖掘唐代妓女文化的内涵，再梳理出李娃形象研究的共性，探讨李娃在郑生获得重生时的形象定位。

第三，研究视角的新颖性。英语世界的唐传奇译本数量众多，本书使用英译中国文学选集中的唐传奇来作定量分析，运用这样的研究视角意在揭示唐传奇作品经典化形成的深层文化原因以及翻译主体的主观性和独特性，总结英语世界唐传奇译介的特征和价值。本书总结了英语世界唐传奇研究的理论视角，如原型批评、人类学、女性主义文学批评、符号学等。并将中西唐传奇研究成果予以专题性比较，探讨双方对话中产生的共鸣与争鸣现象，揭示异质文化间的差异和互补作用，借鉴比较文学的研究范式并用之于实践，促进唐传奇研究的学术繁荣。如在探讨中西唐传奇研究方法的共鸣时，本书选取了英国汉学家杜德桥、美国汉学家倪豪士和国内学者卞孝萱的研究方法，他们都用文史互证法研究同一个问题，国内外的唐传奇研究方法虽然壁垒分明，但也不乏共通之处。

四　研究范畴

唐传奇的研究范畴比较清晰明确，指向英语世界的唐传奇研究。这里有两个重要的概念需要界定说明。

（一）英语世界

英语是世界上最多国家使用的官方语言，也是重大场合最普遍使用的沟通语言。英语世界是一个宽泛的概念，有学者认为英语世界主要包括以英语为母语、通用语和外国语的三个层面：以英语为母语的第一个层面在发生学意义上仅限于英国；以英语为通用语的第二个层面为英国的殖民地或前殖民地；以英语为外国语的第三个层面基本覆盖了全球。[①] 但鉴于资料查找的可行性以及本课题的研究现状，本书所指的英语世界范围比较狭窄，主要集中于英美 20 世纪以来对唐传奇的研究成果，纳入本书研究内容的英语文献包括：唐传奇译本；西方汉学家发表在英语学术期刊

---

① 黄鸣奋：《中国古典文学之传播》，学林出版社 1997 年版，第 24 页。

上的唐传奇研究论文以及出版的英文研究专著；版权属于英美国家各高校的博士学位论文，因博士学位论文属于尚未公开发表的学术成果，虽有涉猎，但作为研究材料尽量少使用；非英语国家的西方汉学家用英语撰写的与唐传奇相关的论著；西方汉学家在中国出版的研究唐传奇的英文论著，中国大陆学者出版的唐传奇英文论著与译本一般不会列入研究中，但中国港台学者的唐传奇研究成果会稍有涉及。另外，英美汉学家用中文发表的唐传奇论著也是其学术思想的体现，因此也将纳入论述的范畴，在讨论中如有需要也会提及。

（二）唐传奇

唐传奇是唐代的文言短篇小说，它不等同于唐代作者创作的全部小说，唐代也有笔记小说、志怪小说等，所以并不是唐代的小说都是唐传奇，唐传奇的范围要小于唐代小说。与主要内容为神灵鬼怪传说的志怪小说不同，唐传奇的描写对象还包括人类的语言行为和情感状态，这也正是唐传奇与志怪小说的重要区别之一。唐传奇的单篇作品，早期代表作有《古镜记》《补江总白猿传》《游仙窟》等。中期是唐传奇的繁盛期，最优秀的唐传奇单篇都诞生在这一时期，如《枕中记》《南柯太守传》《李章武》《庐江冯媪传》《三梦记》《周秦行纪》《任氏传》《离魂记》《柳毅传》《湘中怨辞》《莺莺传》《李娃传》《霍小玉传》《长恨歌传》《东城父老传》《虬髯客传》《谢小娥传》《冯燕传》等；后期则诞生了《无双传》《灵应传》《东阳夜怪录》等优秀的作品。唐传奇除了单篇传奇文，还包含传奇集，本书涉及的传奇集主要有牛肃《纪闻》、牛僧孺《玄怪录》、李复言《续玄怪录》、薛用弱《集异记》、袁郊《甘泽谣》、裴铏《传奇》、皇甫枚《三水小牍》这七部，其他传奇集若在对比研究中出现也会提到。

第二章　英语世界唐传奇的传播概观

中国文化西传的历史源远流长，早在两千多年前，西汉的张骞出使西域就开辟了丝绸之路，这既是一条贸易之路，也是一条文明古道，连同丝绸、茶叶和纺织品一起输出的还有古老神秘的中国想象，此时中西文明出现了一定程度的交融。在意大利人马可·波罗身处的13世纪，成吉思汗的西征和罗马教廷的十字军东征将中西文化交流推向一个高潮，这两个重大的历史事件打破了中西文化时空禁锢的局面，传教士和旅行家成为强有力的中国文化推手。明清的闭关锁国政策虽然阻滞了西方传教士入华的脚步，但在十八九世纪，中国古代文学仍然引起了西方汉学家的浓厚兴趣，如《今古奇观》《红楼梦》《好逑传》《玉娇梨》等明清小说被来华的传教士翻译成西方语言传入欧洲。这批传教士成为中国传统文化的研究者，一部分人甚至成为汉学研究的先驱。20世纪以前西方汉学家对中国小说的翻译和研究大多出于传教和文化交流的目的，译者常常节选自己感兴趣的小说，翻译对象的选择带有强烈的主观意识。遗憾的是，这些经典翻译作品中却不见唐传奇这一独特的中国小说文类。

18世纪60年代，西方初识中国小说的神秘面容，但归属中国小说大家庭的唐传奇却是在20世纪初才进入英语世界。从历史分期来看，英语世界的唐传奇研究以 1980 年为时间临界点，前后经历了发轫期、发展期、繁盛期与深化期，1980 年之前的唐传奇研究处于发轫期和发展期，1980 年以后则陆续进入繁盛期和深化期，并在各个阶段呈现出不同的特征。

第一节　1980 年之前的唐传奇研究概述

一　以译介为主的发轫期——20 世纪初至 50 年代

英语世界的唐传奇研究于 20 世纪初便呈萌发态势。早在 1901 年，高罗佩（J. J. M. de Groot）编撰的《中国的宗教系统及其古代形式、变迁、历史及现状》（*The Religious System of China：Its Ancient Forms，Evolution，History and Present Aspect*）① 中已出现唐传奇作品的简单介绍。

这一时期的唐传奇研究以英国的汉学研究为主，20 世纪初英国汉学迈入繁荣阶段，《莺莺传》第一个译本、唐传奇第一次入选的英译中国文学选集均出现在英国。英国汉学家翟理斯（H. A. Giles，1845—1935）被称为 19 世纪英国汉学三大代表人物之一，他在 1901 年编撰了第一部具有世界影响力的中国文学史巨著《中国文学史》（*A History of Chinese Literature*），"它第一次以文学史的形式，向英国读者展现了中国文学在悠久的发展过程中的全貌"② 。可这样重要的中国文学史里并没有出现唐传奇的身影。根据我们多方查找资料，目前已知的最早被翻译成英文的唐传奇译作是英国汉学家阿瑟·韦利（Arthur Waley）翻译的《莺莺传》

---

① 该书已出版中文版本，芮传明等译《中国的宗教系统及其古代形式、变迁、历史及现状》，花城出版社 2018 年版。

② 张弘：《中国文学在英国》，花城出版社 1992 年版，第 83 页。

（The Story of Ts'ui Ying-Ying）和《李娃传》（The Story of Miss Li），收录在他编撰的《中国文学译作》（*Translations from the Chinese*，1919）中，此书共收录八位中国作家的作品，多为诗人，包括屈原、王维、李白、白居易、元稹、白行简、王绩、欧阳修，特别是白居易的诗歌占据了一半的篇幅。韦利翻译这些中国文学作品的目的不是打算去呈现中国文学的整体概貌，他只是按照时间先后顺序选择和安排自己感兴趣的各类文章，并考虑到它们可能易于翻译。① 此时韦利最感兴趣的是诗歌，承袭上一部译作《170 首中国诗歌》（*A Hundred and Seventy Chinese Poems*）的兴趣点，他一如既往地关注中国诗歌形式，但也有两到三篇译作考虑到了作品蕴含的传记特征。② 这或许就是唐传奇译作被收录其中的原因，韦利最初可能将唐传奇作为一种与"诗"无异的文体进行翻译。不过，韦利的《莺莺传》译本比较有影响力，在 1929 年被卡洛·德·福纳罗（Carlo de Fornaro）连同他自己的《莺莺传》译本收录在《中国的十日谈》（*Chinese Decameron*）一书中。后来韦利的《莺莺传》译本不断入选各种英译中国文学选集，它打开了一扇西方读者接触并了解唐传奇的窗户，也确立了《莺莺传》在英语世界的文学经典地位。韦利采取直译方式，省略了部分情节，译文以"Many of Chang's contemporaries praised the skill with which he extricated himself from this entanglement"（"时人多许张为善补过者"）结尾，对原文结尾中作者的写作意图及故事的由来只字未译。韦利这位伟大的汉学家一生致力于中国文学研究，特别钟情中国诗歌和敦煌学，但遗憾的是他并没有将唐传奇视为一种单独的文类看待，而是将唐传奇混杂在诗歌队伍里，这一看法稍显独特。

---

① Arthur Waley，*Translations from the Chinese*，New York：Alfred A. Knopf，1919，p. 9.
② Arthur Waley，*Translations from the Chinese*，New York：Alfred A. Knopf，1919，p. 10.

　　明确将唐传奇纳入小说范畴的西方译者是英国学者爱德华兹（E. D. Edwards，又名叶女士）①，她在 1938 年出版的《中国唐代散文文学》（*Chinese Prose Literature of the T'ang Period*，*A. D. 618 – 906*）是这一时期最重要的唐传奇译著，也是西方历代研究者的案头必备之书。在收录的 79 个故事中，唐传奇的重要作品均列其中，这也是迄今为止最全面的唐传奇译本。爱德华兹认为唐代之前的小说文学风格不够鲜明，而唐代小说具有丰富的知识和饱满的情感，因此胜过了此前所有的小说。② 该书的创新之处在于译者第一次将唐传奇进行主题分类研究，分为爱情故事、英雄故事、神怪故事三类，并以单篇唐传奇作品举例加以说明。她在翻译《冯燕传》时，将结尾的人物评价"淫惑之心，有甚水火，可不畏哉！"当作冯燕所为，实际上这是她对作者的意图判断出现了偏差，因为作者批判和警示的是张婴的妻子具有"淫惑之心"（dissolute heart），对冯燕是赞美而非责难。爱德华兹也承认自己的翻译会有省略和错误，③ 但她意识到了唐代小说独特的审美价值，在选择翻译《唐代丛书》时对唐代小说予以整体把控。她区分了唐代小说和先唐小说，认为唐代小说是早期拥有技巧的小说（novels）而不是短篇故事（stories），④

---

　　① 爱德华兹（1888—1957）出生在中国并接受中文教育，其父为苏格兰长老会 1913 年派遣来华的传教士。不过她未承父业，曾担任奉天女子师范学堂校长 4 年。1921 年被聘为伦敦大学汉学讲师，庄士敦退休后晋升为该校远东系主任和汉学教授。代表著作有《中国唐代散文文学（618—906）》（*Chinese Prose Literature of the T'ang Period*，*A. D. 618 – 906*，两卷本，1937—1938）、《孔子》（*Confucius*，1940）、《中国十三经分类指南》（*A Classified Guide to the Thirteen Classes of Chinese Prose*，1948）、《柳宗元与中国最早的风景散文》（*Liu Tsung-yuan and the Earliest Chinese Essays on Scenery*，1949）。此处资料引自熊文华《英国汉学史》（学苑出版社 2007 年版）一书的第 116 页。

　　② E. D. Edwards, *Chinese Prose Literature of the T'ang Period*, *A. D. 618 – 906*, London：Arthur Probsthain Press，1938，p. 20.

　　③ E. D. Edwards, *Chinese Prose Literature of the T'ang Period*, *A. D. 618 – 906*, London：Arthur Probsthain Press，1938，p. 20.

　　④ E. D. Edwards, *Chinese Prose Literature of the T'ang Period*, *A. D. 618 – 906*, London：Arthur Probsthain Press，1938，p. 17.

这一点较韦利的研究有了重要的进步，即便此时唐传奇并没有被她算作一种单独的小说类型。实际上，国内也是在 20 世纪 20 年代鲁迅的《中国小说史略》出版后，唐传奇的小说文体地位才变得清晰起来。

唐传奇作为一种中国文言小说类型进入英译中国文学史是在 1950 年美国汉学家海陶玮（James Robert Hightower）编撰的《中国文学题解》（*Topics in Chinese Literature*）中，此书 1953 年出版了修订本。该书按照年代演变以文类为主题依次介绍中国文学，编者将唐传奇放在"文言小说"中重点推介，认为唐传奇是一种成熟的文学形式，虽然各种早期的文学类型为唐传奇提供了主题和叙事技巧，但是古文运动、科举考试带来的"温卷"活动以及佛、道、儒的宗教等带来的影响功不可没。编者将小说式的历史人物传记排除在唐传奇之外，理由是它们虽然直接继承了汉代文学传统，却只是对正史传记形式上的模仿，内容粗糙，叙事技巧毫无长进。① 由此可见，海陶玮对唐传奇的文体特征有着自己清醒而独到的认识，明确使用"传奇"（Ch'uan Ch'i）这一文学术语来指代部分唐代小说，意味着唐传奇在英译中国文学史里占据了一席之地。

从 20 世纪初到 50 年代末，唐传奇在英美汉学界的传播和接受处于不成熟时期，主要特征是以译介为主，侧重部分单篇传奇文的翻译，尤以《莺莺传》最受关注，共有 5 个译本，3 个译者为非华裔，另外 2 个译者为华裔。除了上面已提到的韦利、福纳罗和爱德华兹的译本外，还出现了 T. Y. Leo 和王际真的译本。

T. Y. Leo 的《莺莺传》译本题为《西厢记：中国八世纪的故事》（The Romance of the Western Pavilion：A Chinese Tales of the

---

① James Robert Hightower, *Topics in Chinese Literature*, Cambridge, Mass：Harvard University Press, 1953, pp. 77 – 78.

Eighth Century），文中插入了九幅精美插图，以图文并茂的方式介绍了故事的梗概，有部分故事情节被弃之未译，如最后崔莺莺写给张生的两首诗，他只翻译了第二首。T. Y. Leo 指出男主角的名字之所以模糊不清，原因在于张生就是元稹本人，文中的情欲事件是他自己生活里的小插曲。不仅如此，他还认为元稹完全不懂故事写作的技巧，只是单纯地记录了自己的经历，并无其他的写作目的。[①] T. Y. Leo 谈到了翻译《莺莺传》的原因，他指出，许多西方人从小就被告知中国人特别冷血、沉默、消极，生活里一片死寂，毫无情调可言，而译者能借助文本建立某种权威并告知读者中国人跟这个星球上的其他种族并无不同，相反有着更多的多愁善感和浪漫主义情怀，精通做爱技巧。[②] 所以他将最早的唐传奇爱情故事《莺莺传》翻译成英文，目的在于证明以上论断的正确性，使美国大众能更好地了解中国文化。他声称是翻译《莺莺传》的第一人虽过于自信，因为韦利的译本比他早一年问世，但他对《莺莺传》的文学价值予以高度评价，这在当时是极为难得的。

任教于美国哥伦比亚大学的华裔学者王际真（Chi-chen Wang）的《莺莺传》英译本诞生于 1944 年，选入他编选的译文集《中国传统小说》（*Traditional Chinese Tales*）。这一译本内容相对完整，省略了杨巨源的《崔娘诗》和元稹的"《会真诗》三十韵"的诗歌内容，弃之不译的行为似乎对整个故事的理解没有妨碍，但插入的诗文却有利于读者判断当时的人们对张生抛弃莺莺的态度，从而更好地理解故事的主题。富有特色之处在于全文有 15 处

---

① T. Y. Leo, "The Romance of the Western Pavilion：A Chinese Tales of the Eighth Century", *Asia*, 20, 1920, p. 392.

② T. Y. Leo, "The Romance of the Western Pavilion：A Chinese Tales of the Eighth Century", *Asia*, 20, 1920, p. 392.

注释，主要是为了照顾西方读者，解释文中出现的地点、年份以及人物行为等。如针对"左右嘘唏"，他将"左右"翻译成"all those"，注释是这样的："读者也许会问'他们'来自哪里，我的回答是中国作家使用跳跃性的语言时往往都会忽略细节"[1]。这是在告诉读者这样的翻译不会对内容的理解产生障碍，同时也指明了中国语言的特点。

唐传奇为中国文言短篇小说，由于东西文化差异的缘故，英语世界的非华裔译者对原文理解不够准确以致出现错误，如张生在莺莺嫁人后想与她见面，但莺莺写了两首诗拒绝他。译者韦利、福纳罗、爱德华兹均发生了误译。他们误以为莺莺写的第二首诗是张生写的，所以在翻译时将"怜取眼前人"翻译为"Into kindness to your present husband"。这一点被华裔学者荣之颖（Angela J. Palandri）注意到了："连博学的阿瑟·韦利也认为第二首诗为张生所写，由于中国古典文学的句子省略了主语，且句子结构不容易理解的缘故，可能导致了这个错误，但是细心的读者一定会发现，故事中的第一首诗和第二首诗的作者为同一人。"[2]

这一时期英语世界对唐传奇的研究则是较为零散，研究范围狭窄，比较有价值的研究论文出现在 20 世纪四五十年代。1948年，Chung-han Wang 发表《〈游仙窟〉的作者》（The Authorship of the Yu-hsien k'u），此文主要是考证《游仙窟》的作者，他否认作者为唐朝的张鷟（Chang Tsu），推测是同时代的另一位作家，成书时间约为 661 年至 733 年。[3] 但国内外多数研究者并不赞同这

---

[1]　Chi-chen Wang, *Traditional Chinese Tales*, New York: Columbia University Press, 1944, p. 82.

[2]　Angela J. Palandri, "Yuan Chen's 'Hui Chen Chi': A Re-Evaluation", *Pacific Coast Philology*, Vol. 9, 1974, p. 61.

[3]　Chung-han Wang, "The Authorship of the Yu-hsien k'u", *Harvard Journal of Asiatic Studies*, 11, 1948, pp. 153 – 162.

一说法，比较认同《游仙窟》的作者就是张鷟。20 世纪 50 年代英语世界的唐传奇研究相对比较沉闷，只有为数不多的研究成果面世，除了海陶玮的研究外，薛爱华（Edward H. Schafer）发表论文《唐代故事中的伊朗商人》（Iranian Merchants in T'ang Tales），作者在追溯了唐朝跟外来文明交往的历史后，历数唐传奇的发展情况，认为"唐传奇的爱情、冒险和神怪虽然脱胎自六朝故事，但其散文风格毋庸置疑地要归功于类似韩愈这样的唐朝文人作品中表现出的典型特征"①。他着重探讨了唐传奇中出现的外国人，即胡人，通常会出现这样的故事情节，来自西方的商人为珍珠或某种财富支付一笔数额巨大的金钱，且这类珍宝通常有着难以置信的奇特功能。薛爱华将这一主题细分为几个分主题，并列出《太平广记》中出现胡人的 26 个故事，包括《杜子春》《崔炜》《任氏传》等唐传奇作品，并将唐传奇置于小说文体这一视野下阐发其文学价值和影响。总的来说，此阶段英语世界的唐传奇研究范畴多集中于译本序跋，着眼点仅是作品的思想内容、作者生平、大致的故事情节等，这种针对西方读者的唐传奇知识普及往往浅尝辄止，欠缺理论深度。

二 译介和研究并重的发展期——20 世纪 60 年代至 70 年代

英语世界的唐传奇研究在 20 世纪 50 年代比较沉寂，此时英国汉学研究陷入衰退困境，第二次世界大战后英国被美国取代而失去了世界霸主的地位，对中国文学的研究规模也日益萎缩，

---

① Edward H. Schafer, "Iranian Merchants in T'ang Tales", *Seitic and Oriental Studies Presented to William Popper*, *University of California Publications in Semitic Philology*, IX, 1951, p. 411.

"英国的汉学家也公开承认，他们在人类学（包括文学研究）和古文书学（包括古代作品研究）方面，落后于美国；而在宗教研究方面，又比不上荷兰和法国。目前英国的杰出汉学家不多，像霍克斯这一代人都已纷纷退休或去世。现状如此窘迫，英国汉学的振兴，在可以瞻望的将来只能是一种奢想"①。一大批汉学家比如韩南（Patrick Hannan）与白之（Cyril Birch）先后离开工作的伦敦大学前往美国著名大学任教。与此同时，第二次世界大战后美国政府极其重视东亚研究，投入了大量人力和财力，推动了汉学发展。1958 年美国通过的《国防教育法》（National Defense Education Act）规定，高等学校的研究机构必须开设非英语语言课程，其中，要求中文为必修课程，寄希望于培养出中国问题研究专门人才，根据这项法律，美国为本国 21 所大学提供了 64 份奖学金鼓励中国研究。②

从 20 世纪 60 年代开始，美国大学的亚洲研究机构数量持续攀升，研究中国文学的力量迅速壮大。自此，西方的汉学中心彻底从欧洲转向了美国。英语世界的唐传奇研究以美国汉学界为主要研究阵地，在六七十年代进入蓬勃发展期。唐传奇的翻译随之变得丰富起来，比较著名的唐传奇作品如《任氏传》《柳毅传》《莺莺传》《李娃传》《霍小玉传》《枕中记》《南柯太守传》《虬髯客传》《杜子春》等都有多个译本。

1964 年出版的专著《金匣：两千年的中国小说》（*The Golden Casket：Chinese Novellas of Two Millennia*）是根据鲍吾刚（Wolfgang Bauer）和傅海波（Herbert Franke）的德译本、由 Christopher Levenson 转译为英文。该书共收录了 46 篇中国故事，多为短篇，时间跨度为战国时期至清代，包括唐传奇 8 篇，分别是《任氏

---

① 何寅、许光华：《国外汉学史》，上海外语教育出版社 2002 年版，第 549 页。
② 孙越生、陈书梅：《美国中国学手册》，中国社会科学出版社 1993 年版，第 600 页。

传》《莺莺传》《南柯太守传》《李娃传》《虬髯客传》《红线》《奇男子传》《霍小玉传》。译者在翻译中完全放弃了故事中引用的诗文，原因在于它们虽然能够深化情节，但是很少有像阿瑟·韦利那样深谙诗歌之道的译者译出诗歌传达的美感。①

1965 年，翟氏父子（Ch'u Chai & Winberg Chai）合编的《中国文学珍宝》（A Treasury of Chinese Literature）在美国纽约出版。译者在序言中声明，这本书是向西方门外汉介绍中国古代文学和现代文学，译者将中国文学分为散文、小说和戏剧三类，并将作品的时间延伸至现代，如鲁迅的杂文、曹禺的戏剧、老舍的《骆驼祥子》等。第五章为"唐代的传奇故事"，分别翻译了《霍小玉传》《任氏传》《无双传》《南柯太守传》《虬髯客传》。译者将自己的翻译归结为直译（direct method），意在更接近源文本的准确性，但是为了让读者理解文本的深奥意义，译者必须借用所有可利用的方式去解释。不过译者也因中英文的根本性差异认为任何翻译，无论做得有多好，也始终存在领会不到源文本风味的遗憾。②

同一年，《游仙窟》出现了专门的英译本，李豪伟翻译的《游仙窟：中国第一部传奇小说》［China First Novelette: The Dwelling of Playful Goddesses by Chang Wen-ch'eng（ca. 657 – 730）］在日本东京出版，附有将近 100 条注解，译者还讨论了作者、成书历史以及对日本文学的影响，1975 年被收录进《中国性典两种》（Two Chinese Sex Classics）在中国台湾出版。③ 阿瑟·韦利对这一

---

① Wolfgang Bauer, Herbert Franke, *The Golden Casket: Chinese Novellas of Two Millennia*, Translated by Christopher Levenson, London: George Allen and Unwin Ltd., 1964, p. 17.

② Ch'u Chai, Winberg Chai, *A Treasury of Chinese Literature*, New York: Van Rees Press, 1965, p. vii.

③ Howard S. Levy, *Two Chinese Sex Classics: The Dwelling of Playful Goddesses; Monks and Nuns in a Sea of Sins. Reprint*, Taipei: The Chinese Association for Folklore, 1975.

译本不吝赞美之词："翻译大多采用文学化的语言，此乃本书风格，译者完全胜任这项工作。"① 不过遗憾的是，他发现《游仙窟》中其实有许多口语表达，但李豪伟的《游仙窟》译本没有使用敦煌文学的材料导致口语表达被漏译，韦利还比较了《游仙窟》中文注释本与李豪伟的译本有 30 多处诗文明显不一致。

1978 年，华裔学者马幼垣（Y. W. Ma）的《中国传统小说：主题和文类》（*Traditional Chinese Stories：Themes and Variations*）翻译了 13 个唐传奇故事，包括《任氏传》《枕中记》《柳毅传》《李娃传》《莺莺传》《冯燕传》《崔书生》《杜子春》《张书生》《无双传》《求心录》《非烟传》《鱼玄机笞毙绿翘致戮》。马幼垣以忠实原文为翻译原则，比如唐传奇出现的诗歌就没有被删除，且大部分故事都是译者全新的翻译。②

从唐传奇入选英译中国文学史的情况来看，编选者明显忽视了唐传奇的文学价值。20 世纪 60 年代英语世界曾掀起一阵编选中国文学史的热潮，如陈绶颐（Shou-yi Chen）的《中国文学史述》（*Chinese Literature：A Historical Introduction*，1961）；波特·华生（Burton Watson）的《中国早期文学》（*Early Chinese Literature*，1962）；赖明（Ming Lai）的《中国文学史》（*A History of Chinese Literature*，1964）。但这三本中国文学史中均没有出现唐传奇的踪迹，相比之下，同一时代的唐诗占据着绝对的主导地位。只有在 1965 年著名汉学家白之编撰的《中国文学选集》（*Anthology of Chinese Literature*）里收录了阿瑟·韦利翻译的《莺莺传》和《李娃传》以及白之翻译的《虬髯客传》。他认为自己

---

① Arthur Waley, "Colloquial in the 'Yu-hsien k'u'", *Bulletin of the School of Oriental and African Studies*, Vol. 29, No. 3, 1966, p. 565.

② Y. W. Ma, Joseph S. M. Lau. Eds, *Traditional Chinese Stories：Themes and Variations*, New York：Columbia University Press, 1978, p. vii.

编选的这本中国文学史最大的优势在于收录了不同译者的各类译本，因此怎样选择文本以及遵循一定的翻译原则是他最为看重的。① 在这本时间跨度从周朝一直到宋代的文学史专著里，诗词是收录最多、最受欢迎的，唐传奇被看作唐代短篇故事被简略提及。对唐传奇认识比较深入的是 1966 年美籍华裔学者柳无忌（Wu-chi Liu）出版的《中国文学概论》（*An Introduction to Chinese Literature*），这本书的编选以诗歌和散文为主，关注主要作家和作品，编者在论述中也加入了一些自己对戏剧和小说研究的新材料，以此来区分其他版本的文学史。唐传奇则被放入"文言和白话小说"这一章来讲述，柳无忌肯定唐代作家创造了一种新的传奇形式，"传奇"这一新的文学类型代表了唐代文言小说的水平，他更是将唐传奇分为三种主题类型，分别是神怪、爱情和游侠。② 柳无忌作为海外华裔学者，学贯中西的学术背景使得他在唐传奇文本的筛选和阐释方面更具优势，对唐传奇的介绍和把握往往更准确独到。

随着英语世界唐传奇译介的兴起，唐传奇的学术研究呈现稳步上升的趋势，研究队伍不断扩张，西方现代文学理论如新批评、结构主义、叙事学、人类学等被广泛应用到唐传奇的研究之中，使研究成果呈现富有逻辑性、分析性的特征。

1967 年，华裔学者刘若愚（James J. Y. Liu）出版专著《中国游侠》（*The Chinese Knight-Errant*）③，第三章"唐朝的游侠"分析了唐传奇游侠故事产生的时代背景，总结了《红线》《虬髯客传》

---

① Cyril Birch, *Anthology of Chinese Literature*：*From Early Times to the Fourteenth Century*, New York：Grove Press, 1965, p. xxiv.

② Wu-Chi Liu, *An Introduction to Chinese Literature*, Bloomington：Indiana University Press, 1966, p. 143.

③ James J. Y. Liu, *The Chinese Knight-Errant*, Chicago：University of Chicago Press, 1967.

《聂隐娘》和《昆仑奴》这几个故事的人物性格特征。1973 年，薛爱华出版《神女：唐代文学中的龙女与雨女》(*The Divine Woman：Dragon Ladies and Rain Maidens in T'ang Literature*)①，在第五章"唐代小说中的龙女和水神"中描述了《续玄怪录》的龙女、《湘中怨辞》和《柳毅传》的湘妃形象，力图揭示其形象背后隐藏的意象与隐喻。

1977 年，荣之颖的专著《元稹》(*Yuan Chen*) 诞生，本书也是"特怀恩世界作家系列丛书"之一。在"散文小说作家"这一章荣之颖论述了元稹的《莺莺传》，将它视为传奇小说的典范，推断元稹就是《莺莺传》的作者并赞美了元稹娴熟的叙事技巧，但他也指出了小说有两个明显的缺陷，一是"小说的道德主题完全矛盾地渗入故事的叙述当中，似乎和始终贯穿其中的浪漫情调格格不入"②。荣之颖尤其质疑了男主角张生做出抛弃莺莺这一决定在道德层面的合理性；二是男主角张生的人物形象塑造远远逊色于莺莺，他的抛弃行为与儒家伦理观完全背道而驰，元稹对他的性格刻画是苍白且不彻底的。荣之颖在文中多处引用《莺莺传》的原文来强化其论断。

这一时期比较重要的期刊和博士学位论文关注点各有不同，大致可以分为以下几个方面。一是唐传奇作品的文献考证研究。1966 年，阿瑟·韦利的论文《〈游仙窟〉的口语化》(Colloquial in the "Yu-Hsien k'u") 认为《游仙窟》的注释本大约成书于 9 世纪，专为中国读者而作，作者最有可能是白行简。③ 1969 年，马

---

① Edward H. Schafer，*The Divine Woman. Dragon Ladies and Rain Maidens in T'ang Literature*，Berkeley：University of California Press，1973.

② Angela J. Palandri，*Yuan Chen*，Boston，Massachusetts：Twayne Publishers，1977，p. 150.

③ Arthur Waley，"Colloquial in the ' Yu-hsien k'u '"，*Bulletin of the School of Oriental and African Studies*，Vol. 29，No. 3，1966，p. 560.

幼垣发表论文《韩愈的散文写作与传奇文学》（Prose Writings of Han Yu and Ch'uan-ch'i Literature），他赞成陈寅恪的观点，认为古文运动对唐传奇有着间接的影响，而作为古文运动的倡导者，韩愈在促进唐传奇文学发展上扮演着重要的角色，从韩愈写作散文的技巧以及与传奇作家的关系中都能找到历史材料来佐证这一点。① 1973 年，海陶玮的论文《元稹及其莺莺传》（Yuan Chen and the Story of Yingying）翻译了《莺莺传》，论者引用 12 世纪王铚考证元稹诗歌与故事里人物关系的史料，提出必须确认张生、叙述者元稹和诗人元稹这三人谁是作者的身份。最后论者得出结论："故事的作者就是元稹，他写下了自己的亲身经历，有反思和告诫之意。"② 1976 年，艾朗诺（Ronald Egan）发表论文《〈游仙窟〉注释本的来源》（On The Origin of the Yu Hsien k'u Commentary）③，论者选取了几个注释者对《游仙窟》字词的解释，却发现和当时唐朝文学惯用的意思不同，他认为注释者完全不了解唐朝的口头文学，所以注释本应出自外国人之手，至于是日本还是韩国都没有确凿的证据，只有期待未来能发现这一点。同一年，高耀德（Robert Joe Cutter）的论文《〈续玄怪录〉中注释的变化》（A Note on the Transmission of the Hsü Hsüan-kuai lu）④ 偏重文献考证研究，论者对李复言是《续玄怪录》的作者提出疑问，他认为《续玄怪录》的源头更早，李复言只是后来将早已流传的故事加工处理而已。

---

① Y. W. Ma, "Prose Writings of Han Yu and Ch'uan-ch'i Literature", *Journal of Oriental Studies*, No. 7, 1969, p. 220.

② James Robert Hightower, "Yuan Chen and ' The Story of Yingying'", *Harvard Journal of Asiatic Studies*, Vol. 33, 1973, p. 123.

③ Ronald Egan, "On The Origin of The Yu Hsien K'u Commentary", *Harvard Journal of Asiatic Studies*, Vol. 36, 1976, pp. 135 – 146.

④ Robert Joe Cutter, "A Note on the Transmission of the Hsü Hsüan-kuai lu", *Journal of the American Oriental Society*, Vol. 96, No. 1, 1976, pp. 124 – 131.

二是唐传奇的文学比较研究。1973 年，康达维（David R. Knechtges）发表论文《欧洲和中国唐代的梦中遇险故事》（Dream Adventure Stories in Europe and T'ang China）①，作者沿着跨文化路径，从七个方面比较了中国唐朝故事和中世纪西班牙故事之间的共同主题之一，即梦中遇险，它们之间存在相似的机制，但这种平行比较缺乏深度的渊源联系，这种表面的类同是偶然还是另有联系，论者并没有挖掘出来，他自己也存有疑问。而且，文中对欧洲故事的论证比较充分，但对提及的三个中国故事谈得比较仓促，不够深入。1979 年，苏其康（Francis K. H. So）完成的博士学位论文《浪漫结构：唐传奇和中古英国故事的 种修辞学解读》（The Romantic Structure：A Rhetorical Approach to Ch'uan-ch'i and Middle English Tales）② 则是挖掘了跨文化视野下唐传奇和中古英国爱情故事的异同，属于典型的文学比较研究。以上两篇文章均是探讨中西文化视野下唐传奇的比较研究。1975 年，马幼垣的《"话本"小说中的游侠》（The Knight-Errant in "hua-pen" Stories）③ 一文却是中国文学内部的比较，作者对比了明代话本小说"三言二拍"的游侠和唐传奇游侠的异同，并以《聂隐娘》《红线》为例梳理了明代话本与唐传奇故事素材的渊源。

三是唐传奇的主题、叙述结构、人物形象等多角度的综合研究。爱情故事中比较受欢迎的是《莺莺传》。1962 年，李豪伟发表论文《唐代文学的爱情主题》（Love Themes in T'ang Literature）④，

---

① David R. Knechtges, "Dream Adventure Stories in Europe and T'ang China", *Tamkang Review*, 4（2）, 1973, pp. 101 – 119.

② Francis K. H. So, The Romantic Structure：A Rhetorical Approach to Ch'uan-ch'i and Middle English Tales, Ph. D. dissertation, University of Washington, 1979.

③ Y. W. Ma, "The Knight-Errant in 'hua-pen' Stories", *T'oung Pao*, Second Series, Vol. 61, Livr. 4/5, 1975, pp. 266 – 300.

④ Howard S. Levy, "Love themes in T'ang literature", *Orient/West* 7, No. 1, 1962, pp. 68 – 72.

涉及《游仙窟》《莺莺传》《李章武》《离魂记》《非烟传》《杨娟传》《霍小玉传》《李娃传》《任氏传》等唐传奇爱情故事，他对故事中的自由恋爱不吝赞美之词。这是第一篇专门论述唐传奇爱情故事的论文，但较为简略，主要介绍故事的内容。1974 年，荣之颖的《元稹〈会真记〉：一种重估》（Yuan Chen's "Hui Chen Chi"：A Re-Evaluation）通过对《莺莺传》的文本细读，对文中几处明显的矛盾之处做出多层次的解释，主要集中在莺莺和张生两位主人公身上。从文学审美观的角度来看，《莺莺传》的失败之处在于对张生的描述不但不够深入而且前后矛盾。张生最初个性鲜明且正直，完全遵守儒家礼教，可后来他设法为自己抛弃莺莺寻求伦理层面的借口。元稹在描述张生时并没有像人们想象中的那样去展现他的借口和情欲之间的个人冲突。① 1979 年，黄宗泰（Timothy C. Wong）的论文《唐代爱情故事中的自我和社会》（Self and Society in Tang Dynasty Love Tales）挖掘唐传奇爱情故事《莺莺传》和《李娃传》背后的个体在社会生活中所处的位置，探讨作者如何处理个人跟社会之间的矛盾冲突。② 1978 年，曾露凌（Lorraine Dong）完成博士学位论文《崔莺莺的创造和生活》[The Creation and Life of Cui Yingying（C. 803 – 1969）]③，这是一篇有关崔莺莺形象演变的论文，属于文学作品的影响研究。作者在前两章探讨了莺莺的形象，追溯其现实生活来源，后四章阐释了莺莺形象不断地被重新创造，如董解元、王实甫和金圣叹等人的作品，每一次重写都是符合其文类及当时文学语境的需求。论者借助对崔莺莺的身份研

---

① Angela J. Palandri, "Yuan Chen's 'Hui Chen Chi': A Re-Evaluation", *Pacific Coast Philology*, Vol. 9, 1974, pp. 56 – 61.

② Timothy C. Wong, "Self and Society in Tang Dynasty Love Tales", *Journal of the American Oriental Society*, Vol. 99, No. 1, 1979, pp. 95 – 100.

③ Lorraine Dong, The Creation and Life of Cui Yingying (C. 803 – 1969), Ph. D. dissertation, University of Washington, 1978.

究，阐明了文学发展和社会变革之间的联系。

还有对唐传奇的综合研究，涉及的作品范围比较广泛，研究者从宏观视野下把握唐传奇的内容特征，特别是运用叙事学理论探讨唐传奇的结构特色。这跟北美汉学界 20 世纪 70 年代掀起的叙事学理论不无关系，特别是 1977 年浦安迪在美国出版《中国叙事：批评和理论》（*Chinese Narrative：Critical and Theoretical Essays*）一书，多篇文章从"叙事"的角度研究中国小说，引起了巨大的反响。1976 年，阿德金斯（Curtis P. Adkins）完成博士学位论文《唐传奇的神怪：一种原型观》（The Supernatural in T'ang Ch'uan-ch'i Tales：An Archetypal View），论文运用西方原型理论来建构唐传奇的内在叙事结构模式，它将焦点集中在唐传奇具有神异魔力的英雄人物上，并与西方的原型模式相比较。论及中国文学中的龙女、《补江总白猿传》的祭祀仪式、对长生不老药的追寻，都是原型行为的体现。① 1977 年，倪豪士（William H. Nienhauser）的论文《〈文苑英华〉中"传"的结构解读》（A Structural Reading of the Chuan in the Wen-yuan ying-hua）运用了结构分析方法，他认为"传"的理想模式应包括叙述方式、文学模式、文体、结构、含义五个方面，确定了《文苑英华》的 33 个"传"为研究对象，以此总结出"传"的三种理论形态，《长恨歌传》为历史类型，《李赤传》和《冯燕传》都属于文学类型，但这两个传的理想模式稍有差异，《李赤传》使用低拟态形式和隐喻式文体以及事件类型结构，含义属于再现阐述型，而《冯燕传》使用高拟态形式和换喻式文体以及事件结构，具有再现的含义。② 倪豪士的这一研究方法

---

① Curtis P. Adkins, The Supernatural in T'ang Ch'uan-ch'i Tales：An Archetypal View, Ph. D. dissertation, The Ohio State University, 1976.

② William H. Nienhauser, "A Structural Reading of the Chuan in the Wen-yuan ying-hua", *The Journal of Asian Studies*, Vol. 36, No. 3, 1977, pp. 443 –456.

丰富了唐传奇的研究视角，他的文史研究功底也令人称赞。1979年，Sarah McMillan Yim 完成博士学位论文《唐传奇的结构、主题和叙述者》（Structure，Theme and Narrator in T'ang Ch'uan-ch'i），论者试图用西方的"现实主义"概念解读唐传奇的结构、主题和叙述者，以表格的形式概括了 68 篇唐传奇的情节模式，在反映文人世界的主题下，论者探讨了文人叙述者的可信度，并认为文人叙述者能够引导读者判断文本的好坏。① 同一年，Tak Him Kam 完成博士学位论文《唐传奇的兴起及其叙事艺术》（The Rise of T'ang Ch'uan Ch'i and Its Narrative Art），论者分析了唐传奇兴起的根本原因在于"温卷"活动下科举考试的推行，这也直接影响了唐传奇的叙事艺术，与六朝小说相比，唐传奇更注重人物塑造的技巧，这与科举考试中重视传记写作是相对应的。②

　　总之，20 世纪 80 年代之前英语世界的唐传奇研究处于逐步发展阶段，20 世纪初到 50 年代的研究阵地主要在英国，而从 60 年代开始，唐传奇研究则转向美国。20 世纪六七十年代的美国年轻人，因为在物质文明过度的享受中迷失了自我，找不到人生的方向，"于是成千上万的青年自我放逐，离开他们中产阶级的家庭，拦车到处流浪，在睡袋中露宿郊外，有些甚至吸大麻、性滥交，以体验反叛的生活"③。他们渴望从异域文明特别是边缘文化中汲取心灵慰藉的养分，如文学、宗教、哲学和美术等。而唐传奇的神怪故事和美丽的东方爱情故事打动了西方读者的心灵，使他们急于探究里面的文学奥秘。从英语世界对中国文学的研究历

① Sarah McMillan Yim, Structure, Theme and Narrator in T'ang Ch'uan-ch'I, Ph. D. dissertation, Yale University, 1979.

② Tak Him Kam, The Rise of T'ang Ch'uan Ch'i and Its Narrative Art, Ph. D. dissertation, Cornell University, 1979.

③ 钟玲：《美国诗与中国梦——美国现代诗里的中国文化模式》，广西师范大学出版社 2003 年版，第 10 页。

程来看，20 世纪 70 年代前后是一个分水岭，此后汉学传统呈现新的面貌，汉学家在研究方向上开始转变，在研究中国文学时更关注中国文学的特定语境。如汉学家马幼垣研究韩愈与唐传奇的关系，关注话本对唐传奇的改编，并编选了中国小说选集，他有着清醒的中国小说文类意识，始终将唐传奇放在文类范畴内去对待。综观唐传奇主题，英语世界的研究者最为关注的是爱情故事，《莺莺传》持续保持着文学经典的地位，这一点跟国内长期对它的研究热情有相似之处。

第二节　1980 年之后的唐传奇研究概述

20 世纪 80 年代以来，西方学者对中国文学的兴趣日渐浓厚。同时，随着中国的改革开放，西方学者更容易从中国获取研究资料，国际学术界的交流也变得方便和频繁，不同文化在全球态势下相互吸纳与融合。中国文学的西传之路变得流畅快捷，与中国文学相关的英文杂志也日益增多，与唐传奇研究有紧密联系的刊物是美国的《唐学报》（T'ang Studies），由科罗拉多大学出版，1981 年创刊，1982 年出版第 1 期，此后每年一期。这本刊物最鲜明的特色是每期都会刊登唐代文学的研究论文，也会介绍唐传奇的最新研究成果。西方汉学界对中国文学的认识不再拘泥于单一化和表层认识，变得具象和深化。

随着时代的急剧变迁，英语世界的唐传奇研究在 20 世纪八九十年代蓬勃发展，研究成果令人瞩目，并在 21 世纪继续往前推进，研究者学理性和系统化地展开文学评论。唐传奇研究的学术方法随之从单一转向多元，研究者在不停地寻找新的研究方法对作品进行多重阐释。站在研究方法和研究范式的角度来看，西方文学理论如原型批评、接受美学、结构主义、叙事学、文体学等占据了唐传奇研究的一席之地。在广阔的全球化背景之下，我们有理由期待来自他者的唐传奇研究更有效地推动跨文化比较与对话。

一 学术研究多样化的繁盛期——20 世纪 80 年代至 90 年代

20 世纪八九十年代英语世界的唐传奇研究处于繁盛期，研究卓有成效，学术研究成果继续深入巩固。这一时期部分论文继续探究唐传奇作品的成书时间和作者身份，并追溯唐传奇故事的口头和书面材料的来源：1986 年，高德耀（Robert Joe Cutter）发表论文《历史和〈东城父老传〉》（History and The Old Man of the Eastern Wall）[1]，考证了《东城父老传》的作者陈鸿生活的时代，故事反映了朝代的衰落以及隐含的社会和政治批评。1996 年，陈珏（Jue Chen）发表论文《〈补江总白猿传〉中可能的年代错误和互文回应》（Calculated Anachronisms and Intertextual Echoes in Bu Jiang Zong baiyuan zhuan）[2] 对《补江总白猿传》最早的文本历史、写作时间、作者可能的身份以及小说框架予以历史追溯。他指出，对于《补江总白猿传》这样的小说，建立影射模式的两个关键的成文方法就是可能的年代错误和互文回应，这一方法也适用于早期的唐传奇作品。1993 年，Min Woong Park 完成博士学位论文《牛僧孺和他的〈玄怪录〉》[Niu Seng-ju（780—848）and His Hsuan-kuailu][3] 考证了《玄怪录》的题目来源、文本和成书时间，并附有详细注解

---

[1] Robert Joe Cutter, "History and The Old Man of the Eastern Wall", *Journal of the American Oriental Society*, Vol. 106, No. 3, 1986, pp. 503 – 528.

[2] Chen Jue, "Calculated Anachronisms and Intertextual Echoes in Bu Jiang Zong baiyuan zhuan", *Tang Studies*, No. 14, 1996, pp. 67 – 97.

[3] Min Woong Park, Niu Seng-ju（780 – 848）and His Hsuan-kuailu, Ph. D. dissertation, University of Wisconsin-Madison, 1993.

的《玄怪录》全文翻译，此为《玄怪录》的唯一全译本。1987 年，
蔡涵墨（Charles Edward Hammond）的博士学位论文《〈太平广记〉
中的唐代故事》（T'ang Stories in the "T'ai-p'ing Kuang-chi"）① 梳理
了《太平广记》中包括唐传奇在内的唐代故事，将唐代故事分为
三个故事群：身怀某种特殊力量的人和物；隐含宗教意味的命
运、复仇和惩戒主题；纯粹的虚幻主题。同时，考证作者如何将
与这些故事相关的口头和书面材料转化成文本。1990 年，蔡涵墨
发表论文《唐朝传说：历史和传闻》（T'ang Legends：History and
Hearsay）② ，认为唐朝故事虽然带有神怪色彩，但并不是虚构的产
物，而是生活的再现，目的是娱乐或教化，因为那时的读者相信
传说是事实而不是想象力的创造性产物。唐传奇很多故事来自传
说，其素材来源复杂，该文对许多传说进行比较论证，通过重述
和重写发现了类似故事的不同传说版本。1997 年，陈德鸿（Leo
Tak-hung Chan）发表论文《文本和话语：中国传统古典文学故事
与随口口述语境》（Text and Talk：Classical Literary Tales in Tradi-
tional China and the Context of Casual Oral Storytelling），重估了中国
古典小说的文学传统，追溯了唐传奇的口头来源，即它是在精英
圈发生的业余口传说书人的产物。论者试图冒险建立一个新的概
念模式去描述古代短篇叙事文体之间的关系，确认彼此关联密切
而非随意地放置。③

　　以上偏实证的文献考究并没有占据这一时期研究的主导地
位，唐传奇研究转而偏向对文本的理论阐释，单篇传奇文研究如

---

① Charles Edward Hammond, T'ang stories in the "T'ai-p'ing Kuang-chi", Ph. D. disserta-
tion, Columbia University, 1987.

② Charles Edward Hammond, "T'ang Legends：History and Hearsay", *Tamkang Review*,
Vol. 20, No. 4, 1990, pp. 359 – 382.

③ Leo Tak-Hung Chan, "Text and Talk：Classical Literary Tales in Traditional China and the
Context of Casual Oral Storytelling", *Asian Folklore Studies*, Vol. 56, No. 1, 1997, pp. 38 – 44.

《莺莺传》《李娃传》《南柯太守传》等成果丰硕，凸显神怪和爱情主题，研究方法多样，西方批评理论话语被大量应用到唐传奇的文本解读之中，这也一直是海外学者的重要研究方法，体现了一种开放的跨文化和跨学科的学术视野。

其一，爱情主题特别是《莺莺传》依然受到最多的关注。1980 年，李耀春（音译，Yao-Chung A. Li）的博士学位论文《反文化：早期欧洲和中国叙事小说的可疑爱情》（Against Culture：Problematic Love in Early European and Chinese Narrative Fiction）①，重点关注唐传奇的爱情故事，并将其放置在中西文化的比较语境下，论者对 12 世纪法国宫廷文学和唐传奇予以跨文化比较，以彼得·阿贝拉德–赫罗希斯文集和《莺莺传》对比，论证了性爱和社会文化间的冲突，还比较了法国中世纪诗人玛丽·德·法兰西（Marie de France）的小说与唐传奇的不完美爱情故事，以此展现唐传奇的主题、写作手法等特色。

1984 年，李玉华（Yu-hwa Lee）出版《中国小说的虚幻和现实：唐传奇爱情主题对比》（Fantasy and Realism in Chinese Fiction：T'ang Love Themes in Contrast）一书，作者对比了元稹《会真记》（《莺莺传》）和白行简《李娃传》共同拥有的爱情主题，详细分析了两部唐传奇作品主人公的性格特征，论者特别赞赏一点的是，莺莺最后拒绝与张生见面所显示出的女性独立意识："张生若是一个怀揣愧疚的恋人，他会因为没有听到抱怨而欣慰，但是一个传统的中国男人无法决绝地抛弃曾拥有的女人。张生抛弃了莺莺之后，他们都各自结婚了，张生在莺莺的夫家找到了她。他表达了对莺莺的深深爱恋，但在内心深处始终不承认抛弃莺莺是不道德的，因为他以为自己拥有特权。从一而终是那个时代的

---

① Yao-Chung A. Li, Against Culture：Problematic Love in Early European and Chinese Narrative Fiction, Ph. D. dissertation, Columbia University, 1980.

女人处理与男人关系的基础，但在莺莺身上我们能看到她超越时代的地方在于，她并不觉得张生抛弃了她，自己就应该结束一切，她将与恋人的分离视为重生。这种重生使她获得了自由，重新开始生活，这是一种非同寻常的独立。"①

1994 年，裘小龙（Xiaolong Qiu）完成博士学位论文《中国古典文学里的爱情：中国情欲和儒家伦理》（Love in Classical Chinese Literature：Cathayan Passions vs. Confucian Ethics），他关注到《莺莺传》里的男女主人公的情欲与儒家伦理之间的冲突。莺莺清醒地意识到恋爱在他们自主选择的情形下变成了婚姻的障碍。她的策略就是通过将所有的过错放到自己身上，去持续唤起张生的同情。婚姻应被安排的主流话语和爱情情欲的边缘话语被放置在一起，因为婚姻将爱情排除在外，爱情受到了阻碍，所以文化冲突在《莺莺传》这类形式的传奇故事里是"瘫痪"的。② 论者在这里认为个体和社会的冲突虽然被弱化，好在主流话语和边缘话语都有发言的机会。

1986—1987 年，刘绍铭（Joseph S. M. Lau）发表论文《唐传奇的爱情和友谊》（Love and Friendship in T'ang Ch'uan-ch'i），论者先是引用了四位西方学者对中国爱情的观点，认为中国的爱情故事往往掺杂着太多的社会责任感，男女结合在一起更多是为了传宗接代和家族荣誉，这些外力经常左右爱情的走向，而西方在这方面更偏重于两性情欲。以《非烟传》为例，女人在爱情中付出巨大代价，而男主人公赵象居然可以若无其事地继续生活下去，这在西方读者眼里简直不可思议。而中国男人对友

---

① Yu-hwa Lee, *Fantasy and Realism in Chinese Fiction：T'ang Love Themes in Contrast*, San Francisco：Chinese Materials Center, 1984, p. 67.

② Xiaolong Qiu, Love in Classical Chinese Literature：Cathayan Passions vs. Confucian Ethics, Ph. D. dissertation, Washington University, 1994, p. 57.

情的重视程度往往大于爱情，如《吴保安》的故事。所以在中国人的行为处事中，他们的爱情和友谊可以用"报"这个概念来解释。①

其二，唐传奇的改编研究密集。唐传奇对中国后世文学的影响相当大，它为后来的戏曲和小说提供了大量的材料来源，但从 20 世纪 80 年代开始，英语世界的研究者才对此问题产生兴趣，意图通过改编研究来探究唐传奇在中国传统小说中的文学地位。

1980 年，伊维德（W. L. Idema）的论文《石君宝和朱有燉的〈曲江池〉：形式内的样式变化》（Shih Chün-pao's and Chu Yu-tun's Ch'ü-chiang-ch'ih：The Variety of Mode within Form）分析了石君宝和朱有燉的《曲江池》对《李娃传》的戏剧改编。论者先是详细解释了《李娃传》的两个版本，然后总结了石君宝的《曲江池》和朱有燉的《曲江池》各自的改编特色。伊维德认为石君宝的版本是对《李娃传》的忠实改编，没有特别让人称赞的地方，而朱有燉的版本相比于石君宝的版本和《李娃传》，在故事情节、人物形象等方面的改编更为成功。虽然两个剧作者都是采用杂剧的文学样式对《李娃传》进行改编，"但两者最根本的不同在于模式的不同：石君宝用悲剧模式来构建戏剧，而朱有燉则将作品构建为通俗剧"②。1994 年，伊维德和奚如谷（Stephen H. West）合作的评论文章《西厢记》（Story of the Western Wing），收录在巴巴拉·斯都勒·米勒（Barbara Stoler Miller）编选的《比较视野下的亚洲文学杰作：教学指导书》（*Masterworks of Asian Literature*

---

① Joseph S. M. Lau, "Love and Friendship in T'ang Ch'uan-ch'i", *Monumenta Serica*, Vol. 37, 1986 – 1987, p. 166.

② W. L. Idema, "Shih Chün-pao's and Chu Yu-tun's Ch'ü-chiang-ch'ih：The Variety of Mode within Form", *T'oung Pao*, Second Series, Vol. 66, Livr. 4/5, 1980, p. 265.

in Comparative Perspective： a Guide for Teaching）一书中，《西厢记》是中国文学唯一入选的戏剧作品。作者论述了《莺莺传》之后，从宋代赵令畤的鼓子词到董解元的诸宫调再到王实甫的《西厢记》的各种改编，探讨主人公为适应不同文类的需要而做出的改变，特别是《西厢记》的改编颇具戏剧特色。①

1981 年，曾露凌（Lorraine Dong）发表论文《〈崔莺莺〉的多副面孔》（The Many Faces of Cui Yingying），作者围绕崔莺莺这个文学史上独特而充满争议的文学人物，梳理了崔莺莺形象的文学接受史，从小说中的莺莺、反叛的莺莺、热情的莺莺、泼辣的莺莺、善良的莺莺五个方面按照时间线索梳理了莺莺形象的流变过程。最后作者做出判断："在一个男性主导的社会，所有莺莺和西厢的故事揭示了女人对爱情独立和自由的渴望，但却无法表现女人自身隐含的性欲本质。"②

1985 年，史恺悌（Catherine Swatek）发表论文《冲突中的自我：唐传奇变化的范式》（The Self in Conflict： Paradigms of Change in a T'ang Legend），他认为由《虬髯客传》改编的明代戏剧《红拂记》更强调红拂的主人公地位，甚至超越了虬髯客，"对意识形态的关注，特别是统治者的合法性，这对于接下来阅读《虬髯客传》以及它与《红拂记》的区分是至关重要的"③。

1993 年，李惠仪（Wai-yee Li）出版的专著《沉醉与清醒：

---

① Stephen H. West and Wilt L. Idema, "Story of the Western Wing", in Barbara Stoler Miller, ed., *Masterwords of Asian Literature in Comparative Perspective： A Guide for Teaching*, New York： M. E. Sharpe, 1994, pp. 347 – 360.

② Lorraine Dong, "The Many Faces of Cui Yingying", in Richard W. Guisso and Stanley Johannesen, eds., *Women in China： Current Directions in Historical Scholarship*, Youngstown, N. Y.： Philo Press, 1981, p. 98.

③ Catherine Swatek, "The Self in Conflict： Paradigms of Change in a T'ang Legend", in Robert E. Hegel and Richard C. Hessney, eds., *Expressions of Self in Chinese Literature*, New York： Columbia University Press, 1985, p. 155.

中国文学中的爱情和虚幻》（*Enchantment and Disenchantment*：*Love and Illusion in Chinese Literature*）① 收录了两篇唐传奇的戏剧改编论文，分别是《〈南柯记〉中附属物的分离》（Detachment Through Attachment in The Story of Nan-k'o）和《〈邯郸记〉的讽刺视角》（The Ironic Vision of The Story of Han-tan），这两个梦遇故事以戏剧的形式改造了原小说主题和结构。同一年，蔡九迪（Judith T. Zeitlin）出版专著《异史氏：蒲松龄和中国文言小说》（*Historian of the Strange*：*Pu Songling and the Chinese Classical Tale*）② 涉及唐传奇《枕中记》《谢小娥传》《南柯太守传》对《聊斋志异》的影响。

其三，部分汉学家大放异彩，研究成果突出。杜德桥（Glen Dudbridge）是英国著名的汉学家，1967 年获得牛津大学博士学位，1985 年被聘为剑桥大学的中文教授，直至 1989 年，是剑桥大学第七任汉学讲座教授，后为牛津大学的中文教授，曾任英国学术院中国组主席。他一生致力于中国文学研究，主要的研究方向为中国古典文学、中国宗教及神话，最为关注唐代文学，善于实证研究，把文学与宗教、历史、民俗结合在一起挖掘其中的社会史、文学史和文化史的价值。1983 年，杜德桥翻译的《李娃传》（*The Tale of Li Wa*）③ 出版，这是迄今为止《李娃传》唯一的英文单行本。他运用西方莎士比亚戏剧研究方法，考证、注释、翻译每一个词语每一句话，并在译文前撰写了多达百余页的作品分析，考证了原作的创作背景。他将李娃旁边的"侍儿"翻译成 servant-boy，但是按照中国文化传统，这里译成 maid 更为恰

---

① Wai-yee Li, *Enchantment and Disenchantment*：*Love and Illusion in Chinese Literature*, Princeton：Princeton University Press, 1993.

② Judith T. Zeitlin, *Historian of the Strange*：*Pu Songling and the Chinese Classical Tale*, Stanford：Stanford University Press, 1993.

③ Glen Dudbridge, *The Tale of Li Wa*, London：Ithaca Press, 1983.

当，倾向于女仆或婢女等女性身份。1994 年，杜德桥的文章
《〈柳毅传〉及其类同故事》（The Tale of Liu Yi and Its Analogue）①
通过挖掘和考察《柳毅传》和唐代三个与之类似的故事，将之整
合成一致的观点，即对人兽鬼神之间关系的诠释是这些故事共同
点，并阐发了背后隐藏的社会伦理价值。他在 1995 年又写下文章
《〈李娃传〉再探》（A Second Look at Li Wa chuan）②，针对专著
《李娃传》中详尽的文本阐释争论予以解释。2005 年，杜德桥的
论文集《书籍、小说和白话文文化：中国研究论文集》（Books,
Tales and Vernacular Culture; Selected Papers on China）③ 出版，全
书分为三部分十四章，第二部分的六章均为已发表的唐代研究论
文，收录已发表的《再探〈李娃传〉》和《〈柳毅传〉及其类同
故事》，这是一本总结杜德桥的中国文学研究成果的论文集。杜
德桥研究唐传奇时擅长采用校勘学、版本学和目录学的研究方
法，目的在于揭示作品跟当时社会语境的关联，落脚点放在中国
历史和文化的科学阐释上。

　　美国汉学家的唐传奇研究成果也不容小觑。美国汉学的研究
方向与欧洲的传统汉学研究不同，注重汉学与社会科学的结合。
中国学者郑毓瑜曾对美国学者的汉学研究有着较为精辟的概括：
"首先，美国学者立足古典文学中固有的用语，发挥他们所擅长
的谨严的逻辑思维与分析能力，对本土学者因过于熟悉而缺乏省
查的现象进行开阔而精细的阐释，论证严实、结论新颖。其次，
在尝试新方法的同时，美国学者非常强调扎实的材料功底，其研

---

　　① Glen Dudbridge, "The Tale of Liu Yi and Its Analogues", in Eva Hung, ed. , *Paradoxes of Traditional Chinese Literature*, Hong Kong: The Chinese University Press, 1994, pp. 61 – 88.

　　② Glen Dudbridge, "A Second Look at Li Wa chuan", in Eugene Eoyang and Lin Yao-fu, eds. , *Translating Chinese Literature*, Bloomington: Indiana University Press, 1995, pp. 67 – 76.

　　③ Glen Dudbridge, *Books*, *Tales and Vernacular Culture: Selected Papers on China*, Leiden and Boston: Brill Academic Publishers, 2005.

究成果并未炫耀深邃的方法理论，许多美国学者把广泛涉猎各种西方理论作为积累一种解读东方情境知识的学养，但终其一生，他们游弋于古代典籍的浩瀚海洋之中。最后，美国学者的切入点因自身学术传统和生活场域与中国学者的殊异，显得比较关注科技、经济、社会变迁等力量对文学的接受影响，当本土学者难以脱离社会历史与文化建构的固有观念对研究的束缚的困限时，海外学者对经典的批判与重建往往弥补了大陆学者所缺失的洞察。"①

美国汉学家倪豪士在 1994 年发表论文《唐人载籍中之女性性事及性别双重标准初探》（Female Sexuality and the Double Standard in Tang Narratives：A Preliminary Survey）② 运用女性主义理论探讨了《游仙窟》《莺莺传》《李赤传》《河间传》等唐传奇中女性性欲的特点及其在两性交往中发挥的重要作用。1998 年他发表论文《唐传奇的创造力和讲述故事：沈亚之的唐传奇》（Creativity and Storytelling in the Ch'uan-ch'i：Shen Ya-chih's T'ang Tales）③。文章以鲁迅在《中国小说史略》中对唐传奇的评断为开端，历数此后研究者在选录唐传奇时将鲁迅的评价作为重要的参考。由此此文生发出三个复杂的唐传奇问题：来源、创造力、作者的意图，讨论依据今天的标准是否存在一种持续的文本类型。倪豪士追踪著名唐传奇作者沈亚之的文学生涯，用沈亚之的六个唐传奇故事来回答他自己提出的以上三个问题。倪豪士翻译了沈亚之的《移佛记》《异梦录》《歌者叶记》《湘中怨辞》《冯燕传》《秦梦记》六个故事，在结语部分倪豪士认为沈亚之写作的唐传奇故事

---

① 郑毓瑜：《性别与家国——汉晋辞赋的楚骚论述》，上海三联书店 2006 年版，第 1—2 页。

② William H. Nienhauser, "Female Sexuality and the Double Standard in Tang Narratives：A Preliminary Survey", in Eva Hung, ed., *Paradoxes of Traditional Chinese Literature*, Hong Kong：The Chinese University Press, 1994, pp. 1–20.

③ William H. Nienhauser, "Creativity and Storytelling in the Ch'uan-ch'i：Shen Ya-chih's T'ang Tales", *Chinese Literature：Essays, Articles, Reviews*, Vol. 20, 1998, pp. 31–70.

就是有意识的创新，可归结为中国正式的小说文类。

美国著名的汉学家宇文所安（Stephen Owen）著作丰硕，对唐代文学尤为关注，其中跟唐传奇相关的研究成果有 1996 年出版的《中国"中世纪"的终结：中唐文学文化论集》（*The End of the Chinese "Middle Ages"：Essays in Mid-Tang Literary Culture*），宇文所安将唐传奇的研究转向文化研究层面，其中的一篇《〈莺莺传〉："冲突的诠释"》（Conflicting Interpretations："Yingying's Story"）表达了他对《莺莺传》的研究观点，宇文所安认为《莺莺传》就是一个男女主角都在竭力诠释却相互抵消的浪漫故事，最后只好将诠释权利放置于公众的评价框架内。另一篇《浪漫传奇》（Romance）一文指出，《霍小玉》所体现的浪漫文化不仅仅是情人间的专属品，故事的阅读者往往也会闯入其领地表明自己的话语权。[①] 同一年，宇文所安编辑的《中国文学选集——初始至 1911 年》（*An Anthology of Chinese Literature：Beginnings to* 1911）[②] 翻译了四个关于爱情主题的唐传奇故事，其中，《任氏传》和《李章武传》代表爱情中信任的坚守，《霍小玉传》和《莺莺传》代表爱情中信任的背叛。

华裔学者苏其康（Francis K. H. So）在美国西雅图华盛顿大学完成比较文学博士学位，主要研究领域为英国中古时期与文艺复兴时期的文学与宗教、中西比较文学。1985 年，苏其康发表论文《中古英国传奇和唐传奇的理想主义之比较》（Idealism in Middle English Romance and T'ang Ch'uan-ch'i）[③]，认为传奇这种文学类型分属不同地域的理想主义风格，时空差异、写作手法和历史背

---

① Stephen Owen, *The End of the Chinese "Middle Ages"：Essays in Mid-Tang Literary Culture*, Stanford：Stanford University Press, 1996, p. 142.

② Stephen Owen, *An Anthology of Chniese Lietarture：Begninings to* 1911, New York & London：Norton Company, 1996.

③ Francis K. H. So, "Idealism in Middle English Romance and T'ang Ch'uan-ch'i", *The Journal of National Sun Yat-sen University*, No. 2, 1985, pp. 53 – 76.

景差异成为深入研究这两种作品结构的批评基础。1986 年，苏其康的论文《早期中国小说和英国小说中叙述者的角色》（The Roles of the Narrator in Early Chinese and English Tales）收录在周英雄主编的《中国文本：比较文学研究》（The Chinese Text：Studies in Comparative Literature）一书，由香港中文大学出版社出版。他选择了中古英国浪漫故事和唐传奇来比较小说叙述者的角色，涉及《古镜记》《游仙窟》《李娃传》《莺莺传》《补江总白猿传》《南柯太守传》《昆仑奴》等唐传奇文本。和英国爱情故事一样，唐传奇中的叙述者也采取了全能视角，"他讲述故事，用一种平淡无奇的方式打断故事，详细讲解故事的发展过程，论证本身作为故事解释者的存在。通过在故事开头或结尾出现的叙述者，他坚信自己是一种叙述声音而非故事中的人物"[1]。1987 年，苏其康的论文《唐传奇中的中东人》（Middle Easterners in the T'ang Tales）[2]分析了唐传奇故事里如《杜子春》《柳毅传》中的中东人，包括阿拉伯人、波斯人和阿富汗人，他们大多是商人和财富寻找者，且为男性，他们跟唐朝文人交往密切，性格特征鲜明，与唐朝的社会、政治、文化、宗教等紧密相连。

其四，继续运用西方叙事学理论研究唐传奇。20 世纪 80 年代以来，北美的中国传统叙事研究持续升温。浦安迪相继出版专著《明代小说四大奇书》（The Four Masterworks of the Ming Novel：Ssu ta ch'i-shu，1987）、《中国叙事学》（中文，北京大学出版社 1996 年版），汉学家韩南出版《中国白话小说史》（The Chinese Vernacular Story，1981），余国藩（Anthony C. Yu）、高辛勇（Karl S. Y. Kao）

---

① Francis K. H. So, "The Roles of the Narrator in Early Chinese and English Tales", in Ying-hsiung Chou ed. The Chinese Text：Studies in Comparative Literature, Hong Kong：The Chinese University Press, 1986, p.45.

② Francis K. H. So, "Middle Easterners in the T'ang Tales", Tamkang Review, Vol.18, No.1 - 4, 1987—1988, pp.259 - 275.

等人也出版类似的个案研究著作。汉学家深入挖掘中国叙事传统背后的文化动因，研究叙述的视角变得多元化，研究方法同样深受西方叙事学理论的影响。1980 年，马幼垣的《唐传奇中的事实和虚幻》（Fact and Fantasy in T'ang Tales）一文论证了唐传奇故事的史实和虚幻之间的关联。他开篇以《长恨歌》为例解释了"事实"和"虚幻"两个词语的内在含义，紧接着以《古镜记》为例指出时间结构是创设一个虚幻故事的事实根基。不仅如此，在一个混杂的模式中，时间结构承载了主观时间和客观时间的双重形式，①从《南柯太守传》《枕中记》的故事里均能发现这一点。同样，与时间结构功能相似的还有故事的地理位置以及历史事实，也可增强故事的可信度。而故事的写作者更是扮演了作者和叙述者的双重角色，这无疑使得他们成为虚幻的创造者。1980 年，阿德金斯的论文《唐传奇的英雄》（The Hero in T'ang Ch'uan-ch'i Tales）②运用西方的原型批评理论阐释唐传奇故事，特别是约瑟夫·坎贝尔的英雄循环理论，试图去论证唐传奇的神怪故事符合英雄冒险原型。阿德金斯主要以《柳毅传》为例展开论述，指出这种研究方法同样适用于阐释其他唐传奇英雄故事。1996 年，谢丹尼（Daniel Hsieh）的《〈枕中记〉被诱惑的梦想、阅读和修辞》（Induced Dreams, Reading, and the Rhetoric of "Chen-chung chi"）③论述了沈既济的叙事风格，认为其主要体现在深思熟虑的语言修辞性设计上，故事主人公的经历诱使小说读者陷入与梦境相似的经历中，通过梦境，读者最终体验人生并从现实中抽离，同时借助

---

① Y. W. Ma, "Fact and Fantasy in T'ang Tales", *Chinese Literature: Essays, Articles, Reviews*, Vol. 2, No. 2, 1980, p. 171.

② Curtis P. Adkins, "The Hero in T'ang Ch'uan-ch'i Tales", in Winston L. Y. Yang and Curtis P. Adkins, eds., *Critical Essays on Chinese Fiction*, Hong Kong: The Chinese University Press, 1980, pp. 17–46.

③ Daniel Hsieh, "Induced Dreams, Reading, and the Rhetoric of 'Chen-chung chi'", *Tamkang Review*, Vol. 27, No. 1, 1996, pp. 63–102.

智者完成道德说教。

1990 年，鲁晓鹏（Sheldon Hsiao-peng Lu）的博士学位论文《叙事话语的秩序：中国编史和小说中的问题》（The Order of Narrative Discourse：Problem of Chinese Historiography and Fiction）[①] 比较了中西文学叙事方法，并以唐传奇故事《南柯太守传》和《任氏传》为例论证在当下文学理论语境下的中国叙事传统。这些观点后来融入 1994 年鲁晓鹏出版的《从史实性到虚构性：中国叙事诗学》（*From Historicity to Fictionality：the Chinese Poetics of Narrative*）一书中，在第五章"阅读唐代小说：历史、寓言和虚幻"（Reading T'ang Fiction as History，Allegory and Fantasy）[②] 中，论者分析了中西叙事表现的真实和虚构的差异，并以唐传奇的梦遇故事来例证这一点。论者尝试重构唐传奇的叙事模式，追问唐传奇作者如何颠覆那些小说文本，思考在唐代官方文化中，什么样的叙事模式更易被接受，小说写作如何变成一种积极的诠释。

这一时期的唐传奇作品翻译数量较少，但有两部英文版中国文学选集值得注意：一是 1983 年英国华裔学者张心沧（H. C. Chang）出版《中国文学 3：神怪小说》（*Chinese Literature 3：Tales of the Supernatural*），这是一部中国神怪故事研究集，包括 7 篇唐传奇，分别是《任氏传》《离魂记》《庐江冯媪传》以及《续玄怪录》中的《薛伟》《李卫公靖》《张逢》和《张老》，每一篇译作前都有一篇分析该作品的小论文，可以说是一部翻译和研究并重的专著。作者在序言中还简介了 30 多篇唐传奇，大多关于鬼神故事，

① Sheldon Hsiao-peng Lu，The Order of Narrative Discourse：Problem of Chinese Historiography and Fiction，Ph. D. dissertation，Indiana University，1990.

② Sheldon Hsiao-peng Lu，*From Historicity to Fictionality：the Chinese Poetics of Narrative*，Stanford：Stanford University Press，1994.

虽然虚幻是唐传奇中神怪故事的主旨，但是张心沧指出唐传奇的作者往往更倾向于表现真实，有意或无意地把作品当作历史传记来写，"这样做无疑会削弱唐传奇的虚幻色彩，破坏整个叙事体系的完整性"①。张心沧认为跟唐传奇相比，宋代的神怪故事缺乏色彩纷呈的风格，文学体制不够完备，而明代神怪故事忙于处理世俗情欲，披着神怪的外衣却对神怪体验的本质缺乏更多的探讨。从这一点来看，张心沧明显更为偏爱唐传奇故事里的虚幻色彩。二是1985年高辛勇编选唐传奇选译集《中国古典小说中的神怪和虚幻》（ _Classical Chinese Tales of the Supernatural and the Fantastic_ ）②，此书翻译了27个唐传奇，部分传奇文首次被翻译。前言是一篇相当有价值的研究论文，编者论述了唐传奇兴起的主要原因，将唐传奇的事件结构分为三类，且认为这三种经常被混合使用，并指出了唐传奇对后世文学的影响。以上两个选集选择翻译的唐传奇作品都是关于神怪故事的，说明爱情故事虽然占据翻译的主要地位，但西方读者已然对中国古老的神怪小说产生了浓厚的兴趣。

高辛勇还发表了两篇跟唐传奇相关的论文：1985年发表的《中国的诱导故事》（Aspects of Derivation in Chinese Narrative）花了一半多篇幅阐释了诱导的四种内涵：诱导的基本类型、跨文本的基本形式、代表性的修改、动机和适应环境。然后高氏选取了三个故事作为跨文本诱导分析的典型，第一个例子是六朝志怪故事被改编成唐传奇故事的《李章武》，第二个例子是唐传奇文本《王知古》，第三个例子是杜子春的故事，唐传奇《杜子春》的文

① H. C. Chang, _Chinese Literature 3：Tales of the Supernatural_, New York：Columbia University Press, 1983, p. 26.

② Karl S. Y. Kao, _Classical Chinese Tales of the Supernatural and the Fantastic_, Bloomington：Indiana University Press, 1985.

言文本被改编成《杜子春三入长安》的白话文本。这三个例子代表了不同的诱导类型，具有明显的区别。①

1989 年高辛勇发表了《报和报应：中国小说的故事因果关系和外部动机》（Bao and Baoying：Narrative Causality and External Motivations in Chinese Fiction）②，他在论述《聊斋志异》里的侠女故事时，附带比较了跟它的故事来源唐传奇《贾人妻》的异同，指出唐传奇作品里女子将自己襁褓里的孩子摔死，而在《聊斋志异》里婴儿则没有被杀死，说明了故事兴趣的改变和作者叙述动机的不同。

另外，还有一些研究成果比较有特色，如运用象征手法的研究成果。1999 年，陈珏（Jue Chen）的论文《含沙射影：中古中国文学中的影射表现模式》（"Shooting Sand at People's Shadow"：Yingshe as a Mode of Representation in Medieval Chinese Literature），论者从一个真实和虚构交织的个体入手，追溯了中国文化史中的影射概念，挖掘中国文学中与此概念类似的形象以及与影射概念的关系，最后总结传奇作家若要完成一个影射故事，必须符合三个特征："有意为之的年代错误、诱导性的互文联想、将哲学思想和同时代的偶然细节融入小说文本并能使人信服。"③《古镜记》《补江总白猿传》《游仙窟》《任氏传》《枕中记》《南柯太守传》《霍小玉传》《李娃传》《莺莺传》等唐传奇作品皆蕴含这些要素。1988 年，司马德琳（Madeline K. Spring）发表论文《中国 9 世纪传说中的马和杰出学者》（*Fabulous Horses and Worthy Scholars in Ninth-*

① Karl S. Y. Kao，"Aspects of Derivation in Chinese Narrative"，*Chinese Literature：Essays，Articles，Reviews*，No. 7，1985，p. 20.

② Karl S. Y. Kao，"Bao and Baoying：Narrative Causality and External Motivations in Chinese Fiction"，*Chinese Literature：Essays，Articles，Reviews*，Vol. 11，1989，pp. 115 – 138.

③ Chen Jue，"'Shooting Sand at People's Shadow'：Yingshe as a Mode of Representation in Medieval Chinese Literature"，*Monumenta Serica*，Vol. 47，1999，p. 202.

Century China）① 考证寓言和唐传奇的关系。1993 年，司马德琳出版《中国唐代的动物寓言》（Animal Allegories in T'ang China）②，书中涉及牛僧孺《玄怪录》之《崔绍》篇，讲述猫的寓言，影射当时"牛李之争"的政治斗争；李复言《续玄怪录》之《驴言》篇，讲述驴的寓言，暗示佛教的因果报应。

唐传奇跨学科研究也比较突出。1987 年，华裔学者巫鸿（Hung Wu）的论文《最早的白猿故事壁画代表作：早期中国小说艺术和文学的跨学科调查》（The Earliest Pictorial Representations of Ape Tales：An Interdisciplinary Study of Early Chinese Narrative Art and Literature）调查了中国四川地区四幅与白猿故事相关的壁画，运用图像学理论阐释这些特别的艺术作品，也为推断早期中国文学和艺术之间的共性提供了线索。③ 这些壁画的内容成为《补江总白猿传》的故事情节，故事结构也跟《补江总白猿传》的结构保持一致，但两者在被俘虏女人的形象以及白猿的性格特征等地方论者却发现了诸多不同之处。1990 年，谢慧贤（Jennifer W. Jay）的论文《中国唐朝西安妇女的花边新闻：武则天、杨贵妃、鱼玄机和李娃的个人主义》［Vignettes of Chinese Women in T'ang Xi'an（618—906）：Individualism in Wu Zetian，Yang Guifei，Yu Xuanji，and Li Wa］④ 将四个生活在唐朝西安的女性放置在当时武则天统治下独特的唐朝文化氛围中，与前三个人不同的是，

---

① Madeline K. Spring，"Fabulous Horses and Worthy Scholars in Ninth-Century China"，T'oung Pao，Second Series，Vol. 74，Livr. 4/5，1988，pp. 173 – 210.

② Madeline K. Spring，Animal Allegories in T'ang China，Winona Lake：Eisenbrauns，1993.

③ Hung Wu，"The Earliest Pictorial Representations of Ape Tales，An Interdisciplinary Study of Early Chinese Narrative Art and Literature"，T'oung Pao，No. LXXIII，1987，p. 87.

④ Jennife W. Jay，"Vignettes of Chinese Women in T'ang Xi'an（618 – 906）：Individualism in Wu Zetian，Yang Guifei，Yu Xuanji，and Li Wa"，Chinese Culture，Vol. 31，No. 1，1990，pp. 77 – 89.

李娃最终获得幸福并获得了传统历史学家的赞许，但她们都共同流露出对性欲的渴望并表现出在追逐目标时的独特个性。

值得注意的论文还有：1993 年，韩瑞亚（Rania Huntington）发表的论文《唐传奇的老虎、狐狸和人性边缘》（Tigers, Foxes and the Margins of Humanity in Tang Chuanqi Fiction）①，涉及《任氏传》中人和妖独立的世界。1993 年，张雪莉（音译，Shirley Chang）的博士学位论文《他者的故事：唐传奇描绘的奇异者》[Stories of the "Others": The Presentation of the Unconventional Characters in Tang（618—907）Chuanqi]②，以女侠、情、侠、情痴、失意英雄五种唐传奇他者类型论述其包含的自我实现，这种自我实现脱离了正统的儒家礼教所操纵的那种自我和社会的关系，这些他者的生活并非完全虚构，可以将此看作唐代个人生活传记。

二　整体研究平缓推进的延展期——21 世纪

进入 21 世纪，唐传奇在英语世界的传播、影响和研究进入多向度、多层次的缓慢发展阶段。研究者积极阐释唐传奇文本，以开阔的视野和通达的识见，推动着唐传奇在异域文化语境下蓬勃生长。

这一时期的唐传奇英译选本主要有两部：一部是 2000 年闵福德（John Minford）和刘绍铭编选的《中国古典文学第 1 卷：从远古到唐朝》（Classical Chinese Literature, Volume 1: From Antiquity to the Tang Dynasty）选入不同译者的 9 个唐传奇故事，分别是

---

① Rania Huntington, "Tigers, Foxes and the Margins of Humanity in Tang Chuarqi Fiction", *Chinese Literature*（Cambridge, M. A.）, No. 1, 1993.

② Shirley Chang, Stories of the "Others": The Presentation of the Unconventional Characters in Tang（618－907）Chuanqi, Ph. D. dissertation, University of Wisconsin-Madison, 1993.

《枕中记》《任氏传》《离魂记》《柳毅传》《莺莺传》《虬髯客传》《定婚店》《杜子春》《河间传》。编者考虑到在翻译中原作的文化韵味不可避免地有所流失，所以在书中增加了根据题目和故事内容而创作的书法、绘画、传统的木刻插图、印章和拓印。① 这种与众不同的做法散发着浓郁的传统中国文化风味。另一部是2010年倪豪士主编的《唐代故事阅读指南》（*Tang Dynasty Tales：A Guided Reader*）② 翻译了6个唐传奇作品，包括《红线》《杜子春》《枕中记》《南柯太守传》《虬髯客传》《霍小玉传》。译本都是极为详尽的注释本，便于加深读者对唐传奇的了解。

当然，英语世界的唐传奇研究在20世纪八九十年代唐传奇繁盛发展之后，进入21世纪处于平缓发展的状态，很多方面沿袭了上个时期的研究方法和关注点，但也有一些引人注目的论述。

第一，个案研究变得丰富，既有《莺莺传》《李娃传》《霍小玉传》等爱情名篇，神怪故事也受到重视。

2000年，余宝琳（Pauline Yu）主编的《词语方式：来自中国早期阅读文本的写作》（*Ways with Words：Writing about Reading Texts from Early China*）③ 一书收录四篇研究《莺莺传》的论文，余宝琳的《莺莺传》（The Story of Yingying）引导人们如何阅读莺莺故事，指出这个故事最有趣的地方在于，表达了两性关系中混合着的仪式、狂欢、诱惑、杂乱；李惠仪的《〈莺莺传〉的小说文类和动机的混合》（Mixture of Genres and Motives for Fiction in "Yingying's Story"）将莺莺的故事放置在传奇文体这一层面上，认为同一对象生

①　John Minford，Joseph S. M. Lau eds. *Classical Chinese literature. Volume I：From Antiquity to the Tang Dynasty*，New York：Columbia University Press，2000，p. lviii.

②　William H. Nienhauser，*Tang Dynasty Tales：A Guided Reader*，Singapore，Hackensack，London：World Scientific Publishing Company，2010.

③　Pauline Yu.，ed.，*Ways with Words：Writing about Reading Texts from Early China*，Berkeley and Los Angeles：University of California Press，2000.

发了不同主题的故事，决定了不同故事的动机；① 柯丽德（Katherine Carlitz）的《元稹的〈莺莺传〉》（On Yingying zhuan，by Yuan Zhen）指出明代通俗言情小说《钟情丽集》里的男女主人公都喜欢公开阅读讨论《莺莺传》，但不认同《莺莺传》的男女主角对待性欲激情的态度，显然，两本书的主人公所处社会的文化阶层差异明显；② 包弼德（Peter Bol）的《〈莺莺传〉的阅读视角》（Perspective on Readings of Yingying zhuan）对以上余宝琳、李惠仪和柯丽德的文章予以评价，分析了元稹的创作意图，认为《莺莺传》是一部充满浪漫情怀的小说，更是那个行将结束的时代出现文化道德危机的证据，并围绕《莺莺传》与元稹的关系、传奇文体特性、两性关系等角度去诠释。③

2008 年，蔡凯文（S. C. Kevin Tsai）完成博士学位论文《中国和拉丁文学中隐秘的男性符号》（The Allusive Manufacture of Men Chinese and Latin Literature）④，作者以《李娃传》和罗马文学中的两个文本为例，探讨它们在神话学和人类学的语境里文本的互文性。其中第一章"《李娃传》的仪式和性别"（Ritual and Gender in the "Tale of Li Wa"）已于 2004 年发表在《中国文学：论文、文章、评论》上。

神怪故事的研究方法多样，视野开阔。如 2002 年，现为美国

---

① Wai-yee Li, "Mixture of Genres and Motives for Fiction in 'Yingying's Story'", in Pauline Yu, ed., *Ways with Words: Writing about Reading Texts from Early China*, Berkeley and Los Angeles: University of California Press, 2000, pp. 185 – 192.

② Katherine Carlitz, "On Yingying Zhuan, by Yuan Zhen", in Pau line Yu, ed., *Ways with Words: Writing about Reading Texts from Early China*, Berkeley and Los Angeles: University of California Press, 2000, pp. 192 – 197.

③ Peter Bol, "Perspection on Reading of Yingying zhuan", in Pauline Yu, ed., *Ways with Words: Writing about Reading Texts from Early China*, Berkeley and Los Angeles: University of California Press, 2000, pp. 198 – 201.

④ S. C. Kevin Tsai, The Allusive Manufacture of Men Chinese and Latin Literature, Ph. D. dissertation, University of Princeton, 2008.

康奈尔大学的教授丁香（Ding Xiang Warner）发表论文《〈古镜记〉作者和成书时间的再思考》（Rethinkning the Authorship and Dating of "Gujing ji"）① 考证《古镜记》作者身份和成书的时间；2009 年，卡丽·里德（Carrie E. Reed）发表论文《〈南柯太守传〉的死亡讯息》（Messages from the Dead in "Nanke Taishou zhuan"）② 探究《南柯太守传》的死亡寓意，另一篇论文《平行世界、延伸的时间和虚幻现实：唐传奇〈杜子春〉》（Parallel Worlds, Stretched Time, and Illusory Reality: The Tang Tale "Du Zichun"）③ 则关注《杜子春》叙述文本的真实与虚构的关系。2007 年，现为美国波士顿学院的教授蒋兴珍（Sing-chen Lydia Chiang）发表论文《〈玄怪录〉的道家修仙和唐代文人身份认同》［Daoist Transcendence and Tang Literati Identities in "Records of Mysterious Anomalies" by Niu Sengru (780—848)］④ 探讨《玄怪录》中的文人身份认同以及小说蕴含的道家思想。2010 年，David Allen Herrmann 完成博士学位论文《〈张老〉的地位和诠释：〈续玄怪录〉作者和文本的关键点》（The Construction and Positioning of "Chang Lao": A Key to the Authorship and Contents of the Hsü Hsüan-kuai lu）⑤，论文挖掘了《张老》的多重含义，将整个故事拆解成五个部分，从侧面印证《续玄怪录》的故事叙述框架，并试图通过它在《续玄怪

---

① Ding Xiang Warner, "Rethinking the Authorship and Dating of 'Gujing ji'", *T'ang Studie*, 20 – 21, 2002 – 2003, pp. 1 – 38.

② Carrie E. Reed, "Messages from the Dead in 'Nanke Taishou zhuan'", *Chinese Literature: Essays, Articles, Reviews*, Vol. 31, 2009, pp. 121 – 130.

③ Carrie E. Reed, "Parallel Worlds, Stretched Time, and Illusory Reality: the Tang Tale 'Du Zichun'", *Harvard Journal of Asiatic Studies*, 69, 2009, pp. 309 – 342.

④ Sing-chen Lydi Chiang, "Daoist Transcendence and Tang Literati Identities in 'Records of Mysterious Anomalies' by Niu Sengru (780—848)", *Chinese Literature: Essays, Articles, Reviews*, No. 29, 2007, pp. 1 – 21.

⑤ David Allen Herrmann, The Construction and Positioning of "Chang Lao": A Key to the Authorship and Contents of the Hsü Hsüan-kuai lu, Ph. D. dissertation, Wisconsin-madison University, 2010.

录》中的文学地位追踪整个传奇集的写作方式和动机。同时，此文考证了《续玄怪录》的作者和文本来源，对《太平广记》中的《张老》和《类书》中的《张老》予以对比研究。

另外，华裔学者陈珏教授则有着独特的研究视角，他在 2003 年发表论文《再补谈影射模式的典型〈补江总白猿传〉》（Revisiting the Yingshe Mode of Representation in Supplement to Jiang Zong's Biography of a White Ape）①；2004 年发表论文《〈古镜记〉的历史和小说》[History and Fiction in the Gujing ji（Record of an Ancient Mirror）] 和《一面古老镜子的奥秘：中古中国文化历史语境下的〈古镜记〉的阐释》（The Mystery of an "Ancient Mirror"：An Interpretation of Gujing ji in the Context of Medieval Chinese Cultural History），这两篇文章后收录在他 2010 年出版的《〈古镜记〉：跨学科解读》（Record of an Ancient Mirror：an Interdisciplinary Reading）② 一书中，该书将唐传奇研究纳入文化史的范畴，论证了《古镜记》涉及的一系列广泛论题，如艺术史、中世纪的佛教和道教思想、古老的中医、巫术、地理学等。

第二，从两性文化特别是文人身份入手去论证爱情故事的独特性。

2008 年，谢丹尼出版《中国早期小说中的爱情和妇女》（Love and Women in Early Chinese Fiction）③，这是一部研究唐代小说的专著，涉及二十多个唐传奇文本，爱情和女性是贯穿全书的关键词，主题包括女性在性爱关系上的危险和诱惑；女性的愿望、虚

① Jue Chen, "Revisiting the Yingshe Mode of Representation in Supplement to Jiang Zong's Biography of a White Ape", Oriens Extremus, Vol. 44, 2003—2004, pp. 155 – 178.

② Jue Chen, Record of an Ancient Mirror：an Interdisciplinary Reading, Wiesbaden：Harrassowitz Verlag, 2010.

③ Daniel Hsieh, Love and Women in Early Chinese Fiction, Hong Kong：The Chinese University Press, 2008.

幻和困境；"情"的本质；爱情的胜利与悲剧等。该书从唐传奇女性人物身上着眼，以爱情为落脚点，探讨女性在文人世界观形成中扮演的重要角色。

2009 年，王静（音译，Jing Wang）完成博士学位论文《唐传奇和唐诗背景下〈北里志〉里的妓女文化》［Courtesan Culture in the "Beili zhi"（Records of the Northern Quarter）in the Context of Tang Tales and Poems］①，她比较了孙棨的《北里志》和《霍小玉传》《李娃传》所描绘的妓女生活，以此总结唐传奇在唐朝后期衰落的趋势。

2001 年，保罗·劳泽（Paul Rouzer）的专著《中国早期文本中的女性、性别和男性群体》（*Articulated Ladies*，*Gender and the Male Community in Early Chinese Texts*）②第六章"从礼节到爱情"（From Ritual to Romance）论述了唐传奇爱情故事《柳氏传》《无双传》《柳毅传》《任氏传》《李娃传》中礼节对爱情的影响，认为唐传奇爱情故事特别重视爱情中女性的才华，爱情的原因和爱情的替换也是不可忽视的力量。

2006 年，罗曼琳（音译，Manling Luo）的博士学位论文《唐传奇的对话机制：文人身份建构和传奇写作》［Discourse Formation in Tang Tales：Literati Identity Construction and the Writing of Chuanqi（China）］③，探究了唐传奇作者复杂的叙事策略，通过道德场景、爱情事件、唐玄宗统治时的衰落和梦中冒险四大主题，挖掘文人对话中潜藏着的道德、浪漫、文化记忆和自我反射

① Jing Wang, Courtesan Culture in the "Beili zhi"（Records of the Northern Quarter）in the Context of Tang Tales and Poems, Ph. D. dissertation, The University of Wisconsin-Madison, 2009.

② Paul Rouzer, *Articulated Ladies*：*Gender and the Male Community in Early Chinese Texts*, Combridge：Harvard University Asia Center, 2001.

③ Manling Luo, Discourse Formation in Tang Tales：Literati Identity Construction and the Writing of Chuanqi（China）, Ph. D. dissertation, Washington University, 2006.

意识。涉及的唐传奇文本有《谢小娥传》《冯燕传》《李娃传》《霍小玉传》《莺莺传》《东城父老传》《长恨歌传》《枕中记》《南柯太守传》。

2008 年，冯睿（音译，Linda Rui Feng）完成的博士学位论文《年轻的置换：唐代小说中的城市、旅行和叙事的形成》（Youthful Displacement：City，Travel and Narrative Formation in Tang Tales）[①]以《霍小玉传》《李娃传》等唐传奇故事为例，关注城市语境、文人在旅途的见闻、文人和妓女的关系。2011 年，冯睿发表论文《唐代小说中的长安和旅途叙事》（Chang'an and Narratives of Experience in Tang Tales）[②]，以唐代的城市文化为切入点，贯穿唐代小说中文人有趣的旅行见闻，如《李娃传》《柳毅传》等。

2010 年，洪越（音译，Yue Hong）完成博士学位论文《中国唐代 9 世纪浪漫爱情的对话》（The Discourse of Romantic Love in Ninth Century Tang China）[③]，结构、修辞、问题和身份是出现在论文中的关键词，论者探讨了基于一般语言法则和修辞策略的浪漫对话，不仅广泛存在于 9 世纪的诗歌、逸事和唐传奇中，而且同时代的作者和读者参与了这种新的浪漫文化，并构想了"浪漫爱人"的角色和蕴含作为文化身份而存在的"男人识别力"。论及的唐传奇故事有《莺莺传》《李娃传》《霍小玉传》《李章武传》《非烟传》等，论者认为这种浪漫文化改变了文人自我思考和彼此沟通的方式，通过书写、分享和批评爱情故事，恋爱群体参与新的爱情对话，同时代的作家和读者逐渐接受新的浪漫文化。

---

① Linda Rui Feng, Youthful Displacement：City，Travel and Narrative Formation in Tang Tales，Ph. D. dissertation，Columbia University，2008.

② Linda Rui Feng，"Chang'an and Narratives of Experience in Tang Tales"，*Harvard Journal of Asiatic Studie*，Vol. 71，Issue 1，2011，pp. 35 – 68.

③ Yue Hong，The Discourse of Romantic Love in Ninth Century Tang China，Ph. D. dissertation，Harvard University，2010.

第三，通过追溯唐传奇变异的故事探讨唐传奇的文体界定问题。

2003 年，莎拉·艾兰（Sarah M. Allen）完成博士学位论文《唐传奇：故事和文本》（Tang Stories：Tales and Texts）[1]，讨论了宋朝《太平广记》《类说》《绀珠集》对《玄怪录》《传奇》《异闻集》等唐传奇改编的核心策略，通过文本的语词和形式变异、叙事变异、情节模式变异来重新思考唐传奇的文体特征。2006年，艾兰发表论文《重述故事：一个唐代故事的变异》（Tales Retold：Narrative Variation in a Tang Story）[2] 追溯了一个女人复仇的唐朝故事被重写成四个不同的故事，包括《妾报父冤事》《贾人妻》《崔慎思》《义激》，比较了这些故事的版本来源以及内容差异。2014 年，艾兰在博士学位论文的基础上修改而成的专著《变化的故事：中国唐代故事中的历史、流言和传说》（*Shifting Stories：History，Gossip，and Lore in Narratives from Tang Dynasty China*）[3] 出版。论者将笔触集中在两种类型的唐传奇故事上，一种是唐代流传的历史故事，另一种是神秘传说之外生发的故事。透过这些故事，论者试图揭示上层社会出现的难以辨别真伪的传言是如何开枝散叶流传起来的。

另外，比较重要的论文还有这些：2005—2006 年，蒋兴珍发表论文《唐代奇闻集里的诗意和虚构性》（Poetry and Fictionality in Tang Records of Anomalies）[4]，涉及唐传奇的奇遇故事《元无

① Sarah M. Allen, "Tang Stories：Tales and Texts", Ph. D. dissertation, Harvard University, 2003.

② Sarah Madeline Allen, "Tales Retold：Narrative Variation in a Tang Story", *Harvard Journal of Asiatic Studies*, Vol. 66, No. 1, 2006, pp. 105 – 143.

③ Sarah Madeline Allen, *Shifting Stories：History, Gossip, and Lore in Narratives from Tang Dynasty China*, Cambridge：Harvard University Asia Center, 2014.

④ Sing-chen Lydia Chang, "Poetry and Fictionality in Tang Records of Anomalies", *T'ang Studies*, 23/24, 2005 – 2006, pp. 91 – 117.

有》《来君绰》《柳归舜》《滕庭俊》《姚康成》，挖掘了这类小说的"诗笔"，即诗意化特征明显。2001 年，谢丹尼发表论文《唐传奇中的文和武》（Wen and Wu in T'ang Fiction）①，探讨了存在于唐传奇的文和武之间虚幻的魅力，并以爱情故事中的文人和英雄故事中的豪侠为例，描述了隐藏在当时社会生活背后等级制度的秩序和平衡；2000 年，沈静（音译，Jing Shen）的博士学位论文《传奇剧中的文学借鉴》（The Use of Literature in Chuanqi Drama）② 认为传奇剧是剧作家改编包括唐传奇在内的其他文类和文学经典的产物，剧作家的改编背景和文学批评理念对传奇剧有着重要影响，探讨了传奇剧的互文性，第二章论述《紫钗记》重构的《霍小玉传》的浪漫理想主义，第三章论述《玉合记》对《柳氏传》的接受重写。

这一阶段比较重要的中国文学史有：2001 年，美国汉学家梅维垣（Victor H. Mair）主编的《哥伦比亚中国文学史》（*The Columbia History of Chinese Literature*）问世。这是一部依据中国古代文学类别划分标准编撰的文学史，唐传奇归属于小说。《唐传奇》（T'ang Tale）这部分由倪豪士撰写，他简要梳理了传奇的文体历史演变，认为唐代短篇小说的类型除了传奇以外，还包括志怪小说、逸事小说和寓言，而唐传奇毫无疑问是最重要的类型，肯定了唐传奇的文学地位。倪豪士历数唐传奇最著名的 25 个作品，特别推崇沈亚之，高度评价了他的文学价值："他对各类故事都充满了兴趣，用自己的方式重塑了那些故事。"③ 倪豪士将唐传奇分

---

① Daniel Hsieh，"Wen and Wu in T'ang Fiction"，*Tamkang Review*，Vol. 31，No. 3，2001，pp. 99 – 135.

② Jing Shen，The Use of Literature in Chuanqi Drama，Ph. D. dissertation，Washington University，2000.

③ Victor H. Mair，*The Columbia History of Chinese Literature*，New York：Columbia University Press，2001，p. 593.

为两种类型，一种是被小说化的真实人物，另一种是虚拟化的人物，无论哪一种都暗藏特定的政治含义，最好的唐传奇作品产生于780—820年，兼具艺术性和政治性。2010年，宇文所安和孙康宜（Kang-i Sun Chang）共同编撰的《剑桥中国文学史》（*The Cambridge History of Chinese Literature*）① 诞生，这是一部被认为迄今为止最有影响力的中国文学史。该书秉持"文学文化史"（literary culture）的书写理念，在"文化唐朝"这一章，宇文所安论及《任氏传》较之前的中国叙事文学作品都要成熟，在描写上具有现实主义风格；评价《莺莺传》是唐传奇中最优秀的作品，依据元稹的真实经历而写就；认为《长恨歌传》与白居易《长恨歌》有文体和内容上的区别。不过，该书对唐传奇的关注很少，将相当多的篇幅留给了唐诗。

总之，英语世界的唐传奇研究经历了大约一百年的发展，自20世纪中后期迅猛成长，其蕴含的文学观念、思想体系以及价值取向多元开放，涉及很多值得讨论和关注的理论问题，呈现活跃、持续、平稳的发展趋势。它的主要特征可以归纳为以下几个方面。

第一，研究主体多元化。英语世界的研究者有着不同的学术背景与身份差异，如华裔学者和非华裔学者的差别，美国汉学家与英国汉学家的差别，女性研究者和男性研究者的差别，这些属性的差异导致研究视角和切入点的不同，且水平参差不齐。大致可以分为三类：第一类为以英语为母语或第一写作语言的本土学者，以杜德桥、倪豪士、宇文所安、薛爱华、劳泽、里德等为代表；第二类为从中国前往英语世界定居的华裔学者，以鲁晓鹏、马幼垣、李惠仪、李玉华、张心沧、裴小龙等为代表；第三类为

---

① Kang-i Sun Chang, Stephen Owen, eds., *The Cambridge History of Chinese Literature*, Cambridge：Cambridge University Press，2010.

英语世界的中国留学生、访问学者，以罗曼琳、张雪莉、沈静等为代表。第一类研究者深受西方意识形态和本国政治经济文化的影响，能在理论话语、学科和文化场域之间自由转换，重视文学研究的独立性，对西方文学理论有着较强的驾驭能力，善于联想，打破固有的文化定式，大胆创新，以更新奇的角度审视和评判唐传奇。但劣势在于他者眼光里的主观意识形态明显，部分学者无法熟知中文文本，只能依据英译本，且对中国文化的理解不够透彻，容易出现文化过滤下的误读。第二类研究者远渡重洋前往美国求学后工作定居，他们深谙中西两种文学传统，国学功底较为深厚，西方文学理论素养较高，往往见解新颖，能突破单一的文化视野和理论框架，且批评立场较为中立，推进了英语世界唐传奇研究的理论深度，为中国古典文学的西传做出了重要贡献。第三类研究者的观点往往最靠近国内研究，但缺少新鲜的想法，对西方权力话语的把控和驾驭相对淡化，在他们的研究中没有发现特别明显的文化迁移痕迹。

第二，研究内容广泛化。这方面包括唐传奇的实证研究，如作者、版本、成书方式以及小说口头渊源等研究，特别是唐传奇的口头来源是研究者较为关注的地方；唐传奇的内容研究，如主题、人物形象、叙事技巧、修辞手法等，爱情主题最受欢迎，对张生抛弃莺莺的个人动机以及李娃为何能获得爱情上的胜利是研究者讨论的重点，对文人和妓女形象以及叙述者的作用多有探讨；唐传奇的文化研究，如宗教、历史、社会等，陈珏建构的唐传奇影射模式将文学和社会历史联结，王静通过考察唐代的妓女文化深化唐传奇文本中的妓女形象；跨学科研究，如人类学、语言学、哲学等文学与其他人文学科的交叉渗透，阿德金斯以人类学中的原型理论为依托，重点研究神怪故事中的男主人公身上具有的原型英雄的特质。

　　第三，研究方法多样化。研究主体的跨文化身份使得英语世界的唐传奇研究呈现明显的异质性，更勇于尝试跨文化的比较研究方法实践。既注重文本的文献考证和文本细读，又能广泛运用现代西方文论的各种批评理论和方法，如阐释学、女性主义、原型批评、结构主义、符号学等理论来对唐传奇进行多层次、立体化的解读。文学理论在文本研究中起着重要的作用，伊格尔顿感叹："如果没有某种理论——无论其如何粗略或隐而不显——我们首先就不会知道什么是'文学作品'，也不会知道应该怎样读它。"[①] 西方研究者拥有跨越中西的文化视野，整体驾驭西方理论的能力使得理论和文本有效地融合，有助于拓宽唐传奇的研究视域。

　　当然，英美学界如何打破传统理论视野，追寻新的阐释空间，是一个亟待解决的难题。让我们来看看英美汉学界对《李娃传》的研究方法，便是一个为我们开拓新的研究思路的例证。1983 年，英国汉学家杜德桥（Glen Dudbridge）出版专著《李娃传》（*The Tale of Li-wa*），依据《太平广记》和《类说》两个中文版本，引入莎士比亚学方法注释文本，从结构主义文学批评的视角分析文本的结构模式，考证《李娃传》与《李娃行》的关系以及传文的影射问题。该书出版后引起巨大的反响，引发英美学界的热烈讨论。面对人们质疑加入大量儒家经典和文学典范是否"过度阐释"问题，杜德桥在 1995 年又写下文章《〈李娃传〉再探》（A Second Look at Li Wa Chuan）予以回应，回击批评者的质疑，他不赞同自己对《李娃传》的文本阐释是过度的，相反，他认为文本远远超出了其表面叙述，暗含对儒家经典、文学传统以及当时用语的联想，所以研究者有责任将其中的互文性挖掘出

----

　　① ［英］特雷·伊格尔顿：《二十世纪西方文学理论》，伍晓明译，陕西师范大学出版社 1986 年版，第 2 页。

来，这才是向西方读者做出的最好的交代。① 2007 年，倪豪士在《唐研究》（*T'ang Studies*）发表论文《〈李娃传〉三探》（A Third Look at "Li Wa Zhuan"）支持杜德桥研究《李娃传》的方法，他重新探讨了杜德桥的阅读模式并讨论了故事在当时环境中的潜在读者，发现文本中显现的互文性与比较广泛的文本关联更容易引起读者的共鸣。② 杜德桥和倪豪士分属英美汉学界的唐传奇研究大家，彼此间的回应也说明了他们的研究理念在某种程度的趋同性。受此唐传奇研究方法的启发，2004 年，蔡凯文的论文《〈李娃传〉中的性别与仪式》（Ritual and Gender in the "Tale of Li Wa"）从人类学的角度揭示了《李娃传》中隐含文本的仪式意义，郑生、李娃、郑父在经受仪式的洗礼后，他们的行为都打破了自身阶层的藩篱，实现了跨越阶层的融合。③

在中西文化的交互影响下，英美学界的唐传奇研究中所出现的跨文化视野的异质性和差异性丰富了唐传奇的研究生命力。华裔学者陈珏教授认为汉学有三次"典范大转移"："第一次是 19 世纪末到 20 世纪初，从'传教士汉学'到'学院派汉学'的典范转移，以欧洲为中心。第二次发生在二战后，重心从欧洲移到美国，完成了从一门'象牙塔'中的'古典'学问到一门与 20 世纪人文社会科学发展同步的'新'学问的典范转移。第三次目前还是一种'有迹象的预测'，亦即也许只要在本世纪再过短短十五到二十年，'汉学'研究的重心就会从欧美返回到东亚，这

---

① Glen Dudbridge, "A Second Look at Li Wa chuan", in Eugene Eoyang and Lin Yao-fu, eds. *Translating Chinese Literature*, Bloomington, Indiana: Indiana University Press, 1995, pp. 67 – 76.

② William H. Nienhauser, "A Third Look at 'Li Wa Zhuan'", *T'ang Studies*, 25, 2007, pp. 91 – 110.

③ S. C. Kevin Tsai, "Ritual and Gender in the 'Tale of Li Wa'", *Chinese Literature: Essays, Articles, Reviews*, Vol. 26, 2004, pp. 99 – 127.

与近年学术界热议的所谓"汉学回家"的说法，不无共通处。"①
当然，在"汉学"研究的重心回到东亚之前，我们依然有足够的
时间和耐心将眼光投向域外，通过汉学这面作为他者的镜子来审
视和反观作为本土文化的自我，而唐传奇研究恰恰就是这面镜子
中他者和自我的缩影。与此同时，中西异质文化下的唐传奇研究
也存在文化过滤和误读，将更多的唐传奇作品纳入研究视野，对
唐传奇作为小说文体的研究更为深入，这些将是未来唐传奇在英
语世界的研究方向所在。

第三节　英译中国文学选集中的唐传奇定量考察

在唐传奇百年的英译历史中，从最初的默默无闻到广为流
传，唐传奇一步步走入英语现实文化语境，同时也受到英语世
界文化语境的制约，译者在选择唐传奇文本时目的明确且有条
件地进行翻译。一篇唐传奇作品被翻译的多寡，与它在英语世
界的影响力成正比。它被译者翻译的次数越多，说明它被认可
的程度就越高。唐传奇译介的量化，反映了翻译主体潜在的审
美趣味和文化价值取向。这一节将详细地考察英语世界的唐传
奇译介状况，以英语世界公开出版的唐传奇译本为研究对象，
探讨英语世界唐传奇文本的实际地位，并观察与国内唐传奇地
位相比的一些变化，思考唐传奇的文学经典在英语世界被建构
的过程。

一　英译中国文学选集中的唐传奇译作

我们首先来梳理作为术语的"唐传奇"的翻译情况。因为

---

① 任思蕴：《中文世界的汉学研究还比较年轻》，《文汇报》2012 年 10 月 22 日。

"唐传奇"这一小说文类是中国独有的，所以名称翻译不是很稳定。在众多的英语译著和研究论著中，英语世界的译者对"唐传奇"术语的翻译多种多样，许多译者常常依据自身的偏好和需要采用不同的表达方式。主要分为以下几种情况：一是直译，使用 T'ang Ch'uan Ch'i 或者 Chuanqi 来表示"唐传奇"，如海陶玮编撰的《中国文学题解》、Sarah McMillan Yim 的博士学位论文《唐传奇的结构、主题和叙述者》（Structure, Theme and Narrator in T'ang Ch'uan-ch'i)、翟氏父子合编的《中国文学珍宝》、Tak Him Kam 的博士学位论文《唐传奇的兴起及其叙事艺术》（The Rise of T'ang Ch'uan Ch'i and Its Narrative Art)、阿德金斯的博士学位论文《唐传奇的神怪：一种原型观》（The Supernatural in T'ang Ch'uan-ch'i Tales: an Archetypal View)、苏其康的论文《中古英国传奇和唐传奇的理想主义之比较》（Idealism in Middle English Romance and T'ang Ch'uan-ch'i)、倪豪士的论文《唐传奇的创造力和讲述故事：沈亚之的唐传奇》（Creativity and Storytelling in the Ch'uan-ch'i: Shen Ya-chih's T'ang Tales)、张雪莉的博士学位论文《他者的故事：唐传奇描绘的奇异者》[Stories of the "Others": The Presentation of the Unconventional Characters in Tang (618—907) chuanqi] 等。二是使用 T'ang tales 或者 T'ang stories 来表示唐传奇，如黄宗泰的论文《唐代爱情故事中的自我和社会》（Self and Society in Tang Dynasty Love Tales)、苏其康的论文《唐传奇中的中东人》（Middle Easterners in the T'ang Tales)、马幼垣的论文《唐传奇中的事实和虚幻》（Fact and Fantasy in T'ang Tales)、莎拉·艾兰的博士学位论文《唐传奇：故事和文本》（Tang Stories: Tales and Texts)、冯睿的博士学位论文《年轻的置换：唐传奇中的城市、旅行和叙事的形成》（Youthful Displacement: City, Travel and Narrative Formation in Tang Tales）等。三是使用其他的翻译名称，读者需要根据文本内容来辨别唐传奇的指称范围，如谢丹尼的论文

《唐传奇中的文和武》（Wen and Wu in T'ang Fiction）用的是 T'ang Fiction，李豪伟的论文《唐代文学的爱情主题》（Love Themes in T'ang Literature）使用的是 T'ang Literature，但都是表示唐传奇；蔡涵墨的论文《唐朝传说：历史和传闻》（T'ang Legends：History and Hearsay）和史恺悌的论文《冲突中的自我：唐传奇变化的范式》（The Self in Conflict：Paradigms of Change in a T'ang Legend）使用的都是 T'ang Legend，但前者的范围更广，唐传奇只是其中的一部分，而后者就是单指唐传奇；薛爱华的论文《唐代故事中的伊朗商人》（Iranian Merchants in T'ang Tales）虽然使用了 T'ang Tales 这一术语，但指的不仅仅是唐传奇，还有唐代其他小说类型。

　　这种不太统一的"唐传奇"术语翻译问题，容易为传播和研究唐传奇带来一定的阻碍，不利于中西唐传奇研究者之间的学术沟通与对话。刘绍铭认为"传奇"（Ch'an-ch'i）一词具有文学性的翻译就是"transmission of things extraordinary"，他指出自韩南的《中国白话小说史》出版后，西方学者一般将"传奇"译为"classical tale"，以此与"话本"（vernacular story）相对照。为了避免使用同一个术语过于单调，他决定跟以往的翻译从风格上进行区分，用"tale"和"story"来指代"传奇"。① 他的这种想法大概也代表了许多译者的心声，就是希望以自己的独特翻译吸引读者的注意，获得非同寻常的文学美感，所以导致唐传奇术语翻译的不一致。当然还有一个重要的原因在于唐传奇作为小说文类缺乏独立性，部分译者认为唐传奇就是中国小说的一部分，一概用"tale"和"story"来指称。唐传奇如果能在术语的翻译上获得统一，拥有专属的术语名称，那么就能确定唐传奇明晰的概念

---

　　① Joseph S. M. Lau，"Love and Friendship in T'ang Ch'uan-ch'i"，*Monumenta Serica*，Vol. 37，1986—1987，p. 155.

而不至于使人产生歧义，读者就能将唐传奇跟其他的小说类型区分开来，体现唐传奇作为独立文类的内涵特征。

再来考察不同阶段的唐传奇选集状况，尤其是具有文学史性质的选集。通过这样的方式，我们往往可以探析英语世界的读者对唐传奇地位的把握与认识变迁。我们选取选集的标准如下：第一，选集应在英语世界较具影响力与传播力。第二，选集既包括专门的唐传奇选集，也选取涵盖中国各类作品的文学集。选集中既有自编自译的唐传奇作品选，也有综合已有翻译成果的选集，当然，专门的唐传奇选集更能展现编撰者对唐传奇地位的认识、评价及其编撰者的美学趣味。本文考察的 11 部选集中，英国出版的有 1 部，有 1 部同时在英国与美国出版，其余在美国出版。从年代来看，30 年代 1 部，40 年代 1 部，60 年代 3 部，70 年代 1 部，80 年代 2 部，90 年代 1 部，21 世纪 2 部，这基本囊括了各个时间阶段具有代表性的唐传奇作品选集。

1. 1938 年，爱德华兹（E. D. Edwards）译著的《中国唐代散文文学》（*Chinese Prose Literature of the T'ang Period，A. D. 618 - 906*）由伦敦阿瑟·普洛普斯坦因（Arthur Probsthain）公司出版，此书以《唐代丛书》为底本翻译，囊括绝大多数的唐传奇译本。

2. 1944 年，王际真（Chi-chen Wang）翻译的《中国传统小说》（*Traditional Chinese Tales*）由纽约哥伦比亚大学出版社出版。包括唐传奇故事 14 个，分别是《古镜记》《补江总白猿传》《离魂记》《枕中记》《任氏传》《柳毅传》《霍小玉传》《李娃传》《莺莺传》《谢小娥传》《昆仑奴》《聂隐娘》《定婚店》《杜子春传》。

3. 1964 年，鲍吾刚（Wolfgang Bauer）和傅海波（Herbert Franke）的《金匣：两千年的中国小说》（*The Golden Casket：Chinese Novellas of Two Millennia*）由纽约 Harcourt，Brace & World 有限公司出版。共收录唐传奇 8 篇，分别是《任氏传》《莺莺传》《南柯太守

传》《李娃传》《虬髯客传》《红线》《奇男子传》《霍小玉传》。

4. 1965 年，翟氏父子合编的《中国文学珍宝》（*A Treasury of Chinese Literature*）由纽约 Appleton-Century 出版社出版。有 5 个传奇故事，分别是《霍小玉传》《任氏传》《无双传》《南柯太守传》《虬髯客传》。

5. 1965 年，白之编选的《中国文学选集》（*Anthology of Chinese Literature：From Early Times to the Fourteenth Century*）由纽约格罗夫出版社出版，收入 3 个唐传奇故事，包括阿瑟·韦利翻译的《莺莺传》和《李娃传》以及白之翻译的《虬髯客传》。

6. 1978 年，马幼垣的《中国传统小说：主题和文类》（*Traditional Chinese Stories：Themes and Variations*）由纽约哥伦比亚大学出版社出版，翻译了 13 个唐传奇故事，包括《任氏传》《枕中记》《柳毅传》《李娃传》《莺莺传》《冯燕传》《崔书生》《杜子春》《张书生》《无双传》《求心录》《非烟传》《鱼玄机笞毙绿翘致戮》。

7. 1983 年，张心沧的《中国文学 3：神怪小说》（*Chinese Literature 3：Tales of the Supernatural*）由纽约哥伦比亚大学出版社出版。翻译了唐传奇作品 7 篇，都是神怪故事，包括《任氏传》《离魂记》《庐江冯媪传》《薛伟》《李卫公靖》《张达》和《张老》。

8. 1985 年，高辛勇编选的《中国古典小说中的神怪和虚幻》（*Classical Chinese Tales of the Supernatural and the Fantastic*）由印第安纳大学出版社出版。翻译了 27 个唐传奇作品，由不同的译者完成，包括《离魂记》《庐江冯媪传》《李赤传》《三梦记》《李章武》《湘中怨辞》《霍小玉传》《灵应传》《齐推女传》《岑顺》《郭元振》《张逢》《定婚店》《李卫公靖行雨》《薛伟》《张老》《李子牟》《贾人妻》《金友章》《孙恪》《郑德璘》《韦自东传》《崔炜传》《昆仑奴》《聂隐娘》《红线》《张直方》。

9. 1996 年，宇文所安编选的《中国文学选集——初始至 1911 年》（*An Anthology of Chinese Literature*：*Beginnings to 1911*）由 W. W. 诺顿公司（W. W. Norton Company）在纽约和伦敦出版。出版翻译了 4 个故事：《任氏传》《李章武传》《霍小玉传》《莺莺传》。

10. 2000 年，闵福德和刘绍铭合编的《中国古代文学》（*Classical Chinese Literature*，*Volume* 1：*From Antiquity to the Tang Dynasty*）由纽约哥伦比亚大学出版社出版。不同译者翻译了 9 个唐传奇故事，分别是《枕中记》《任氏传》《离魂记》《柳毅传》《莺莺传》《虬髯客传》《定婚店》《杜子春》《河间传》。

11. 2010 年，倪豪士主编的《唐传奇阅读指南》（*Tang Dynasty Tales*：*A Guided Reader*）由世界科学出版公司（World Scientific Publishing Company）出版。翻译了 6 个唐传奇作品，包括《红线》《杜子春》《枕中记》《南柯太守传》《虬髯客传》《霍小玉传》。

表 2 - 1　　　　　英译唐传奇入选英译文学自选集统计

排名	作品	中国唐代散文文学	中国传统小说	金匮	中国文学宝藏	中国文学选集：从早期到14世纪	中国传统小说：主题和文类	中国文学3	中国古典小说的神怪和虚幻	中国文学选集：初始至1911年	中国古代文学	唐代故事阅读指南	入选次数
1	《任氏传》	√	√	√	√		√	√		√	√		8
2	《莺莺传》	√		√		√	√			√	√		6
3	《虬髯客传》	√		√	√	√					√	√	6
4	《霍小玉传》	√	√		√				√	√		√	6
5	《离魂记》	√	√					√	√		√		5

续表

排名	作品	中国唐代散文文学	中国传统小说	金匣	中国文学宝藏	中国文学选集：从早期到14世纪	中国传统小说：主题和文类	中国文学3	中国古典小说的神怪和虚幻	中国文学选集：初始至1911年	中国古代文学	唐代故事阅读指南	入选次数
6	《李娃传》	√	√	√		√	√						5
7	《杜子春》	√	√				√				√	√	5
8	《枕中记》	√					√				√	√	5
9	《南柯太守传》	√		√	√							√	4
10	《柳毅传》	√	√				√				√		4

（备注：该表只统计排名前十的唐传奇的译介状况，以入选文学自选集的次数来决定最终排名，如果次数相同则将译者人数较多的唐传奇排在前面。）

二　唐传奇的译介特征

根据上述表格反映唐传奇译本数量的各项数据，英语世界的唐传奇译介呈现以下几个特点。

第一，译介主体的审美性。

译者的身份、翻译意图、译本的选择变化会受到译者的知识框架、意识形态与美学趣味的影响。翻译是为了传递中国文化、再现中国文学的艺术价值，还是为了满足不同层次的读者需求，取决于译者的选择。

译者对作品的理解与诠释因人而异，同一篇唐传奇作品，译本形态往往千差万别，具体体现在斟字酌句、篇章结构以及意义的诠释等方面。所以，正如法国社会学家埃斯卡皮所说，翻译是一种创造性背叛，"说翻译是背叛，那是因为它把作品置于一个完全没有预料到的参照体系里（指语言）；说翻译是创造性的，那是因为它赋予作品一个崭新的面貌，使之能与更广泛的读者进行一次崭新的文学交流；还因为它不仅延长了作品的生命，而且又赋予它第二次生命"①。不同译者由于受到诸多因素的影响，对源文本的二次创造使得译本成为一种新的文学文本。跟唐传奇的源文本相比，它们承载着特定的文化内涵，具有独立的文学价值与美学特征。

译者选择的译介对象往往离不开他的审美偏爱，如王际真认为自己选择的 20 个神怪故事具有代表性，它们代表了除历史冒险故事和现实主义小说外所有的中国传统小说主题。他的理由是传统的故事讲述者偏重于讲述事件以及道德说教，对塑造人物形象和分析行为动机则不太关心。② 由此可见，王际真特别看重神怪故事，认可神怪故事塑造的人物形象以及细腻的心理刻画，因为这类故事的主人公比人类描绘出的妖魔鬼怪形象更具有可信度。王际真任教于美国哥伦比亚大学中文系，还翻译了《红楼梦》和鲁迅的小说，他毕生致力于向西方推广中国文学，是美国汉学界中国小说研究的奠基者，被誉为美国当代汉学的开山隐者。王际真游走于中西文化的交会地带，承载的中华民族情感与西方文化容易发生碰撞和激化，他的文本翻译实践就是文化冲击的物化的表现形式，英语世界对中国古典小说的译介不再是西方本土译者独自言说一家独大，华裔译者也能发出自己独特的声音。另外，翟氏父子选入的 5 个唐传奇故事依据唐传奇主题划分为四类，将《任氏传》归为神怪故事、《虬髯客传》归为冒险故事、《霍小玉传》和《无双传》归为爱情故事、《南柯太守传》归为讽刺故事。

---

① ［法］罗贝尔·埃斯卡皮：《文学社会学》，王美华、于沛译，安徽文艺出版社 1987 年版，第 137—138 页。

② Chi-chen Wang, *Traditional Chinese Tales*, New York: Columbia University Press, 1944, Preface.

他们编写这些故事的目的是提供唐传奇故事主要类型的范式，从中挖掘中国文学丰富的价值。①

译介主体置身的时代背景、文化语境、话语体系皆影响着翻译过程以及翻译目的的实施，在中西文学交流中，译者也经历了文化过滤。文化过滤指文学交流中接受者的不同文化背景和文化传统对交流信息的选择、改造、移植、渗透的作用。② 以美国著名的汉学家倪豪士为例，他从事汉学研究 30 多年，著述颇多。他热爱中国文化，曾多次造访中国进行学术交流，最为突出的是唐代文学研究，特别是对唐传奇有着自己独特的研究视角。从他的人生经历来看，他首先是偶然接触了中国古典文学，然后通过选择筛选出自己感兴趣的唐代文学深入研究。在面对异质文化时，他采取主动交流的态度，他作为接受者主动获得了放送者的文化内容。"译者以自身的艺术创造才能去接近和再现原作的一种主观努力……在翻译过程中译者为了达到某一主观愿望而造成的一种译作对原作的客观背离。"③ 英语世界的唐传奇选集也是构建唐传奇经典的重要方式，选集对文本的选择绝不是随意为之，作为一种潜在的话语，它表达了编选者内在的主观愿望。

第二，译介对象的独特性。

根据上述表格的数据，在英语世界最受欢迎的十大唐传奇作品依次是：《任氏传》《莺莺传》《虬髯客传》《霍小玉传》《离魂记》《李娃传》《杜子春》《枕中记》《南柯太守传》《李章武传》。从国内唐传奇的排名来看，根据已发表的研究唐传奇的期

① Ch'u Chai, Winberg Chai, *A Treasury of Chinese Literature*, New York：Appleton-Century，1965，p. 75.

② 曹顺庆：《比较文学论》，四川教育出版社 2002 年版，第 184 页。

③ 谢天振：《译介学》，上海外语教育出版社 1999 年版，第 137 页。

刊硕博论文情况，最受欢迎的爱情故事也是《莺莺传》《李娃传》和《霍小玉传》，由此看出，英语世界的唐传奇受重视程度与国内的唐传奇地位基本一致，这说明译者在选择唐传奇译介对象时，具备较高的审美趣味，经典认同感比较强烈。

西方译者比较推崇爱情和神怪主题。入选的十大唐传奇作品中，有五部作品《任氏传》《离魂记》《杜子春》《枕中记》和《南柯太守传》都是神怪故事，入选次数最多的是《任氏传》，它居然是最受西方译者重视的作品，而不是在国内更有名气的《莺莺传》。大概原因在于《任氏传》既充满了神秘虚幻色彩，也有荡气回肠的爱情。爱情主题最受欢迎的仍然是《莺莺传》《霍小玉传》和《李娃传》。选择译介对象虽然比较困难，单一的文学集无法涵盖所有重要的文学作品，选择什么和反对什么需要译者审慎的抉择。但翟氏父子的选择标准是作品本身的品质、作者的重要性以及普通读者的兴趣。① 从挑选的五个唐传奇故事来看，神怪故事居多，译者身处西方社会文化语境，一定懂得揣摩西方读者的喜好，故挑选了较多的神怪故事。

反观《长恨歌传》，仅有的译本是爱德华兹在《中国唐代散文文学》中的译本，或许是篇幅的原因，又或许在同时代已出现更有名的白居易的诗歌《长恨歌》，故西方译者对它兴趣不大，推测读者也没有想读这个故事的意愿。但在国内《长恨歌传》的影响似乎要更大，它被清初剧作家洪升直接改编成《长生殿》。同样是爱情故事，《莺莺传》却更契合西方读者的心境，相比于罗密欧与朱丽叶这样的西方爱情悲剧，《莺莺传》的人物张生和莺莺总是令西方读者极为惊讶，西方汉学家余宝琳曾说她在中国文学翻译课上已经讲了好几次这个传奇故事，她发现学生对这个

---

① Ch'u Chai, Winberg Chai, *A Treasury of Chinese Literature*, New York：Appleton-Century, 1965, p. vii.

故事的反应很有趣，讨论倾向于集中在这些问题上："张生为何有那样的举动？莺莺为什么会那样做？如果从张生的角度出发，还能称作《莺莺传》吗？张生的行为是明智的吗？叙述者是怎样看待张生的？我们又如何看待张生呢？"① 《莺莺传》所呈现的爱情观跟西方爱情故事截然不同，显然无法用西方语境下的喜剧和悲剧来界定它，相信这也是西方译者对《莺莺传》感兴趣的原因。《离魂记》的入选次数排在第五位，但英语世界的研究资料却很少，它是爱情故事和神怪故事结合的产物，情节相对比较简单，这可能是许多译者喜欢翻译它的原因，但就文本研究来说，它没有缠绵悱恻的爱情，也缺乏像梦遇故事那样的奇特虚幻色彩，反而不被研究者重视。

通过对唐传奇作品的定量化分析，分析作品入选的多寡以及被排斥在选集之外的作品的故事类型，我们可以借此判断唐传奇在英语世界的影响力，探讨英语世界的选集编撰者对唐传奇作品的学术评价和考量。如20世纪80年代的两部唐传奇选集张心沧的《中国文学3：神怪小说》和高辛勇的《中国古典小说中的神怪和虚幻》，它们都是神怪故事。究其原因，中国文学的西传离不开英语世界对中国小说的接受，中西审美趣味和价值观的差异巨大，唐传奇恰好符合了目的语国家的审美趣味。兴起于19世纪的西方浪漫主义思潮一直蔓延到20世纪，浪漫主义文学崇尚激情、充满艺术想象力、追求异国浪漫，这样的文学审美诉求支配着译者的作品选择。最早翻译唐传奇的是英国人，特有的哥特文学传统也影响着人们的审美判断，哥特文学奇异的文学手法、神秘虚幻色彩浓烈，这些特征跟唐传奇里各种神

① Pauline Yu，"The Story of Yingying"，in Pauline Yu．，ed．，*Ways with Words：Writing about Reading Texts from Early China*，Berkeley and Los Angeles：University of California Press，2000，p. 182.

怪故事和游侠故事恰巧契合，古老的东方主义文学风情符合西方人的艺术想象。

第三，译介活动的非均衡性。

从总体情况来看，英译唐传奇选集的翻译力量分布不均衡。唐传奇的单篇数量众多，传奇集至少有 7 部，但英语世界对唐传奇的译介主要集中在一部分优秀作品上面，如《莺莺传》《李娃传》《霍小玉传》《柳毅传》等家喻户晓的名篇，有些则是片段译文或是简单译文，如《长恨歌传》《柳氏传》等，传奇集《传奇》《甘泽谣》《玄怪录》等只有部分作品被翻译成英文，大量的作品依旧沉睡在中文世界。翻译对象的不均衡导致唐传奇集始终处于零散、非系统化的状态，人们的目光容易停留在其中几篇代表作上面，无法从中窥视整部文集的全貌，如果能将唐传奇的全部作品翻译完成，相信人们能站在唐传奇文体的高度肯定这一小说文类的价值。唐传奇单一作品的重复翻译的译本比较多，如《任氏传》有 7 个译本，《霍小玉传》《虬髯客传》有 5 个译本，表格中的《莺莺传》虽然只有 4 个译本，但在期刊论文和专著中至少还有 3 个译本。《莺莺传》的译本虽数量众多，但阿瑟·韦利和海陶玮的译本最受欢迎，多次入选各种中国文学选集。因唐传奇是短篇文言小说，故需要翻译者具备一定的文言文功底，有时重译现象突出。

从翻译主体来看，英语世界唐传奇翻译群体主要包括西方本土汉学家、华裔学者和中国留学生三类。上面表格的 11 部以唐传奇作为主要对象的文学选集中，其中由华裔学者翻译的有 3 部，分别是王际真翻译的《中国传统故事》、翟氏父子翻译的《中国文学珍宝》、张心沧翻译的《中国文学 3：神怪小说》。另外，倪豪士编选的《唐代故事阅读指南》中的《虬髯客传》和《霍小玉传》是由中国留学生翻译的。由此可见，英语世界唐传奇翻译的主体力量还是西方本土汉学家，他们贡献的译本是最多的。

三　译介背后的深层反思

文学经典化是一个开放体系，经历了建构——解构——再建构的复杂动态的运行轨迹。英语世界唐传奇的经典文本正是借助文学选集这一重要的载体反复调整，最终建构了经典的文学地位。"在经典修正过程中，文学选集成为许多评论家关注的焦点，他们对以往的文学选集进行了重新审视，指出在经典构成的过程中，传统的文学选集起到了系统排斥作为他者的文学传统或使其边缘化的作用。"① 透过唐传奇英译文学选集中的经典文本，可以发现以下几个引人深思的问题。

其一，英译选集中的文体意识。

早期的英译中国文学选集选录唐传奇作品的标准不一。爱德华兹直接将《唐代丛书》翻译成英文，她的理由是《唐代丛书》是最能体现唐代小说的文集，所以爱德华兹眼里并无传奇的文体概念，仅是将唐传奇归入唐代小说中。王际真则看重入选唐传奇故事的可读性，故而译本体现了译者较强的主观性。白之编撰的《中国文学选集》里认同鲁迅夸赞唐代文人是第一个有意识地实践小说艺术的作者，但他并无将唐代小说跟之前的文言小说区分开来的意识，故所取的标题为"T'ang Short Stories"，他更感兴趣的是元稹创作《莺莺传》的动机，认为张生这个人物身上隐藏着元稹的一半身份。他感叹中国古代故事的语言经常不受修辞设计的约束，能以言简意赅的方式获得最大的意义，如《虬髯客传》

---

① 赵一凡编：《西方文论关键词》，外语教学与研究出版社 2006 年版，第 301 页。

中虬髯客第一次见到未来的君主李世民就只用了"见之心死"四个字来表达内心情感。① 只有翟氏父子在合编的《中国文学珍宝》中将《霍小玉传》《任氏传》《无双传》《南柯太守传》《虬髯客传》称为 "Ch'uan-ch'i Stories of the T'ang Dynasty" 并归入小说 (Fiction) 文类之下，此时，唐传奇才作为一种文类而被译者有意识地翻译。翟氏父子认为中国小说在唐代取得了巨大进步，故事结构完整、充满细节描写、生动的人物形象构成了唐传奇的文体特征，唐代之前各类神怪和奇闻逸事集如《搜神记》《神仙传》《世说新语》等类似于中国古代的寓言，它们显现了粗糙的故事轮廓，而唐传奇有意识地发展了人物、背景和情节，成为高度形象化的故事。②

20 世纪 70 年代以来，编选者普遍认可了唐传奇的文体属性。1978 年，马幼垣编选了《中国传统小说：主题和文类》，这是一本以文类来划分中国小说的选集，他更是扩大了小说的范围，让一些寓言、逸事、宗教训诫在中国小说史上拥有了合法的地位。同样，这对于唐传奇而言可谓意义重大。马幼垣认为中国古典小说包括五种形式，即笔记、传奇、骈文、话本和公案，他将唐传奇的主题分为四类：爱情故事、历史故事、侠客故事、神怪故事，认为只有具备以下特征才能称之为唐传奇：一是故事中引用具有文学性的诗歌；二是故事背景中出现都城长安；三是故事结尾处通常出现道德说教；四是故事中的叙述者也是整个事件的目击者。不过他指出唐传奇之后的小说再也没有以上这些特征，但是之后《聊斋志异》中的许多故事可划入传奇之列，甚至 1916 年

---

① Cyril Birch, *Anthology of Chinese Literature：From Early Times to the Fourteenth Century*, New York：Grove Press, 1965, p. 288.

② Ch'u Chai, Winberg Chai, *A Treasury of Chinese Literature*, New York：Appleton-Century, 1965, p. 75.

刊登在《新青年》上的苏曼殊的《断簪记》可看作这一传统的最后余波。① 另外，张心沧和高辛勇都选择唐传奇里的神怪故事作为译介对象，更是细化了唐传奇的类别。再到后来的倪豪士、宇文所安、梅维垣等汉学家对唐传奇作为小说文类的属性定位相当清晰。

其二，序言撰写方式的变化。

早期唐传奇英译选集里的序言比较单一，主要是介绍作者生平、创作背景和故事内容等，简洁通俗易懂。爱德华兹译著的《中国唐代散文文学》，每篇译作前都会有一个短小的序言，或简述故事的主要内容，或总结故事特征，或提及对后世小说戏剧的影响，序言的作用是让读者带着阅读兴趣进入文本世界。王际真的《中国传统小说》一书的序言比较简略，他主要谈论了两个问题。一是他选择这些作品作为译介对象的理由；二是他将选入的故事分为两种类型，一部分是由文人写作并写给文人群体阅读的故事，另一部分是用白话文写成的源自口语传统的职业说书人的故事。翟氏父子的《中国文学珍宝》的序言主要讲述唐传奇的小说特征、历史分期、文学价值和四种主题类型，探讨了唐传奇的特征，将唐传奇按照时间分为三个时期，指出了唐传奇对后世特别是元明戏曲的影响深远，高度赞扬了唐传奇在中国文学史上的文学地位，"也许可以与古希腊的神话传说相提并论"②。白之编选的《中国文学选集》的序言简单概述了三个唐传奇故事的内容，他将主要精力放在尊重作品原文的翻译原则上，考虑到中文不易被理解和中国文学的博大精深，他省略了部分杰作，不考虑

① Y. W. Ma, Joseph S. M. Lau, *Traditional Chinese Stories*：*Themes and Variations*, New York：Columbia University Press, 1978, pp. xxi – xxii.

② Y. W. Ma, Joseph S. M. Lau, *Traditional Chinese Stories*：*Themes and Variations*, New York：Columbia University Press, 1978, p. 76.

过于学术性的翻译，也排除部分虽优秀但风格过时的译者。白之指出，由于每一位优秀的作家都独具魅力，为能一睹他们的才华，只能在数量上减少需要翻译的作家，故采取的是一个译者面对一个作家的策略，如华生翻译司马迁的作品，韦利翻译白居易的作品。①

到了后期，唐传奇英译选集里的序言的作用变得充实扩大，写作序言的目的更为明确，就是为读者解读文本的某种内涵，文本的阐释空间在这里得以展现，所以许多序言都是极佳的研究论文，极富学术价值。有些序言比较有特色，如张心沧的序言就是一篇中国神怪小说的演变史。他以横向和纵向交错的方式论述了中国早期、唐代、宋代和明代四个时期的神怪小说的代表作、特征等。他指出："唐传奇神怪故事里的虚幻是天然的，9世纪的部分作家抛弃了虚假的历史写作，但唐代以及后来的一些作家严格遵照传记风格写作，丝毫不考虑叙事文体的艺术需要。"②

高辛勇的序言长达51页，他重点区分了中西文化语境下神怪（supernatural）和虚幻的含义。西方将神怪看作一种文学类型，主角是神仙妖魔鬼怪，虚幻则是作品呈现的样式，"神怪和虚幻是跟'幻想'这一术语连在一起的，主要通过作家的创造去感受，而不是用现实再现的方式去感知"③。反之，在中国文学传统里，神怪和虚幻之间的差别基于这些"事实"的本质。有些故事属于神怪故事，反映了非肉眼可见的世界发生的现象，或者是出现了明显超越自然法则的事情，如志怪小说。有些故事被看成虚幻故事，因为它们本身属于异于寻常或特别非自然的，但不一

---

① Cyril Birch, *Anthology of Chinese Literature: From Early Times to the Fourteenth Century*, New York: Grove Press, 1965, p. xxv.

② H. C. Chang, *Chinese Literature 3: Tales of the Supernatural*, New York: Columbia University Press, 1983, p. 26.

③ Karl S. Y. Kao, *Classical Chinese Tales of the Supernatural and the Fantastic*, Bloomington: Indiana University Press, 1986, p. 2.

定具备神怪特征，如唐传奇的梦遇故事。由此可见，高辛勇将神怪和虚幻视为两种不同的类型，但它们都跟现实世界脱离不了干系。

闵福德在介绍唐传奇时用了海陶玮在 1953 年《中国文学题解》中的序言，他指明标题中的"the T'ang Classical Tale"就是传奇（chuanqi），并认同海陶玮对唐传奇的划分，将其分为传记、英雄、宗教、爱情和神怪五类。倪豪士的序言是一篇简洁的唐传奇翻译史，涉及国内外的唐传奇翻译情况，梳理了"传奇"一词的英文术语翻译历史，具有宝贵的文献资料价值。

其三，原文的版本考证和选择。

选择什么样的原文版本是摆在每位译者面前的选择题。面对深邃广袤的中国古典文学，他们认真对待唐传奇文本，深感原文并不可以随意操纵，对于版本的选择也是自身学术自觉意识的体现。在上面的 11 部英译唐传奇选集中，对于版本的重视程度不一，王际真、张心沧、白之没有注明自己翻译的故事出自何种版本；爱德华兹是以《唐代丛书》为底本；鲍吾刚和傅海波的《金匣：两千年的中国小说》选入的 8 个唐传奇故事版本主要出自 1953 年鲁迅编选的《唐宋传奇集》。翟氏父子在导言中写明所有的唐传奇故事选自《太平广记》或《太平杂集》，《太平杂集》完成于 978 年，出版于 981 年，有 500 个传，是第一部中国故事集，也是宋朝之前小说的宝库，这个来自唐朝的素材集比《太平广记》要早。

马幼垣特别注明了每一个故事的原文出处，他的唐传奇原文参考了汪国垣的《唐人小说》（香港中华书局 1958 年版）和王梦鸥的《唐人小说研究》（台北艺文印书馆 1973 年版）。而且，马幼垣还特别看重每个作品的版本，如《冯燕》选择的是《太平广记》的版本，《李娃传》和《莺莺传》选择的是《异闻集》的版本。高辛勇主要选用《太平广记》的版本，倪豪士以王梦鸥的《唐人小说校释》（两卷本，台北正中书局 1983 年版）为底本，倪豪士的翻译集是同时给对唐传奇感兴趣的普通读者和研究故事原文的学生看的，所以每个故事都有译者的注释和包含那些短小的难以理解或不常见的术语的词汇表，并提供进一步研究方向的书目。因此，他特别重视版本问题。

从译者使用的唐传奇版本来看，国内权威的版本似乎更受欢迎。从研究角度来看，版本的不同以及版本出现的先后顺序是研究者考证的重点。杜德桥的《李娃传》使用了两个故事版本《异闻集》和《类说》中的李娃故事，杜德桥通过这两个版本对故事情节的增减程度，去推断李娃故事与口头文学渊源的关系。

第三章　英语世界唐传奇的主题研究

　　英语世界对唐传奇主题的界定并不统一，现在就大致梳理一下西方研究者的观点。爱德华兹在《中国唐代散文文学》（第 2 卷）中将唐传奇分为爱情故事，如《霍小玉传》《莺莺传》《冯燕传》；英雄故事，如《虬髯客传》《红线》《昆仑奴》《聂隐娘》；神怪故事，如《枕中记》《任氏传》《南柯太守传》《谢小娥传》《湘中怨辞》《长恨歌传》。海陶玮的《中国文学题解》将唐传奇分为五种类型：传记历史人物故事、英雄故事、宗教故事、爱情故事和神怪故事，他认为爱情故事最具有代表性，在唐代之前没有出现这一类主题。①

　　柳无忌的《中国文学概论》将唐传奇分为三类主题：神怪、爱情和英雄。但三者的界限并不很明晰。爱情故事有时会涉及人与鬼魂之间的神怪因素，英勇的侠士力促有情人终成眷属，神怪故事可能与再现或否认现实生活的梦境相关。柳无忌认为，神怪故事有《古镜记》《补江总白猿传》《南柯太守传》等；爱情故事如《李娃传》《霍小玉传》等；英雄故事有《昆仑奴》《虬髯

---

　　① James Robert Hightower, *Topics in Chinese Literature*, *Outlines and Bibliographies*, Cambridge: Harvard University Press, 1953, pp. 78 - 79.

客传》等。而《游仙窟》无法归入任何一类，它与敦煌文学密切相关。柳无忌指出一个作家不只专注一种主题的写作，因此这样的分法是武断和主观的，仅仅是为了讨论方便的权宜之计。①

翟氏父子编选的《中国文学珍宝》将唐传奇分为神怪、冒险、爱情和讽刺幽默主题。马幼垣主编的《中国传统小说：主题和文类》对唐传奇的主题分得比较仔细：《冯燕传》和《无双传》属于游侠主题；《莺莺传》属于无情恋人主题；《李娃传》和《非烟传》属于奋不顾身的恋人主题；《任氏传》属于神怪女子主题；《崔书生》和《杜子春》属于靠近幸福的男人主题；《枕中记》和《张生》属于梦中遇险主题。杨力宇主编的《中国古典小说》将唐传奇分为爱情、宗教、虚构的历史人物传记、神怪和英雄五类主题。

另外，捷克斯洛伐克汉学家雅罗斯拉夫·普实克（Jaroslav Prusěk，1906—1980）在《中国通俗小说的起源研究》一文中将唐传奇分为爱情故事和神怪故事。② 谢丹尼在《中国早期小说中的爱情和女性》一书中则认为唐传奇最著名的故事主要反映了两类主题：一为道教主题，如《枕中记》《南柯太守传》等，二为爱情主题，如《离魂记》《莺莺传》《李娃传》等，而且这两类主题经常交织在一起。

综上所述，西方研究者对唐传奇主题分类比较一致的看法是包括爱情、英雄、神怪三类。当然，这三类主题划分的界限并非完全清晰明了，例如《任氏传》既是爱情故事，也是人妖相恋的神怪故事，所以在将它归结于其中一类时要考虑到西方研究者的

---

① Wu-Chi Liu, *An Introduction to Chinese Literature*, Bloomington：Indiana University Press，1966，p. 143.

② Jaroslav Prusěk，"Research into the Beginning of the Chinese Popular Novel"，*Archiv Orientalni*，23，1995，pp. 620－662.

阐释重点。需要说明的是，并非所有的唐传奇故事都能纳入这个分类体系，只能说西方汉学界研究中的唐传奇故事大多能归属其中。所以，在这样的视野观照下，唐传奇爱情故事包括《霍小玉传》《莺莺传》《李娃传》《非烟传》《柳氏传》《李章武》等；神怪故事包括《古镜记》《任氏传》《杜子春》《枕中记》《补江总白猿传》《南柯太守传》《湘中怨辞》《柳毅传》《离魂记》等；英雄故事包括《虬髯客传》《红线》《昆仑奴》《聂隐娘》《贾人妻》《谢小娥传》《郭元振》等。

第一节　爱情主题

在西方文化语境下，唐传奇的爱情主题在不同时期呈现不同的研究视野。20世纪80年代之前，部分西方学者用比较消极的眼光看待中国人的爱情。汉学家阿瑟·韦利指出："对于爱情，欧洲人容易陷入一种思维惯性，愿意以失掉友谊的代价换取爱情，因此在男女关系上表现出沉重的负担。而中国人却在相反的错误方向上前行，男人们只是将妻子和妾视为一种生育工具。"① 爱德华兹写道："在欧洲人眼里，典型的中国小说里最令人怪异的就是爱情故事里男主角的不恰当行为。男主角毫无英雄气概，有了心上人只会独自苦恼，在渴望营救心上人所营造的紧张气氛下，他的身体和精神会陷入萎靡状态。"② 鲁格蒙特（Denis de Rougemont）则说："在东方，爱情通常被看作纯粹的愉悦和身体享乐。不但包含悲剧色彩和痛苦感的情欲几乎得不到满足，而且

① Ivan Morris, ed. , *Madly Singing in the Mountains*: *An Appreciation and Anthology of Arthur Waley*, New York: Harper Torchbooks, 1972, p. 295.

② E. D. Edwards, *Chinese Prose Literature of the Tang Period*, *A. D. 618 - 906*, London: Arthur Probsthain, 1938, p. 22.

爱情被当下的道德投以轻蔑的眼光，被看成疾病或者疯狂行为。"① 美国汉学家夏志清（C. T. Hsia）虽然对鲁格蒙特的看法有所不满，但他仍坚持："深受儒家教育的中国文人在特殊情况下可以为了他的皇帝、父母或深交的朋友去死，但他定然不会为自己的女人去死。"② 在这种社会语境下，西方学者对唐传奇中爱情故事的态度可想而知。但也有人发出了不同的声音，李豪伟在阐述了《莺莺传》《非烟传》《杨娼传》《霍小玉传》《李娃传》等唐传奇名篇的爱情主题后，认为："唐代文学中的自由恋爱遵循自身的道德法则，面对故事里的秘密安排，柔弱的女主角仍然赴约且遵守誓言，这构成共同的文学主题。爱情作为一种自然选择的方式，不受社会法则的支配，成为攻击遭受约束的主流道德法则的有效手段。这也是唐诗和唐代小说持续诞生杰作的原因之一。"③ 从这一点可以看出，他对唐传奇的爱情女主角不吝赞美之词，爱情是人类自由心灵的表现形式，可以对抗主流道德法则带来的巨大危险。

20 世纪 80 年代以来，唐传奇爱情故事仍然占据了唐代小说中最充满文学力量、最复杂、最受欢迎的位置，它们构成了最根本的要素，推动了唐传奇作为一种文体向前发展。④ 刘绍铭以《非烟传》为例指出，女主人公在爱情中付出那么多，赵象居然可以若无其事地继续生活下去，这在西方读者眼里简直不可思议。⑤ 张雪莉

---

① Denis de Rougemont, *Love in the Western World*, New York: Pantheon, 1956, p. 71.

② C. T. Hsia, "Love in Lotus Blossom Time", Review of The Golden Casket: Chinese Novellas of Two Millennia, trans by Christopher Levenson from the German versions of Wolfgang Bauer and Herbert Franke, *Saturday Review*, 5, 1964, p. 63.

③ Howard S. Levy, "Love Themes in T'ang Literature", *Orient/West*, 7, No. 1, 1962, p. 78.

④ Daniel Hsieh, *Love and Women in Early Chinese Fiction*, Hong Kong: Chinese University Press, 2008, p. 27.

⑤ Joseph S. M. Lau, "Love and Friendship in T'ang Ch'uan-ch'i", *Monumenta Serica*, 37, 1986 – 1987, p. 166.

发现，唐传奇爱情故事里的女子在和上层社会的人物或有权势的官员交往中，她们有能力去解决问题，霍小玉、步非烟、绿翘就是这般的女子，"她们不向自己的社会地位低头，有着强烈的自尊心，就算她们接受命运的安排，仅是任由男人们处理的'物体'，但在男女关系上有着果断的行动力，在爱情中有着强烈的自我意识的觉醒，同时带有儒家的'报应'观念"①。不过，英语世界的唐传奇研究大多将目光转向了唐朝的文化层面、社会政治层面或宗教层面，这时，唐传奇的爱情主题自然就包含了个体与社会的二元对立，在整个爱情事件中，个人道德和公众责任处于矛盾对立的状态，个体所追求的浪漫爱情和主流社会价值主导的婚姻观格格不入，男女主人公所依附的社会阶层之间矛盾重重，这便是唐传奇爱情故事的核心议题。正如夏志清指出的那样，传统的中国作家喜欢留下未解决的内部矛盾，一方面维系社会礼仪，另一方面却同情狂妄的自我。② 这一点在莺莺和张生的故事、李娃和郑生的故事、霍小玉和李益的故事中均有突出体现。

一 《莺莺传》：爱情和儒家伦理的平衡

莺莺和张生的爱情可谓惊天动地，众说纷纭。华裔汉学家黄宗泰将自我和社会的冲突看作《莺莺传》潜在的主题，而且冲突激烈。与莺莺和张生的爱情相比，西方文化语境下的罗密欧与朱丽叶始终坚持真爱，抛弃现实的所有，不顾一切地爱恋着彼此。朱丽叶会把她的罗密欧比作天空中的星星，而且是星空中最耀眼

① Shirley Chang, Stories of the "Others": The Presentation of the Unconventional Characters in Tang (618 – 907) Chuanqi, Ph. D. dissertation, University of Wisconsin-Madison, 1993, p. 11.

② C. T. Hsia, *The Classic Chinese Novel*, New York: Columbia University Press, 1968, pp. 299 – 321.

的那颗星星，她才不会在乎是否有新月的光芒掩盖星星的光芒，她心无旁骛。但在《莺莺传》这个轰轰烈烈的另类爱情故事中，巨大的社会压力似乎削弱了故事的合理性，存在许多缺少合理暗示的荒唐之处："从张生和莺莺的私通行为来看，他们对社会的背叛远少于对自身的背叛。最终这对情侣在各自所属的社会一隅安顿下来，心满意足地把过去的爱情埋葬在怀旧的坟墓里。"① 所以，莺莺一直缺乏对爱情孤注一掷的勇气，愤怒的她时时刻刻表现出一种紧张感。从莺莺最初对张生的渴望到最终对爱人的背叛，从莺莺书写精致的书信到颇有韵味的诗节，都能让人感受到一种难以捉摸却极度喜悦的紧张感。黄宗泰认为作者之所以制造出这种冲突，是为了在莺莺的外在情绪控制和内在的紧张冲突之间制造一种张力，如莺莺用书信中含糊其词却又合情合理的话暗示内心欲望，展示出一副私下想与张生会面的急迫样子，但会面后却是一副小女人的娇羞模样。后她与张生分离，内心的骚动和外在的平静张弛有度，看似变得理性："始乱之，终弃之，固其宜矣，愚不敢恨。必也君乱之，君终之，君之惠也；则没身之誓，其有终矣，又何必深感于此行？"（《莺莺传》）但她中断了正弹奏的琵琶，跑进红娘的房间啜泣，这一系列动作又表明她其实无法抑制自己真实的悲痛。

　　黄宗泰认为在《莺莺传》这个故事里，自我和社会的冲突并没有被过度强化和理想化，反而莺莺感受的那些温和的、难以捉摸的快乐起了决定性的作用。莺莺留在爱人手臂上的口红和被褥上的眼泪是一种证明，证明他们最初的爱不是一场梦。莺莺对床上另一半的充满爱意的想象表明，她对张生的渴望非常明确。"通过对莺莺的情感塑造，我们发现她将自我推向极致而少有缓

---

　　① Timothy C. Wong，"Self and Society in Tang Dynasty Love Tales"，*Journal of the American Oriental Society*，Vol. 99，No. 1，1979，p. 95.

和的余地。在西方爱情文化里，出现如此多的人物对自我施压，这种疯狂的艺术创作几乎是不可想象的，元稹花费如此多的笔墨渲染莺莺外在的情绪，其实是想与内在的社会冲突的紧张感遥相呼应。"① 从这一点来看，《莺莺传》中个人与社会的冲突变得弱化，反而强化了莺莺内心的丰富。

李豪伟认为《莺莺传》中自我和社会的关系是和谐的："尽管恋人们经历了最终的分离，但作者丝毫没有表现因他们不符合社会道德要求的悲痛，或者因他们不正当的欲望感到遗憾。这种基于相互吸引的爱情升华代表着一种新的观点，即在爱情里将个体的愿望置于符合家庭社会的要求之上。"② 李玉华的观点却恰恰与此相反，他认为："与对支配故事主题的遗憾相比，莺莺对自己不符合社会道德要求的悲痛丝毫不减。莺莺复杂的性格特征反映了她本能的愿望和所处的文化模式之间的冲突。"③ 莺莺虽然最初拒绝了张生的提议，但思考几个晚上后，她又无法压抑自己的情欲去了张生的房间。莺莺意识到了他们之间不正当的关系，所以充满悔恨和自责，哭泣着说不出一个字，后来她在写给张生的信里，也承认张生可能羞于跟自己结婚。虽然觉得中国传统社会的爱情和事业婚姻之间存在巨大的压力，李玉华还是仍然难以接受故事的结局，拒绝承认张生解释自己抛弃莺莺的理由，怀疑张生做出最终决定，乃基于他渴望攀附权势以此获得事业成功，推测这极有可能就是发生在元稹自己身上的事情。李玉华指出："莺莺的性反叛被直接视为反

① Timothy C. Wong, "Self and Society in Tang Dynasty Love Tales", *Journal of the American Oriental Society*, Vol. 99, No. 1, 1979, p. 98.

② Howard S. Levy, "Love themes in T'ang literature", *Orient/West*, Vol. 7, No. 1, 1962, p. 70.

③ Yu-hwa Lee, *Fantasy and Realism in Chinese Fiction: T'ang Love Themes in Contrast*, San Francisco: Chinese Materials Center, 1984, p. 43.

叛长期灌输在她头脑里的文化信仰的行为，是一种提倡性自由的外在行为。"① 于是根据故事从未提及跟张生结婚的那个人的身份以及莺莺的家世，李玉华得出结论：目前中国文化中存在这样的冲突，即儒家意识形态试图去驯服非正统的力量。② 这种非正统力量曾广泛地存在现实社会中，如历史上为女性量身定制的各种训诫。在司马相如和卓文君的爱情故事里，两人逃离家庭私奔，这一行为让卓文君的父亲蒙受耻辱。卓文君的父亲最终之所以会原谅两人，源自司马相如深受皇帝喜爱，他觉得司马相如还是能为自己家庭增添光彩的。与此类似的还有《清史》里的贾充，他之所以后来赞同自己的女儿嫁给韩寿，多是因为皇帝对韩寿的赏识。这种爱情故事的美满结局皆是非正统的力量最终被儒家意识形态引导、驯化的结果。莺莺对爱情的态度也反映了传统的看法，传统观念成为她身体的一部分，她却为渴望拥有对方而感到自责，当晚上莺莺秘密地走向爱人的房间时，这种自我非难提醒着莺莺屈服于自己的内心欲望。不过莺莺的故事走向和结局却与类似的故事恰恰相反，正是因为莺莺和张生的感情受到儒家意识形态的干预，这股非正统的力量假借张生之手被彻底扼杀。

总之，李玉华认为《莺莺传》是中国第一部也是最重要的关于爱情和性欲的传奇，它揭示了一种复杂的爱情关系，其核心是社会和个人之间的基本冲突。《红楼梦》的男女主角贾宝玉和林黛玉之间发生的故事，就是《莺莺传》里爱情主题的一个变异体。"即便莺莺和林黛玉两人相距一千年，却有同类的灵魂。如果某一天我们能够接受莺莺面对爱人的奇特行为和自我屈从，我

---

① Yu-hwa Lee, *Fantasy and Realism in Chinese Fiction: T'ang Love Themes in Contrast*, San Francisco: Chinese Materials Center, 1984, p. 63.

② Yu-hwa Lee, *Fantasy and Realism in Chinese Fiction: T'ang Love Themes in Contrast*, San Francisco: Chinese Materials Center, 1984, p. 63.

们也不会被林黛玉表现出的稀缺的敏感情绪所困扰。两个年轻女人表面上看似难以理解的行为，暗示了人类本能的愿望和中国社会强加给个体的约束之间的根本冲突。《莺莺传》的伟大之处在于悄无声息地捕获了这种冲突的本质。之后中国小说出现的爱情关系都能追溯到《莺莺传》里的冲突原型。"①

汉学家宇文所安也洞察到了故事中出现的某些冲突，强调《莺莺传》出现的抵牾源于故事中暗含两种不同的社会价值观念，浪漫文化和儒家道德都试图以自己的方式去阐释故事。② 男性社群赞成张生的观点，视莺莺为尤物；代表中唐兴起的浪漫文化的一方，同情莺莺并赞同她对爱情的责任心。哪一方都无法占据主导地位，结果彼此削弱对方，这是儒家道德对红颜祸水的告诫与中唐形成新的浪漫文化之间相互角力的结果。

谢丹尼赞同宇文所安的观点，他认为："宇文所安深思熟虑后平衡了这两种压力，并找到了故事的核心。"③ 道德和情欲之间的斗争经常是非此即彼的。道德家们警告文人，女人会带来危险，而张生凭借这种传统试图去解释他的决定并论证其行为是正当的。但是《莺莺传》的结尾远非这般简单，元稹是怎样将他自己和男主角区分开来呢？ 这个问题是理解这部作品的关键所在。谢丹尼指出："悲观的结局——爱情不成功、边界无法逾越、失去了女孩，但仍然能看到作者在尝试保留一种平衡。作者的这种态度更充分、更坦诚，张生明智地遵从家长式传统，做出了正确的选择，但他仍然保留着刻意压抑的情感，他必须逃避的妖孽其

① Yu-hwa Lee, *Fantasy and Realism in Chinese Fiction：T'ang Love Themes in Contrast*, San Francisco：Chinese Materials Center, 1984, p. 70.

② ［美］宇文所安：《中国"中世纪"的终结：中唐文学文化论集》，陈引驰、陈磊译，生活·读书·新知三联书店 2006 年版，第 132 页。

③ Daniel Hsieh, *Love and Women in Early Chinese Fiction*, Hong Kong：The Chinese University Press, 2008, p. 210.

实是真实的人类个体。故事的结尾，莺莺用逃避张生的方式表达了一种屈从的智慧。"① 尽管有人同情莺莺，责备张生的决定，但从故事的论调来说，这绝不是一个悲剧故事。"男女主人公的生活仍然继续向前推进，这是一个决定，一种平衡，甚至都没有一种理想的回答，《莺莺传》里反映的压力和冲突，直到现在还能见到它的影子。"② 同样，包弼德的论断和宇文所安的观点完全兼容，他用"冲突"二字来概括《莺莺传》的主题，一方是社会期待值，另一方是张生与莺莺的情欲，两方发生的冲突贯穿整个故事。正如他在文章结尾说的那样："《莺莺传》是一部爱情小说，但我们不能对其浪漫化，而是应该将它视为文化道德危机一直存在的证据。"③

李耀春则论证了唐传奇有问题的爱情故事是爱情和主流文化对峙的结果，《莺莺传》以一种最具阴谋的方式呈现了儒家社会思潮和人类性欲之间的冲突。作为知识分子的张生开启了一场爱情冒险，但无法把控自己的性欲。莺莺作为女主角，她面临的是女性的爱情和男性主导的文化之间的冲突。"莺莺是诸多矛盾并置的混合体，混杂着儒家教化和诗性教育的'缺失'、公众对贤淑女子的态度、妙龄女子悄无声息的思念、严肃的礼节和多余的情感爆发，这一切使得莺莺成为陷入纠缠的敏锐觉察者，也是自己极力创造的无意识环境里的被动受害者。"④ 这种前后的自相矛

---

① Daniel Hsieh, *Love and Women in Early Chinese Fiction*, Hong Kong: The Chinese University Press, 2008, p. 210.

② Daniel Hsieh, *Love and Women in Early Chinese Fiction*, Hong Kong: The Chinese University Press, 2008, p. 211.

③ Peter Bol, "Perspective on Readings of Yingying zhuan", in Pauline Yu, ed. *Ways with Words: Writing about Reading Texts from Early China*, Berkeley and Los Angeles: University of California Press, 2000, p. 201.

④ Yao-Chung A. Li, *Against Culture: Problematic Love in Early European and Chinese Narrative Fiction*, Ph. D. dissertation, Columbia University, 1980, p. 208.

盾，一方面源于儒家礼仪制约下麻木迟钝的公众态度；另一方面，莺莺模糊的态度、偶尔多愁善感的情绪导致了爱情被儒家思想影响，充满悲剧色彩。这一切从文中不断出现的爱情诗便可得知。

总之，对于《莺莺传》的爱情主题，大多数汉学研究者认为故事呈现的儒家文化和个人情欲之间始终处于平衡状态，其中宇文所安的观点比较有影响力，即两种不同的社会价值观产生的冲突可以相互抵牾，故莺莺的结局也不能称为悲剧，包弼德和谢丹尼完全赞同他的看法。

二　《李娃传》：爱情伪装的胜利

郑生显然属于上层社会的文人家庭，这样的家庭希望家族中的每个年轻人通过科举考试获得官场职位，父亲是郑生世界的主宰，他有着千百个理由渴盼自己有天分的儿子光宗耀祖。郑生在故事的开始也骄傲地接受了自己的这一角色："生亦自负，视上第如指掌。"但是当他命中注定遇到李娃这个高贵妓女后进入了另一个世界，在那个世界里，他却居于次要地位。反观李娃，她的世界是娱乐大众的世界。所谓的"母亲"是李娃世界的规则制定者，哪怕李娃的确爱上了郑生，却还是被逼抛弃了他。"李娃的'母亲'和郑生的父亲刚好遥相呼应，他们是彼此拙劣的模仿者。李娃的'母亲'视郑生为女婿并很认可他，话语中既有类似于富有心计的媒婆的陈词滥调，也混合着儒家的迂腐之词。"①

李耀春指出在《李娃传》里，作者白行简设定且均衡了故事

① Cyril Birch, *Anthology of Chinese Literature*：*From Early Times to the Fourteenth Century*，New York：Grove Press，1965，p. 303.

的双重结构，恋人们的精神死亡和重生潜藏在文本之中，李娃和她的爱人郑生同时经历了堕落和赎罪。虽然爱情最终得到了修正，但是恋人们的爱情与各自身份的冲突仍然明显。郑生抛弃最初所属的社会身份，身处另一个阶层毫无经验地去寻求爱情，结局从一开始就注定了。同样注定的还有李娃对他的爱，当郑生一无所有时，迫于妓院的压力，她得立即抛弃他。所以，在儒家伦理秩序的主流文化内，性爱是不确定的，因为它是破裂的和危险的。"对于爱情的改变，白行简颠覆了传统的男人角色（无情的恋人）和女人角色（遭受痛苦或者是报复性的受害者），他细致入微地论证了爱情和社会身份之间的冲突。"[1] 情感的亲密与疏远、个人愿望与社会约束、人类的本性与自由，这三个层面成为产生爱情冲突的前提。从整个故事来看，爱情的不确定性源于个人的性欲体验和社会的不包容；从恋人们的观点出发，整个社会对他们追寻圆满爱情充满敌意；站在社会和文化的立场上，性爱被看作具有颠覆和破坏性的力量；从作者的角度来看，白行简试图平衡爱情理想和约定俗成的传统观念，脱离传统已有的观点和表达方式，从新的层面探究爱情的妥协之道。[2]

黄宗泰认为中国文学中表现的社会和自我经常发生摩擦，因为社会似乎总是处于支配地位。《李娃传》明显是失败的，它不合时宜地强调自我，并展现了自我存在的缺陷，文中有一处明显是对郑生的同情。"妓女被称作社会的遗弃者，后来，这个年轻人为了与妓女的爱情，奋不顾身地回到传统的成功之路上。最终这段爱情依据社会标准被认定是正当的：在小说的开头和高潮之

---

① Yao-Chung A. Li, Against Culture: Problematic Love in Early European and Chinese Narrative Fiction, Ph. D. dissertation, Columbia University, 1980, p. 357.

② Yao-Chung A. Li, Against Culture: Problematic Love in Early European and Chinese Narrative Fiction, Ph. D. dissertation, Columbia University, 1980, p. 357.

后，作者发现必须以简化情节的代价，去换取叙述夫妻俩重返社会获得荣誉和美德的一切细枝末节。"① 这种爱情令人同情，又因为它蔑视世俗却令人钦佩。黄宗泰指出，如果结尾用自杀让他们的誓言永久密封，类似于罗密欧和朱丽叶的爱情结局，那么，故事就变得完美无缺。然而，夫妻俩却选择背叛，最初绚丽的爱情凋零化为虚无，他们乐意将自己融入这纷纷扰扰的尘世生活中。② 从这一点来看，作者白行简对文本控制的不确定，源于对自己最终想要表达的不确定，爱情最终向社会妥协。

洪越指出浪漫爱情的要求和主流社会秩序要求之间的冲突是 9 世纪爱情故事的中心主题，恋人间的情绪、动作、依赖和妥协是必不可少的元素。充满浪漫的多愁善感情绪占据着不可撼动的位置，正在形成的新的爱情价值和已存的旧的社会秩序价值，常常奇怪地彼此缠绕在一起："前者强调共同分享的感情、个体平等和选择的自由，后者强调对自我的否定和对阶层的尊重。"③ 爱人们需要履行的爱情责任经常与主流社会秩序发生冲突，社会地位的差异往往导致他们无法在婚姻里实现爱情的愿望。恋爱中的男人在夹缝中生存，一方期待他承担爱情中应有的责任，另一方期待他是令父母骄傲的好儿子，并能与被家中安排的女子结婚。那么如何解决这种冲突呢？

《李娃传》给出了自己的答案，它反对爱情，将之视作一种导致社会无序的破坏性力量。故事的前半部分讲述社会秩序的中断，爱情如何被描述为社会无序的根源。郑生沉溺于爱情，

---

① Timothy C. Wong, "Self and Society in Tang Dynasty Love Tales", *Journal of the American Oriental Society*, Vol. 99, No. 1, 1979, p. 96.

② Timothy C. Wong, "Self and Society in Tang Dynasty Love Tales", *Journal of the American Oriental Society*, Vol. 99, No. 1, 1979, p. 97.

③ Yue Hong, The Discourse of Romantic Love in Ninth Century Tang China, Ph. D. dissertation, Harvard University, 2010, p. 122.

违背了已有的社会等级规则，堕落为社会的流浪者。他被李娃抛弃，挨了父亲的揍并被断绝父子关系，最后沦落为乞丐。虽然后来在李娃的帮助下，郑生重返上层社会最后功成名就，但"危险隐匿在特别浪漫的爱情中，郑生无疑是这种理想爱情的受害者，他对爱情的迷恋和上层社会对他的期望是相互冲突的"①。他既希望建立仅以两情相悦为基础的家庭，绝无传统社会的规范约束，但又积极地参加科举考试并"日会倡优"。结果郑生被李娃和自己的父亲抛弃了，抛弃他的李娃依附于已建立的社会秩序之上，而父亲的驱逐暗示着沉溺爱情的严重后果。故事的后半部分讲述如何帮助郑生远离爱情，恢复曾经建构的秩序，其中李娃扮演了受过良好教育的妻子的角色，郑生立马变成了符合上层社会要求的一员。如果说《李娃传》讲述的是一个年轻男人从爱情的理想主义者转变到传统的现实主义者的道德寓言，那么，李娃从头到尾扮演的是一个决定性的角色，"她最终拥有无可挑剔的美德，获得了超越原本阶层之外的名分，融入上层家庭，在'传'中拥有了自己的名字，以此确定了自己在社会秩序中的意义和地位"②。

李玉华观察到，许多中国小说文集编选者认为《李娃传》对中国婚姻体系和唐代社会等级的展现是至关重要的："《李娃传》里的荥阳贵族是郑氏家族，五个最有名望的家族之一。因此，（他们的儿子）郑生和妓女李娃发生的爱情故事，不仅是对封建教育思想的抗议，也是对拥有特权的上等阶级体系的反对。"③ 但

---

① Yue Hong, The Discourse of Romantic Love in Ninth Century Tang China, Ph. D. dissertation, Harvard University, 2010, p. 122.

② Yue Hong, The Discourse of Romantic Love in Ninth Century Tang China, Ph. D. dissertation, Harvard University, 2010, p. 123.

③ Yu-hwa Lee, Fantasy and Realism in Chinese Fiction: T'ang Love Themes in Contrast, San Francisco: Chinese Materials Center, 1984, p. 41.

　　李玉华明显不赞成多数编选者的这种看法，他将郑生和李娃的故事归结于对现实的逃避，绝非对现实的抗议。逃避和抗议截然不同，抗议暗含着明确的不满和表达不满的决心，而一个沉溺于逃避主义的人宁愿逃避不满的现实，也不愿意努力去改变原有的生活状况。《李娃传》的作家和读者都深受传统婚姻观念的影响，很难积极地去反抗。

　　于是，李玉华将《李娃传》定位为逃避现实的小说，它避开了个人和社会的冲突，用虚幻取而代之，目的就是矫正因为冲突可能带来的压力和痛苦。李豪伟指出："唐朝作家将婚姻当作基于个人喜好的自由选择，男人和女人选择彼此源于相互间的身体吸引。"① 但李玉华认为唐代爱情小说虽然描写了不正当的恋爱事件，却没有任何地方暗示作家对通过自由选择的婚姻持宽恕态度。相反，作家都是儒家婚姻体系坚定的支持者。但是中国传统的婚姻让两个完全陌生的人共度一生，共同承担婚姻的责任和义务，很难出现爱情里才会有的激动和喜悦，于是，唐代爱情小说的作家反而对非正当的恋爱产生共同的兴趣。李玉华指出《李娃传》是唐代众多爱情小说中唯一圆满但有着非现实主义结尾的故事，《李娃传》中人物关系得以产生的主要因素不是性，而是被严格检验和界定的世俗价值。② 郑生风流韵事的开始和被瓦解都是缘于金钱，金钱导致了这种不幸一再发生，它可以失去也可以出现，因金钱损失造成的不幸是暂时的，这是《李娃传》的根本观点。当非现实婚姻的改变出现在人们面前时，高潮来临了：在最严苛的六礼仪式里，郑生被批准跟一个妓女结婚。所以，"《李

---

① Howard S. Levy, "Love themes in T'ang literature", *Orient/West*, Vol. 7, No. 1, 1962, p. 68.

② Yu-hwa Lee, *Fantasy and Realism in Chinese Fiction: T'ang Love Themes in Contrast*, San Francisco: Chinese Materials Center, 1984, p. 42.

娃传》的作者揭示了在他那个时代对待爱情和婚姻的不明确态度。小说虽表面上采取批评的态度，却提供了一个激进的解决方案——爱情胜利"①。实际上，如果一个年轻男人选择一个女人只是单纯为了性，那他们的爱情不会强大到足以克服所有的困难，包括女人对他的背叛、他的贫穷和堕落、父亲理所当然的愤怒。李玉华推测，作者白行简似乎支持这样的态度，即在传统观念的冲突之下带有性关系的爱情是健全的，激发爱人未来去创造更美好的生活。然而，深入思考的话，这种假设其实根本站不住脚。"作者在描述了一个典型放荡者的真实生活冒险后就贸然得出结论，《李娃传》的结尾根本不可能是合法且道德的。"②

所以，虚幻是《李娃传》作者白行简的写作主题。③ 如果郑生和李娃是真地相爱，他们渴望拥有永久的婚姻关系，那么他们将不得不为此做出牺牲。这种牺牲等同于让社会排斥郑生，否定他的良好出身，令他失去了作为上层阶级的一员有资格参加科举考试为朝廷效劳的机会；与他的家庭和阶级完全闹翻；最后在最低等的阶层群体中接受自己最无力的存在。实际上郑生在故事里就经历过这些，他守过停尸房，也当过乞丐。对于李娃来说，她不得不放弃一个成功妓女所拥有的奢华生活，成为一个贫穷男人的妻子，过着窘迫生活。但是在故事里，郑生和李娃都没有想要做出这样的牺牲，他追求放荡的生活，拥有名妓，而当他的钱花光之后，李娃毫不犹豫地背叛了他。他们的爱情里没有出现诱使他们创造崭新生活方式的激发因子，从而起到批评唐代社会爱情

---

① Yu-hwa Lee, *Fantasy and Realism in Chinese Fiction：T'ang Love Themes in Contrast*, San Francisco：Chinese Materials Center, 1984, p. 74.

② Yu-hwa Lee, *Fantasy and Realism in Chinese Fiction：T'ang Love Themes in Contrast*, San Francisco：Chinese Materials Center, 1984, p. 74.

③ Yu-hwa Lee, *Fantasy and Realism in Chinese Fiction：T'ang Love Themes in Contrast*, San Francisco：Chinese Materials Center, 1984, p. 75.

和婚姻习俗的作用。

李玉华最后得出结论："我们必须接受爱情和婚姻对立主题是不可动摇的事实，重写现实痛苦的生活经历是徒劳无益的，《李娃传》提供了一个伪装的解决办法，即吸引人的并非故事的合理性而是从情感上接受这一点。"① 为了满载一船的虚幻，一旦作者和读者默许将他们的后背朝向现实，那么作者将作为高尚的主人发挥作用，最大限度地满足读者的心愿。② 白行简努力使读者认同小说男女主人公的身份，然后引导他的读者怀揣男女主人公的痛苦和喜悦，在和故事的触碰中快乐、生气、流泪和仇恨，即便这样的情感是不能被承受的。可是故事结束后，读者不会因小说的艺术魅力而得到放松。恰恰相反，读者在《莺莺传》的结尾仍然需要面对尖锐的道德问题。

由此可见，《李娃传》大团圆的美满结局，看似爱情战胜了社会主流意识形态，其实是爱情向社会妥协的结果，这样的胜利是伪装的胜利，掩盖了儒家伦理的强大支配力量。正如洪越总结的那样："《李娃传》呈现了两种道德训诫：一是告诫人们，年轻人奋不顾身的浪漫爱情会带来破坏性力量，二是一个有着特殊道德观的女人，最终拥有了超越她自身社会阶层的身份地位。"③ 李娃和郑生的父亲代表着上层社会秩序的冷酷无情，而郑生和那些位于下层社会秩序中帮助过他的人，则被描述成友善和充满同情心的。李娃和郑生父亲缺乏同情心，削弱了他们的道德权威，我们原本能够洞悉维持已有社会秩序须付

① Yu-hwa Lee, *Fantasy and Realism in Chinese Fiction：T'ang Love Themes in Contrast*, San Francisco：Chinese Materials Center, 1984, p. 79.

② Yu-hwa Lee, *Fantasy and Realism in Chinese Fiction：T'ang Love Themes in Contrast*, San Francisco：Chinese Materials Center, 1984, p. 79.

③ Yue Hong, The Discourse of Romantic Love in Ninth Century Tang China, Ph. D. dissertation, Harvard University, 2010, p. 124.

出的代价，包括消除彼此间多愁善感的爱情以及父亲对儿子的爱，但却被故事的结局干扰了，李娃和郑生的爱情获得了伪装的胜利。

三 《霍小玉传》：爱情的背叛

西方悲剧爱情故事的恋人如罗密欧与朱丽叶、特里斯坦与伊索尔德，他们为了爱情可以不顾一切，哪怕遭受飞蛾扑火的痛苦也在所不惜。反观唐传奇的爱情故事，爱人的背叛是最普遍的主题，只要冒出困难的苗头，男人立马一跑了之，从《莺莺传》到《霍小玉传》，再到《非烟传》概莫能外。"《霍小玉传》特别凸显了这一点，因为它明显牵涉了爱情的仪式感，在中唐，男主角陷入爱情是一种转瞬即逝的时尚。"[1] 李益是一个极具才华和前途的年轻人，他想要寻找与之匹配的伴侣。而霍小玉绝非普通妓女，作为宰相和婢女结合之女，她有着成熟的爱情观，正在寻找一个符合她想象的有才华有前途的男人。所以他们的出现是才子佳人的典范，两人都热衷幻想，想要尽力抓住使爱情变成现实的可能性。

黄宗泰认为相较于《莺莺传》，《霍小玉传》更能揭示爱情里的中国式自我。从《霍小玉传》对情感的描述来看，这对夫妇的遭遇是平凡无奇的。具有讽刺意味的是，李益的激情好像在遇到霍小玉之前就已经产生了。从那以后，即使是一夜情后的誓约，李益都会谨慎地判断。当他决定依附于违反社会规则的情感时，他会设身处地考虑打造一个社会认可的舒适的安乐窝。当李益的自我情感屈服于社会压力时，他会快速抹去先前所有的愉快心

---

① Daniel Hsieh, *Love and Women in Early Chinese Fiction*, Hong Kong: Chinese University Press, 2008, p. 201.

情，并因此产生更多的鄙视之情。① 霍小玉为打听李益的消息付出了巨大代价，她将紫钗抵押并得到了公主的同情。"自是长安中稍有知者，风流之士，共感玉之多情；豪侠之伦，皆怒生之薄行。"（《霍小玉传》）她的故事渐渐地在长安流传开来，人们被霍小玉坚持不懈的爱情感动了，侠义心肠的人们全都因李益无情的行为而生气。当众人同情小玉的遭遇时，只有她的爱人李益一人遭到了指责。黄宗泰指出那些让优柔寡断的李益变为社会的背叛者的人，至少应为霍小玉的困境负部分责。在故事的结尾，原本被视为社会恶人的人变成了社会中的英雄，那些曾施压给李益使得他残忍懦弱地抛弃了女主角的力量，现在反弹到游侠这个人身上，迫使李益回到霍小玉的身边，并遭受鬼魂的诅咒。

洪越指出当身处上层社会的男人遭遇了与风尘女子的爱情后，其实他自身没有办法去调停爱情和社会之间的冲突，迫使他在成为一个不辜负对方的恋人和受人尊重的社会成员之间有所取舍。无论哪种选择结果都不会令人满意：如果他继续扮演恋人的角色，就会像《李娃传》的郑生那样成为社会的流浪儿，差点儿死去；如果他的爱情喜好屈服于已有社会秩序的要求，就像李益做的那样，爱情女主角遭受了痛苦，要想李益的行为变得合理就非常困难了。② 所以，李益注定成为爱情的背叛者，在强大的社会现实面前，个人的力量微不足道。

谢丹尼认为《霍小玉传》的结局并不令人意外，在个体代表的浪漫文化与主流社会价值观的对抗中，前者显然处于下风。首先，文化固有的特征总是起着反对爱情的作用。儒家思想观念使

---

① Timothy C. Wong, "Self and Society in Tang Dynasty Love Tales", *Journal of the American Oriental Society*, Vol. 99, No. 1, 1979, p. 97.

② Yue Hong, The Discourse of Romantic Love in Ninth Century Tang China, Ph. D. dissertation, Harvard University, 2010, p. 149.

得婚姻和爱情几乎分离，任何渴望美好爱情和婚姻的愿望不可避免地遭遇社会现实的压制。"李益深受儒家思想熏染，他承担的责任远比私人愿望和情感重要得多。霍小玉试图提升爱情的地位，最终却威胁到了人们眼中合乎情理的规则，暗含情欲的爱情在男人和女人的生活中占据着完全不同的位置。"① 于是无法调和的冲突，容易使女人遭受毁灭性的打击。另一个原因是特定的历史环境所导致的。在中唐，社会环境提供了令爱情开花结果的土壤，自安史之乱后人们的精神开始复苏，随之奔放的情感和乐观主义独特地结合在一起。但是这一时期的另一面是放纵、迟缓和颓废。"当一个朝代衰败后，民众就会失去信心，社会紧接着衰落。在男性的观念里，爱情和女性是与衰退沦陷联系在一起的，时代赋予的安定感和希望就会彻底消失了。爱情蕴含着越来越多的不可能要素，一些新的极端冲突产生，如道德与超道德、克制与放纵、理智与多愁善感、女性视角里的黑暗与恐惧。"② 谢丹尼指出，唐代社会虽然呈现新的开放态势，甚至出现了对爱情的仪式感，但是面对《霍小玉传》的结尾，任何的进步都是暂时和有限的。在面对更强大的社会压力、儒家道德责任时，霍小玉不得不妥协。与此类似的许多唐代爱情故事，深陷传统和现实的压力之下，产生了难以调和的冲突和戏剧性。我们一次又一次地看到女性为了爱情艰难跋涉到终点，可男性最终却跑掉了。

对于《霍小玉传》，英语世界的研究者一致认同这是一个悲剧故事，悲剧的根源在于爱情所代表的自我占据着绝对支配地位，所以爱人背叛后，摧毁爱情的力量变得相当强大。霍小玉和

① Daniel Hsieh, *Love and Women in Early Chinese Fiction*, Hong Kong: Chinese University Press, 2008, p. 197.

② Daniel Hsieh, *Love and Women in Early Chinese Fiction*, Hong Kong: Chinese University Press, 2008, p. 198.

李益之间爱情梦想的破灭，证明了理想在这个时代曾短暂地盛行，在现实面前步履蹒跚的李益，在想象中才是一个爱情英雄，当霍小玉的情欲很快变成憎恨后，爱情立即退散。当强有力的力量将一对甜蜜爱人分别变成了心怀恶意的鬼和残忍之人时，纯洁和希望化为悲剧里虚无的存在。

第二节　神怪主题

唐传奇的神怪故事一直就是西方汉学界感兴趣的话题，神秘和虚幻色彩浓烈，宗教意味深重。神怪故事似一面镜子，折射出唐代光怪陆离的社会生活图景，政治、文化、宗教混杂其中，修道升仙和梦遇是英语世界研究者关注的重要主题。

一　修道升仙

《玄怪录》中记载了《裴谌》《张老》《刘法师》《崔郑生》《杜子春》等修道升仙的故事，升仙的目的不是修炼炼金术和追求官位，而是主人公以升仙为跳板，达成后将家世和婚姻作为实现精英身份的手段。

（一）追寻长生不老药

在唐代，升仙是一种理想境界。唐传奇故事的男主角喜欢寻找长生不老药，一部分是主动寻找者，还有一部分是毫不知情的潜在追求者，他们最终都无功而返。

当然，这些故事并没有否定道家成仙的愿望，而是重新界定了传统的身体升仙观念。"《刘法师》《崔郑生》均展现了对人类本质的思考，质疑文人传统的自我实现路径。同时激发读者去完成男主角尚未完成的探寻，故事被解读为有个性的读者开启实现自我的英雄冒险。"① 《刘法师》中的刘法师想要通过饮食养生和乐善好施升仙，然而却失败了。处理寺庙事务，承担相应的世俗责任，同时还想要即刻得到奖赏，这些使得刘法师不能发自内心地修道，虽然他曾如此接近神仙世界，但最终还是失败了。刘法师除了对张公弼的不满和怨恨，更多的是他无法战胜内心深处的欲望和恐惧，最终领悟到自己追求长生不老的毕生愿望是不会成功的。

李惠仪指出《杜子春》有力地论证了人类对怜悯的依附和分离自相矛盾。"它包含两个传统主题：一是对道士的责任感和忠诚；二是对自己孩子天然的爱，这种无法战胜的情感依附阻碍了他得到长生不老药。"② 李惠仪认为从逻辑上看，第一点导致了第二点的发生。从这个意义上说，追求长生不老药注定会失败。杜子春与道士的约定仅仅是个人契约，一旦契约兑现，所有的情感依附就会消失，同时寻求长生不老的动机也能破坏这种情感依附。李惠仪进一步指出在面对残忍的长生不老问题时，道德教化意味着对人类自我的否认。如果杜子春没有放声大哭，那么他就成功地将自己身上的所有情感依附剥离下来，可读者也不会同情他。杜子春重生为一个女人，与虚幻和情感依附做斗争，很明显交换性别起到了混淆因果记忆的作用，令杜子春移情于与婴儿的情感联系，导致升仙失败。③

---

① Sing-chen Lydi Chiang, "Daoist Transcendence and Tang Literati Identities in 'Records of Mysterious Anomalies' by NiuSengru (780 – 848)", *Chinese Literature: Essays, Articles, Reviews*, No. 29, 2007, p. 17.

② Wai-yee Li, "On Being a Fish: Paradoxes of Immortality and Enlightenment in Chinese Literature", in David Shulman and Guy G. Stroumsa, eds., *Self and Self-Transformation in the History of Religions*, Oxford, New York: Oxford University Press, 2002, p. 47.

③ Wai-yee Li, "On Being a Fish: Paradoxes of Immortality and Enlightenment in Chinese Literature", in David Shulman and Guy G. Stroumsa, eds., *Self and Self-Transformation in the History of Religions*, Oxford, New York: Oxford University Press, 2002, p. 48.

里德强调了《杜子春》中道士让杜子春取药这一情节的作用。道教的丹药能大量减少人的睡眠，梦中所见和醒来所见的都是清晰和真实的。"这将是一个标志，暗示着人与神的交流。因而，一个人不可思议地突然洞悉原本看不见世界的一切。这是产生梦境的目的，直接表现了作者对杜子春故事的想象力。"① 其实，杜子春看到的一切都是幻象的禁令，利用梦境抵消心魔的影响，在杜子春的错觉中，妻子受到折磨，孩子即将被谋杀。来自13世纪《三洞群仙录》里的故事"子春膏肓"就与《杜子春》开始的部分相关，描述了道教探求者的失败。然而《杜子春》与这样的传统故事明显不同，它并没有出现高高在上、遥不可及的英雄。杜子春富有社会责任感，积极行动，成功跨过了最初的考验，进入充满杀戮和暴力的错觉世界，只不过在最后时刻功亏一篑。②

（二）文人的自我实现

蒋兴珍认为《裴谌》和《张老》揭示了仙的不同内涵。"前者赞成庄子的世界观，渴望从世俗的愿望中脱离出来获得精神自由，这一点是由裴谌来完成的。后者表现了传统的儒家价值观和诚实劳作的美德，通过人格化的韦恕之女来实现。"③ 两个故事都质疑了用血统和联姻换取上层社会身份的合理性，裴谌、张老和韦恕用自己的方式确立了士的自我形象和政治身份。这些主角使得仙的真正含义变得具体化，如《裴谌》中的仙独立于社会，《张老》中的仙在经济上实现自我满足。

① Carrie E. Reed, "Parallel Worlds, Stretched Time, and Illusory Reality: the Tang Tale 'Du Zichun'", *Harvard Journal of Asiatic Studies*, Vol. 69, 2009, p. 334.

② Carrie E. Reed, "Parallel Worlds, Stretched Time, and Illusory Reality: the Tang Tale 'Du Zichun'", *Harvard Journal of Asiatic Studies*, Vol. 69, 2009, p. 334.

③ Sing-chen Lydi Chiang, "Daoist Transcendence and Tang Literati Identities in 'Records of Mysterious Anomalies' by Niu Sengru (780 – 848)", *Chinese Literature: Essays, Articles, Reviews*, No. 29, 2007, p. 14.

在《裴谌》这个故事里，裴谌、王敬伯、梁芳三个人的生活选择呈现了唐代文人实现自我的三种可能路径。梁芳沉迷唐代上层阶级极为流行的道家炼金术，却过早地死于此。王敬伯追逐着地位和权力，将此当作自我实现的一种确定方式。他们学道时还是隋炀帝大业年间，科举制度还没有正式建立。所以在唐代早期公认的成功游戏中，王敬伯将家庭关系处理得很好，使得自己高升。故事的中心人物裴谌，因为姓"裴"，所以他被认为来自一个显赫的家族。然而，裴谌踏上了一条跟王敬伯完全不一样的道路。他蔑视世俗的地位和财富，哲学趣味偏向庄子而非老子，轻视政治官位，"从实现个人成功的标准化的定义来看，他去炼药只为证明真正的仙在精神上是解放的"①。裴谌向公众炫耀地位低下的艺妓赵氏，这一情节起到教化王敬伯的作用，因为对于同一个女人赵氏，王敬伯依靠她获取特权，但也带给他社会的羞辱，这种建构在世俗财富和社会地位之上的男女关系，具有相对性和不稳定性。

在《张老》这个故事里，张老的身份模棱两可，到底是年迈的种菜人还是年轻的绅士，是邪恶的幻术家还是神仙，成为故事的主要兴趣点。张老给韦义方的是旧草帽而非手写的文件，这顶帽子代表着张老的身份，象征了自我本质上的独立，跟物质财富、家庭关系和精英文化无关。张老成功挑战了以韦恕为代表的根深蒂固的文化精英形象，韦恕的失败之处在于：一是要求求婚者拿出大量金钱作为聘礼，二是不愿意兑现自己的承诺，三是漠视与值得信赖的女儿之间的家庭关系。这些行为跟真正的儒家绅士完全无法匹配。可韦恕之女却通过赢得超越阶级界限的信誉而

---

① Sing-chen Lydi Chiang, "Daoist Transcendence and Tang Literati Identities in 'Records of Mysterious Anomalies' by Niu Sengru (780 – 848)", *Chinese Literature：Essays，Articles，Reviews*，No. 29，2007，p. 11.

获得了神仙身份。①

二　梦遇

　　从庄周梦蝶一直到曹雪芹的《红楼梦》，皆清晰地显示了中国小说里的梦遇传统。在《太平广记》中，"梦"的标题下包含七类故事传奇，这些故事被进一步细分为奇妙的梦、遭遇灾难的梦、冒险的梦和鬼怪精灵的梦。跟梦遇相关的唐传奇故事有《南柯太守传》《枕中记》《秦梦记》《三梦记》《薛伟》等。故事的主人公梦想功成名就，以梦为载体，从现实世界进入另一个陌生世界，在梦境中实现自己这一生无法完成的梦想，然后又返回到现实世界，梦醒后才发现自己经历的是虚无的梦境。这类故事的基本叙事结构是相似的："男主角最初生活在正常的社会里，然后移动到一个界限/他者的状态，通过婚姻，他变成他者领域的一员，结尾又返回现实世界，却将自己的一部分遗留在半人类的纯真世界。"② 综观英语世界研究者对唐传奇梦遇主题的探讨，里德揭示了《南柯太守传》的死亡意味以及由内外故事建构的他者世界，谢丹尼探讨了唐传奇梦遇故事的道德说教主题，康达维对比了中西梦遇故事主题，罗曼琳和黑尔斯关注梦遇故事的讽刺意味。

（一）死亡与他者世界

　　梦遇故事《南柯太守传》的跨人类婚姻表现生命的短暂和现实的本质，讽刺急于逃离唐代官场生活的如同蝼蚁的人，但这些

---

　　① Sing-chen Lydi Chiang, "Daoist Transcendence and Tang Literati Identities in 'Records of Mysterious Anomalies' by NiuSengru（780 – 848）", *Chinese Literature*：*Essays*，*Articles*，*Reviews*，No. 29，2007，p. 12.

　　② Carrie E. Reed, "Messages from the Dead in 'Nanke Taishou zhuan'"，*Chinese Literature*：*Essays*，*Articles*，*Reviews*，Vol. 31，2009，p. 123.

都是众人皆知的东西。卡丽·里德独辟蹊径，他将研究重点放在被人忽视的地方，指出整个故事微妙地揭示了死亡以及从死亡和重生中领悟的真理。"故事深入挖掘了现实的含义和时间虚幻的本质，同时生动地描绘了死亡和昆虫两个他者领域的关系。这种关系对于理解故事的核心是至关重要的，展现了死亡的父亲和存活的儿子之间秩序的调和与重建。"① 实际上，淳于棼完全转变心态去冒险，背后的驱动力似乎来自已故的父亲，但这一切在淳于棼死后五年才通过叙述者之口讲述出来。

首先，里德探讨了《南柯太守传》里蚁穴的死亡象征意义。他认为这个故事反映了动物和死亡的他者世界的相互连接，也反映了它们与人类世界的相互关系。② 所以，里德指出同一个故事包含昆虫故事和经历死亡旅行又返回人间的故事。在《南柯太守传》中，人类的主人公与昆虫结婚生子，而非哺乳动物或者公主。尽管在大多数读者的心中，这个故事确实有资格作为梦中历险记，但是它在《太平广记》中被归为"昆虫故事"，因为在昆虫的世界里，不可思议的浪漫主义和性爱结合。尽管故事中没有任何文字叙述过主人公的死亡，但是里德对"穴"的文字溯源，发现蚁穴在《南柯太守传》非常巧妙地暗示了死亡。故事用"穴"来描写蚁丘，附加的含义为"坟丘"。另一细节暗示了《南柯太守传》应该被解读为死亡和轮回的故事，因为蚁丘一般建在槐树里面，而这个"槐"字是由"木"和"鬼"组成，说明槐树与死亡以及灵魂密切关联。里德将槐树看作一种灵魂之树，"槐"字可以拆解成相互独立的图标——"树"和"鬼"。所以，槐树在诸多逸闻小说

---

① Carrie E. Reed, "Messages from the Dead in 'Nanke Taishou zhuan'", *Chinese Literature: Essays, Articles, Reviews*, Vol. 31, 2009, p. 122.

② 论者认为这个故事最明显之处在于陌生化、他者、跨越故事边界的动物性，显然两个世界是规范和有序的，通过不受约束的、过度饮酒的人类男主人公深陷两个世界而体现出来。

里经常成为出现鬼魂或怪异的、离奇事件的发生地。

其次，里德注意到《南柯太守传》是鬼魂对活人发出邀请的故事，也是活人进入阴间并返回的旅行故事。这种人与鬼怪相遇的故事通常被描述成刚刚做的一个梦。主人公会梦到一个他认识的人，但这个人只在梦中活着而在现实中已死去，主人公与这个人的灵魂进行交流，死去的人给活着的人传递一些信息。还有另一种情形，主人公暂时死去，参观了死者的世界，醒来后告诉活着的人他的经历。

里德观察到《南柯太守传》就是如此。一方面，淳于棼被两个特使护送至树洞，这两个特使与志怪逸事中经常引诱灵魂到其他世界去的死亡使者非常相似。虽然淳于棼的父亲已去世很久，但是他现在能通过信件与已经进入树洞世界的儿子进行交流，淳于棼也知道死去的父亲已经同意他与公主联姻。接下来，淳于棼在梦里遇见蚁国的两个朋友，在他回到现实世界之后，很快就死去了。他们参与了他的梦中冒险，暗示他们真正的死亡。另一方面，蚂蚁国王和淳于棼的父亲预言三年后将与他见面，实际上暗指了他的死亡时间。他的父亲说出与儿子在三年后重聚的事实，很明显就是死亡的预测。但是国王叙述淳于棼在三年内会去看他的蚁孩们就更有趣了。它暗示等着他死亡的世界将是他种类的回归，他将回到他熟悉的地方——可能的蚂蚁王国，在这里，他不仅会与他的父亲重聚，还会看到他的梦和梦中的蚁孩们。"蚂蚁世界被两个预言死者的世界直接联结起来。通过进入槐洞，淳于棼不仅与美貌的蚂蚁公主结婚，而且还进入了生与死的有限空间，在那里，黑暗世界与光明世界是可以交流的，他能够从远处看到自己的死亡。"① 在他的面前，死亡成为能与亲人、朋友和家

---

① Carrie E. Reed, "Messages from the Dead in 'Nanke Taishou zhuan'", *Chinese Literature: Essays, Articles, Reviews*, Vol. 31, 2009, p. 126.

族友好相处的令人欣慰的幻觉，那种真实的日常生活所产生的刺痛感完全被消解了。

（二）道德说教主题

谢丹尼总结了唐传奇中入梦故事所蕴含的道德主题。他发现中国文学中虚构故事的入梦主题，现存最早的例子出现在南北朝时期，但那时的故事完全没有道德教化的意图，只是单纯地记载了主人公的经历，他猜测也许当时的读者丝毫不关心奇闻趣事中浮现的任何道德意义。① 不过，这种情形在唐传奇中发生了变化，引入梦境的主题总与道德相关，并一直延伸至后来的中国文学梦遇故事。唐传奇的几个著名故事诸如《枕中记》《南柯太守传》和《樱桃记》都能找到道德教化的痕迹。之后的戏剧受到上述小说的影响，如马致远的《黄粱梦》、汤显祖的《邯郸记》和《南柯记》等。这种主题更是在《聊斋志异》和《红楼梦》中得到了充分实践。类似的故事还有《杜子春》，谢丹尼发现杜子春的故事在引入梦境主题时发生了重要变化。最初阶段，道士鼓励杜子春去挥霍，他希望用这样的方式除掉杜子春的人性特点，如高兴与快乐、悲伤和恐惧、厌恶和渴望，只有清心寡欲后，炼丹的准备工作才会成功。但杜子春继续困于爱的情感束缚，最终修仙失败。

谢丹尼指出杜子春的故事并不能纳入入梦主题，但是它可以与其他入梦故事进行有意义的比较。这个故事跟唐传奇的入梦故事一样，建构了一个以智者为中心的基本模式，即通过阻碍年轻人获取世俗的功名而尝试教育他。在诸如《枕中记》和《樱桃青衣》的故事中，主人公由道士和僧人引入梦境，在梦境里主人公的欲望和野心得以暂时实现，这种经历反而使他们充分认识到生

---

① Daniel Hsieh, "Induced Dreams, Reading, and the Rhetoric of 'Chen-chung chi'", *Tamkang Review*, 27, No. 1, 1996, p. 71.

活和欲望的荒唐。但在杜子春的故事中，道士并没有利用梦境，反而是他引诱杜子春，通过不断为杜子春提供财富去满足他的欲望。"道士通过让杜子春体验他想要的东西而满足了他的精神需求，最终杜子春决定痛改前非，究其原因，部分出于他的羞愧和感激，更多的是道士企图通过实现他的欲望，在某种程度上达到清除这种欲望的目的。"①

所以，智者的出现在这类梦遇故事中至关重要，我们将他称之为道德教化的代言人。智者一般是佛教徒或是道士，他不是通过语言和布道而是借助引入梦境去改造他人。经历是最好的老师，就算一个人在某种情况下不幸误入歧途，也能令他幡然醒悟并改变自己原来的生活方式。谢丹尼认为就是对这种信念的确认，促使入梦主题形成。梦境具备现实生活的类似意义，却不是真实的，但它是瞬间发生的，意图教化他人。梦境是智者进行教诲的手段，谢丹尼观察到道士的方法和精神治疗的思想疗法有异曲同工之妙，都"需要唤醒和激励被医治者，他们遭遇特定的困难经历，也是治疗进程中的一部分，病人被提供了他需要的一切，直到他厌恶了，最终拒绝，直到精神治愈为止"②。如《枕中记》借助一场梦来实现这一点，《杜子春》借助道士为杜子春的挥霍提供大量金钱，以此实施道德教化。

谢丹尼指出除了梦境以外，语言的力量也是不可忽视的。这种语言不是一般的语言，它能够布道和说教，与在故事里所描写的梦境一样拥有同样的效果。③ 在某种程度上，文学被认为是一

① Daniel Hsieh, "Induced Dreams, Reading, and the Rhetoric of 'Chen-chung chi'", *Tamkang Review*, 27, No. 1, 1996, p. 72.

② Daniel Hsieh, "Induced Dreams, Reading, and the Rhetoric of 'Chen-chung chi'", *Tamkang Review*, 27, No. 1, 1996, p. 74.

③ Daniel Hsieh, "Induced Dreams, Reading, and the Rhetoric of 'Chen-chung chi'", *Tamkang Review*, 27, No. 1, 1996, p. 75.

场梦，就像佛教徒、道士和修道士引入的一个梦，作者为他的读者创造了虚幻的经历，意在治疗和启迪，通过语言召唤迷失的灵魂，然后影响听众，治疗人的灵魂。

（三）中西梦遇故事对比

14 世纪西班牙的文学故事集《卢卡诺伯爵》里面有一则故事，它叙述了圣地亚哥的教长与托莱多的巫师的故事，这跟唐传奇的部分故事有相似之处，两者都拥有梦中奇遇的共同主题。康达维总结这种梦遇故事至少包括三个关键特征：第一，宏大的视角。男主角入睡后做梦，在梦中度过了很多年，并成功获取了较高的社会地位。第二，时间的错觉。男主角沉入梦中的时间很长，但当他醒来时，他发现自己只睡了一会儿。第三，时间可被估算。故事采用一个可计算的目标去检测梦中经历的时间，例如，这个梦也许花掉的是吃顿饭、跨上马鞍和洗一次手的时间。[①]

康达维归纳唐传奇的梦遇故事有一个明确的模式。一个年轻人在糟糕的环境里堕落，或者整天游手好闲过度放纵自己。他入睡后被送到另一个世界，在那里经历了一系列的冒险，结婚并获得较高的社会地位，为他的家庭带来荣誉。在好似度过了一生后，他醒来发现自己仅仅做了一个短暂的梦。[②]沈既济的《枕中记》可能是最著名的梦中遇险故事，它承袭佛教和道教传统，影响了《南柯太守传》和《樱桃青衣》。

当然，康达维认为《卢卡诺伯爵》里的梦遇故事与唐代的梦遇故事有着明显区别，他总结了以下七个不同之处：第一，诱使入睡的方法。西班牙故事利用魔术催眠主人公；唐传奇中吕翁的

---

① David R. Knechtges, "Dream Adventure Stories in Europe and T'ang China", *Tamkang Review*, 4 (2), 1973, pp. 101 – 102.

② David R. Knechtges, "Dream Adventure Stories in Europe and T'ang China", *Tamkang Review*, 4 (2), 1973, p. 107.

枕头只是诱人入睡的工具，淳于棼的入睡是饮酒过度造成的。第二，宗教。西班牙故事缺乏特别的宗教思想或者教义表达；中国故事强调宗教的道德性，被贴上了唐朝宗教态度的标签。不管是《枕中记》的道教色彩，还是《南柯太守传》和《樱桃青衣》的佛教思想，故事背后最基本的主旨相同：探寻世俗的成功是无用的，一个人必须寻求别的途径获取成功。第三，男主角的类型。《枕中记》《樱桃青衣》的主人公都是卢生，卢生在梦里体验了所有年轻的唐代文人渴望得到的功成名就，淳于棼照样被卷入世俗追求中；西班牙故事中的男主角虽然在梦中获得了成功，但他在现实生活中并非完全不如意。从对待梦的态度来看，唐传奇中的男主角能接受失败；而西班牙故事的男主角似乎遗憾地从梦的世界离开，对于汲取的教训无动于衷。第四，主题。唐传奇故事建构了一个虚幻和错觉的异常世界，人生如梦便是最好的注解；西班牙故事论证了人类的忘恩负义。第五，度量时间。唐传奇故事中男主角的做梦时间用特定的中介来度量，如煮一顿黄粱的时间、洗脚的时间、僧侣说教的时间以及男孩跟卢生的驴一起站在外面的时间等；西班牙故事则使用食物来度量时间，目的含混不清。第六，梦的使用。唐传奇的梦似乎是整体结构中的一部分，直接和主题相关，因此，比西班牙故事更具有文学功能性，梦纯粹被看作想象和虚幻的产物；西班牙故事使用梦是为了考验英雄和表达困惑的情绪。第七，时间概念。西班牙故事里的主人公究竟做了多久的梦没有明确说明，而时间因素在唐传奇故事中特别重要。

康达维从七个方面比较了中国唐朝故事和 14 世纪西班牙故事之间共同的梦中冒险主题，但是这种平行比较缺乏深度的渊源联系，他并没有挖掘出这种表面的类同是偶然还是另有联系。虽然推测中国文学里梦中冒险主题最早来自六朝，《幽冥录》和《搜神记》里的枕头故事是来源于印度，但他没有更确切的证据来证明，所以更愿意相信这些中国故事是本国的创造物。① 另外，康达维观察到唐传奇故事中使用做饭和洗浴来设计时间是有含义的，有可能暗示欧洲的作者也熟悉中古故事，但是，如果西班牙的作者知道《枕中记》，他一定无法理解黄粱可以被当作测量时间的媒介。同样，煮一顿饭和洗手洗脚是普遍的很容易独立完成的事情，他觉得并没有证据显示这些中西梦遇故事之间是有直接联系的。

　　接着康达维又提出来一种可能发生的情形，就是中国故事流传到了欧洲。"我们暂时假定欧洲故事的实际来源之一是东方——大多数是伊斯兰国家。可以想象唐朝故事流传到了中东，再从那里到了西班牙。这种传播是有可能的，因为唐朝跟阿拉伯人和波斯人有着频繁接触。阿拉伯人、波斯人和其他外国人甚至是许多唐朝故事里的重要人物。"② 那时的中国确实跟中东有着许多贸易、文化交流，唐传奇故事里也出现了很多伊斯兰人，但这无法直接判断唐传奇对欧洲故事的影响，因为我们不仅要在伊斯兰文学里找到跟中国梦中遇险故事相关的证据，还要证明伊斯兰文学对欧洲文学的影响。显然，这不是一件容易的事情。因而，我们无法断定中国唐朝故事和中世纪西班牙意大利故事有直接联系，比较研究的作用是论证两种独立文学能够产生相同的故事特征，这种类同可能纯粹是巧合，但也不排除极度相似的故事之间有深层联系。不过，文中虽然对西班牙故事论证得比较充分，但对唐传奇谈得比较仓促，列举

---

① David R. Knechtges, "Dream Adventure Stories in Europe and T'ang China", *Tamkang Review*, 4 (2), 1973, p. 118.

② David R. Knechtges, "Dream Adventure Stories in Europe and T'ang China", *Tamkang Review*, 4 (2), 1973, p. 119.

的故事都未深入展开，双方的论证基础犹如天平的两端是失重不均衡的。

此外，还有罗曼琳、黑尔斯（Dell R. Hales）、李惠仪和唐恩·韩德曼（Don Handelman）对唐传奇梦遇主题进行了研究。罗曼琳借助《枕中记》和《南柯太守传》，对主人公在梦中成功踏入仕途的意义予以严肃的哲学反思，《枕中记》利用时间作为存在论思考的线索，表达了文人们持之以恒地追求官位的愿望。《南柯太守传》则是关于存在的梦，由于人类空间具有局限性，作者将目光投向蚂蚁王国，主人公在蚂蚁王国顺利实现仕途愿望，从而推翻了现实世界里成功获得官位的严肃性，具有讽刺的效果。①

黑尔斯则指出唐传奇的梦遇故事跟庄子描述的梦类似，是同一主题的变异体。在冗长的梦里，主人公被彻底教化，在梦中虚度了充满物欲的生活，梦醒后幡然醒悟。如《枕中记》的卢生在梦中过完了一生，获得荣耀、名声和财富，却落下悲惨的结局。《南柯太守传》是一个讽刺故事，作者李公佐将梦境和神怪融入道德家意欲表达的深刻道理中。而《谢小娥传》倚重特别的梦境模式，将它作为一种验证正义和报恩的手法，② 这个复仇故事的结局关键在于揭晓梦中谜语，谢小娥苦寻杀害丈夫和父亲的凶手而不得，丈夫和父亲托梦告诉她凶手就藏在十二个字的谜语中，后遇到他人相助解开谜语找到凶手的名字，最终将凶手绳之以法。

李惠仪概括了《薛伟》表现的中国文学传统中的长生不老和

---

① Manling Luo, Discourse Formation in Tang Tales: Literati Identity Construction and the Writing of Chuanqi（China），Ph. D. dissertation, Washington University, 2006, pp. 185 – 186.

② Dell R. Hales, "Dreams and the Daemonic in Traditional Chinese Short Stories", in William Nienhauser, ed., *Critical Essays on Chinese Literature*, Hong Kong: Chinese University Press, 1976, p. 76.

教化主题，故事的主人公薛伟在超越道德的愿望和失去人性的恐惧感之间游移，那种焦虑感变形为对所有事物的通感体悟。 故事笼罩在浓烈的佛教氛围中，结束于薛伟的三个朋友终生不再吃鱼。这其实暗示即将吃鱼的人们被唤醒的怜悯之心，唤醒怜悯也是故事的另一个主题。薛伟经历了喜悦、恐惧和自我疏离，但他最终并没有变成鱼，只是做了一个梦。

　　唐恩·韩德曼着重探讨了《薛伟》中的主人公薛伟从人幻化成鱼后，外在的社会性和内在的自我性之间争斗的辩证关系。他认为薛伟在梦中变形为一条鲤鱼，揭示了外在社会性无情的丧失，但是可能也强调了内在自我的缺席。鱼儿在水中自由嬉戏、漫游，不受阻碍，富有创造力，鱼儿和流水完全融合，流水不仅没有抵抗鱼儿漫游其中，反而帮助鱼儿前行。当鱼儿挑动包括饥饿在内的身体欲望时，它似乎失去了内在的自我性。人类世界里的鱼保持着变化，无法跟人类交流。但是在鱼的内部，鲤鱼和人类的冲突突然出现并针锋相对。"也许故事告诉我们，在自我变化中，当一个人朝着长生不老的方向奋斗时，内在的自我性不再对这个世界产生影响，如同外在的社会性不复存在，显然，一个人不会被直接同化成他人。" 但是故事也告诉我们，如果没有带着内在的自我性去寻求长生不老，我们就无力去反对社会现实带着诱饵的钩。薛伟的朋友被这样的看法所折磨，正是由于内在

---

① Wai-yee Li, "On Being a Fish: Paradoxes of Immortality and Enlightenment in Chinese Literature", in David Shulman and Guy G. Stroumsa, eds., *Self and Self-Transformation in the History of Religions*, Oxford, New York: Oxford University Press, 2002, p. 33.

② Don Handelman, "Postlude: The Interior Sociality of Self-Transformation", in David Shulman, Guy G. Stroumsa, eds., *Self and Self-Transformation in the History of Religions*, Oxford, New York: Oxford University Press, 2002, p. 246.

③ Don Handelman, "Postlude: The Interior Sociality of Self-Transformation", in David Shulman, Guy G. Stroumsa, eds., *Self and Self-Transformation in the History of Religions*, Oxford, New York: Oxford University Press, 2002, p. 246.

的自我性无力去沟通社会的外在性。因此，他们避开了吃掉切碎的鱼。

第三节　英雄主题

这里的英雄指的是唐传奇故事里的游侠，英语世界一般用"knight-errant"来指代游侠。汉学家马幼垣认为"knight-errant"一词指的就是中国文化中的"侠"以及各种衍生身份，如侠士、武侠、侠客、义侠、豪侠等，但跟欧洲类似的术语"骑士"相比较，中国游侠并无与之对等的政治影响、社会标准、经济影响和文化优越性。"仁慈和正义的概念变得宽泛，任何人的行动基本没有展现非凡的身手，也没有涉及特定的冒险。这样的话，对这个术语的描述是漫无目的和含混不清的。"① 所以马幼垣认为真正的中国游侠之所以能满足读者的想象力，因为他们是武林高手，被人招募后没有二心，能为了素未相识的穷人或者被压迫者去抗争。刘若愚将游侠故事称之为"传奇"，② 此类故事之所以流行，一方面是由于政治环境的变化，军事将领控制着国家，压迫普通老百姓，使用阴谋诡计甚至去暗杀对手，招揽剑客保护自己。另一方面，当时的佛教故事强调神怪因素，刺激了作家的想象力，为他们的故事材料提供了外在的背景。此外，唐代古文复兴运动促使作家用文雅简洁的语言去讲述故事，相当自然灵活地予以现实主义的描绘、生动的叙述和令人信服的对话。

英语世界唐传奇的英雄主题主要体现在女侠的恩仇观和侠士

---

① Y. W. Ma, "The Knight-Errant in 'hua-pen'stories", *T'oung Pao*, Second Series, Vol. 61, Livr. 4/5, 1975, p. 268.

② James J. Y. Liu, *The Chinese Knight-Errant*, Chicago: University of Chicago Press, 1967, p. 86.

的英雄观上，它也为后来的武侠小说提供了丰富的素材来源。

一　女侠的恩仇观

唐传奇英雄故事中的主角之一是女侠，多为刺客身份，执行刺杀任务的动机都跟"报"有关。她们的恩仇观念清晰，报仇主题的有《贾人妻》《谢小娥传》等，报恩主题的有《聂隐娘》《红线》等。

（一）报仇主题

《贾人妻》是典型的复仇主题。女侠贾人妻将仇人的头砍下后又砍下了儿子的头颅，抛弃了丈夫。她的很多行为异于常人，如她迅速与王立相识并同居，说明她对待性很随意。跟传统的女性完全不同，她经济独立，王立依靠她而生活，但她很慷慨，就算离开也把所有财产留给了王立。张雪莉指出判断侠客行为最关键的是：她为谁复仇？[1] 对于贾人妻来说，婚姻或者同居仅仅是为了履行责任，是纯粹以功能为导向的社会安排。这是对女侠处理两性关系的讽刺性描写，故意将男主角置于弱势地位，女主角自由地追求自己的生活目标。《崔慎思》和《义激》中的女侠为父亲复仇的明确目的，被人们贴上了孝顺的标签。但《贾人妻》的女主人公动机不清晰，从小说标题来看，她是为自己的丈夫复仇。反观谢小娥报仇，她杀死了残害父亲的申兰，却只是抓住了杀害她丈夫的申春。这些相当微妙的差别值得注意："为了替自己的父亲报仇，谢小娥亲手杀死了仇人，显然，这比起为她的丈夫报仇要重要得多。"[2]

---

[1]　Shirley Chang, Stories of the "Others"：The Presentation of the Unconventional Characters in Tang（618 –907）Chuanqi, Ph. D. dissertation, University of Wisconsin-Madison, 1993, p. 79.

[2]　Shirley Chang, Stories of the "Others"：The Presentation of the Unconventional Characters in Tang（618 –907）Chuanqi, Ph. D. dissertation, University of Wisconsin-Madison, 1993, p. 83.

也就是说，比起谢小娥身上闪现的孝道光环，贾人妻的复仇显得黯淡无光。

《贾人妻》并非一个指向道德的说教故事。贾人妻随意处理性关系，砍下男人的头颅装在皮囊里，并将襁褓里的孩子摔死，后来又故意流露出对王立害怕她杀人的强烈蔑视。故事的结尾没有道德评价，读者无从知晓贾人妻杀了谁，为谁杀人。所以，贾人妻的行为无法用儒家传统的道德标准来衡量，作为商人的妻子，她并不能被视为一个纯洁的女性，丈夫在十年前死去，这成为理解故事结尾的关键信息。如果她是为死去的丈夫报仇，与《崔慎思》和《义激》因孝顺而复仇相比，贾人妻的复仇更强调复仇精神，是属于侠的复仇。不过，据此改编的《聊斋志异》故事中那个婴儿没有被杀死，高辛勇指出这出于故事兴趣的改变和叙述动机的不同。①

与《贾人妻》不同，《谢小娥传》是一个特别戏剧化的故事。罗曼琳指出，通过女主角谢小娥的双重失去将孝行复仇和妻子复仇两个主题整合在一起。谢小娥的母亲死得早，她的父亲、丈夫和其他亲人全都被强盗杀死，她也没有孩子。谢小娥是这个家庭仅有的幸存者，尽管她是一个女人，但她是唯一的复仇者。作者因此为她的特殊身份小心翼翼地提供了合法的语境：借助为父亲和丈夫复仇，谢小娥履行了作为女儿和妻子的伦理责任。② 谢小娥父亲和丈夫的魂灵神秘出现，传递出两个谜语，他们的声音代表了现世的家长式权威和来世的神怪权力，不仅制造了悬念和神秘氛围，而且揭示了谢小娥追查凶手的合理性。因此复仇不但在

---

① Karl S. Y. Kao, "Bao and Baoying：Narrative Causality and External Motivations in Chinese Fiction", *Chinese Literature：Essays，Articles，Reviews*, Vol. 11, 1989, p. 116.

② Manling Luo, Discourse Formation in Tang tales：Literati Identity Construction and the Writing of Chuanqi (China), Ph. D. dissertation, Washington University, 2006, p. 45.

现世是正义的，也符合神怪的正义法则。①

另外，罗曼琳认为谢小娥通过身份伪装成功实现复仇，她的复仇起到了抹去性别和身份的作用，伪装成男性有效地让她的复仇变成了一种戏剧化设计，诱使读者发现复仇背后的男性外表和女性身体之间有趣的鸿沟。谢小娥穿着男性衣服，执行本该男人完成的任务，毫无疑问将自己变成了一个具有男性气质的人物。但作者又试图去挖掘性别伪装的局限性，一个女人可以伪装成男人，但是她的身体却散发着女性气质，这与男性气质之间横亘着无法逾越的鸿沟。因此，即便像谢小娥那样的女人，为了混迹于男人当中而最大限度地压抑自己的性欲，这也仅仅是一种能力，而绝不会推翻男女之间的"天然"界限。"因此，可以理解作者为什么认为谢小娥的伪装是值得赞美的，而不是危险的犯罪行为。伪装的潜在威胁也由于她伪装成一个仆人而得到了调和，这是一个亚社会角色，这个故事的男性读者不会把她放在眼里的。"②

罗曼琳最后指出，谢小娥皈依宗教令复仇圆满结束。在完成复仇行动后，谢小娥拒绝结婚，没有回归传统的家庭生活，反而决定去当尼姑，因为再婚就会削弱对自我忠诚的纯洁形象，为了保持这种形象的一致性和完整性，她转向追求宗教生活，但是一个渴望宗教生活的人，会用宗教名字取代世俗的名字，以此宣布脱离世俗生活。谢小娥却采用最初的名字"小娥"作为她的佛家名字，暗示了她决心保留与世俗的联系。"宗教生活将她推入一种新的紧张氛围，如果复仇的目标仅仅是追求些许有限的自我毁

① Manling Luo, Discourse Formation in Tang tales: Literati Identity Construction and the Writing of Chuanqi (China), Ph. D. dissertation, Washington University, 2006, p. 46.

② Manling Luo, Discourse Formation in Tang tales: Literati Identity Construction and the Writing of Chuanqi (China), Ph. D. dissertation, Washington University, 2006, p. 48.

灭的话，宗教追求就能无限地延长它直至谢小娥生命的结束。她的第一次要求是抹去性欲望，第二次要求延伸了这一点，包括否定所有舒适的物质生活甚至世俗观念。"① 所以谢小娥的复仇与众不同，也显示了故事的创新之处。

对于这些女侠报仇的目的，苏其康指出："大多数故事缺乏智慧的考验，它们只描述行动，阐释忠诚、友谊、承诺、荣誉和愿望的实现，正义似乎就是恒久不变的原则。"② 女侠追逐着一个更为高尚的报仇目的，谢小娥不是为了杀人而杀人，是为父亲和丈夫复仇，复仇一旦完成，她立刻遁入宗教。红线除了证明她的忠诚外，也关心处在战争边缘的无依无靠的百姓的命运。因此，"故事蕴含的正义原则引起了人类的审美共鸣，红线验证了这一原则的普遍性。女侠的报仇满足了人类的伦理和审美愿望，这些愿望本就是这个世界应该实现的。"③

（二）报恩主题

张雪莉认为贯穿《红线传》的主要主题是"报"的观念，红线为了报答主人薛嵩，偷取了想要攻打薛嵩领地的田承嗣床边的金盒。从更宽泛的意义上讲，这一美好行为使两个地区的人们免遭战争之苦。唐传奇中那些年轻美貌的婢女，如《昆仑奴》里的红绡和《虬髯客传》里的红拂，吸引人的是她们的聪明和才华。红线与她们不一样，她头脑聪明，擅长军事技巧，偷盗显示了她不同于常人的超自然能力，享有其他人在战争中已然失去的生存技能。红线对薛嵩的忠诚出于个人动机，是对恩人的报答。这种

---

① Manling Luo, Discourse Formation in Tang tales: Literati Identity Construction and the Writing of Chuanqi (China), Ph. D. dissertation, Washington University, 2006, p. 49.

② Francis K. H. So, "Idealism in Middle English Romance and T'ang Ch'uan-ch'i", The Journal of National Sun Yat-sen University, No. 2, 1985, p. 67.

③ Francis K. H. So, "Idealism in Middle English Romance and T'ang Ch'uan-ch'i", The Journal of National Sun Yat-sen University, No. 2, 1985, p. 69.

主仆关系是故事的主要关系，而非浪漫的爱情关系。同样，在《聂隐娘》中，聂隐娘陷入对刘昌裔的情感迷恋中，后者很欣赏她的才华。聂隐娘没有因父亲的死疯狂大哭，反而在刘昌裔的葬礼上悲痛不已，这是女侠身上背负的一种特别的情感。"当我们追寻刘若愚的观念就会发现，唐传奇描述的中国侠客经常是静态、冷酷和充满诱惑的，这些女侠对爱情的坚持更像男人维系兄弟间的友谊。"①

除了对薛嵩的报恩之外，红线还是唐朝统治家族的忠诚的保护者。张雪莉指出红线跨过了个人忠诚的界限，她谴责田承嗣"违背天理"，但并不希望田承嗣因不遵守天意而得到惩罚，她巧施计谋从田承嗣的床头偷走了金盒，而不是杀了他，这更像一种自我赎罪。她的前世是一个男医生，因治疗不当遭受惩罚而在现世化身为女人。现在红线通过单打独斗的偷窃行为挽救了几千人的性命，这是为了赎回最初的男人身体。"算上她对朝廷的全部忠诚，她最忠诚的就是自我，一个能长期抵御世俗世界的自我，红线最终以离开的方式反对了传统的意识形态。"②

对于充满了道家色彩的《聂隐娘》，马幼垣论述了聂隐娘为报答刘昌裔具备的异于常人的能力。聂隐娘能熟练地使用巫术杀人，能做到人类根本不可能做到的事情，比如在后脑勺藏一把小巧的匕首；骑着一黑一白纸叠的毛驴；将自己变成一只蚊子飞入恩人的肚子里。聂隐娘这类人物的行为可以用超人类的术语来表达，远胜于超人（superman）这样的词语。"为了集中表达这种

---

① Shirley Chang, Stories of the "Others": The Presentation of the Unconventional Characters in Tang (618 – 907) Chuanqi, Ph. D. dissertation, University of Wisconsin-Madison, 1993, p. 50.

② Shirley Chang, Stories of the "Others": The Presentation of the Unconventional Characters in Tang (618 – 907) Chuanqi, Ph. D. dissertation, University of Wisconsin-Madison, 1993, p. 53.

神怪特征，就要或多或少地移除普通故事里侠的品质，那样的侠客在这样的故事里毫无用武之地。当一个游侠完成了根本不可能的事情时，他就进入了浪漫主义的领地，再也无法走出。"①

张雪莉认为聂隐娘的"异人"性格特征影响了她的报恩观念。她完全漠视儒家的"五常"，对亲情毫无眷恋，建构了一套基于正义的杀人价值体系，她的目标是身处正统权力体系中罪行滔天的高官。与选择主人的态度有所不同，她毫不犹豫地抛弃了不赏识她才华的人转而追随欣赏她的人。而且，尼姑对她成为"异人"影响巨大，操控了她全部的生活，尼姑仿照自己的道德判断对那些官员执行死刑，这是对正统权力体系的直接反对，因为将那些高官杀死完全是不正当的，但是叙述者没有为受害者的自我判断留下任何空间。② 聂隐娘为报刘昌裔的赏识之恩而杀人，犹如《史记》中《刺客列传》中豫让为主人智伯刺杀襄子。对于刘昌裔，聂隐娘不但忠诚，而且对他有情感上的依赖。她参加了刘昌裔的葬礼，在他的灵柩前哭泣，除了早年她犹豫要不要杀死跟孩子玩耍的官员外，这是仅有的一次展现她"人性"的一面。③聂隐娘还特别关心刘昌裔的儿子刘宗，预测到他会有难，所以送给他一个枕头防身，后来刘宗在任上一年后死亡，隐娘因再无情感牵挂便彻底消失。这种消失的方式让人想起了红线，她在一场宴会上假装喝醉，然后隐藏了自己对主人薛嵩隐秘的情感依恋。

---

① Y. W. Ma，"The Knight-Errant in 'hua-pen' Stories"，*T'oung Pao*，Second Series，Vol. 61，Livr. 4/5，1975，p. 284.

② Shirley Chang，Stories of the "Others"：The Presentation of the Unconventional Characters in Tang (618 – 907) Chuanqi，Ph. D. dissertation，University of Wisconsin-Madison，1993，p. 66.

③ Shirley Chang，Stories of the "Others"：The Presentation of the Unconventional Characters in Tang (618 – 907) Chuanqi，Ph. D. dissertation，University of Wisconsin-Madison，1993，p. 72.

聂隐娘的个人情感在她报恩的想法下完全被淡化了。张雪莉指出，聂隐娘与父亲以及丈夫之间仅存在微弱的情感关系。由于价值体系不同，父亲无法跨越与爱情异类的女儿之间的界限，而隐娘也没有表达出对父亲任何亲密的爱意。[①] 聂隐娘嫁给了一个磨镜少年，按常理说聂锋不会同意自己的女儿同一个磨镜之人结婚，一方面是因为阶级差异太过明显，另一方面也是因为法律不允许。磨镜少年自始至终都没有说过一句话，似乎聂隐娘并不在乎他。对于聂隐娘这样的女侠来说，婚姻只是履行了一道程序，向社会习俗低头是为了隐藏自己非凡的心灵世界。聂隐娘虽没有遵从传统女性该做到的三从四德，可她的父亲和丈夫也满足了她的心愿。但她却没有表达出对他们的任何依恋，父亲死时，故事也没有描述她是否难过，后来她也毫不犹豫地离开丈夫。

总之，英语世界研究者注意到，唐传奇中的女侠，包括红线、红拂、聂隐娘和贾人妻，她们作为侠的显著特征就是干脆利落地割舍对人类的情感。[②] 故事的结尾，她们都坚定离去，似乎完全有能力割断与所爱之人或所需之人的情感联系。在干脆的情感割舍中，她们是带有人类情感的侠。例如，红线不理会薛嵩的请求，她留下来是因为他那时确实很需要她的帮助，一旦她完成赎回男人身体的任务，就会决绝地离开曾久居的地方。另外，女侠有着明确的宗教归属感。红线的额上刻有"太乙"二字，并佩戴一把七星剑，最终上山去追求道家生活。同样，聂隐娘抛下世俗生活去拜访山上的智人，她接受尼姑的训练以及对血脉亲属的

---

① Shirley Chang, Stories of the "Others": The Presentation of the Unconventional Characters in Tang (618 –907) Chuanqi, Ph. D. dissertation, University of Wisconsin-Madison, 1993, p. 69.

② Shirley Chang, Stories of the "Others": The Presentation of the Unconventional Characters in Tang (618 –907) Chuanqi, Ph. D. dissertation, University of Wisconsin-Madison, 1993, p. 51.

疏远都是受到了佛教的影响。

二 侠士的英雄观

在唐传奇的英雄故事中，另一类游侠的主角是侠士，他们的英雄观念包括行侠仗义、重视朋友义气、敢作敢为等，代表作有《虬髯客传》《昆仑奴》《吴保安》《郭元振》《郭代公》等。

（一）以天下为己任的游侠观

正如唐传奇《虬髯客传》的标题，虬髯客便是故事真正的英雄。作为逃亡者形象出现的虬髯客，一出场就是一副破烂打扮的流浪者形象。他的身份经历了转变，从经受挫败却胸怀大志渴望获得世界统治权的人，到试图干涉历史事件进程发展的来世的个体。① 虬髯客出现在故事中的作用就是强调李世民获得权力的正确性和必然性，所以他并非争夺权力的失败者，而是能够证明权力合法的不凡个体。史恺悌指出，作者为了达成这个目的，着重描述了虬髯客的卷曲胡须，这是他最易辨别的身体特征，也是作为侠客的特征之一。与此同时，卷曲胡须也与李世民有着特定的历史关联，他与虬髯客都拥有卷曲胡须这一不寻常的身体特征。所以虬髯客能被看作未来帝王的来世的神之化身，他在另一个世界的身份与此相当，由此印证李世民在现实世界的身份是合法的。② 因此，虬髯客的出现赋予读者对权力掌控的想象。

---

① Catherine Swatek, "The Self in Conflict: Paradigms of Change in a T'ang Legend", in Robert E. Hegel, Richard C. Hessney, eds., *Expressions of Self in Chinese Literature*, New York: Columbia University Press, 1985, p. 162.

② Catherine Swatek, "The Self in Conflict: Paradigms of Change in a T'ang Legend", in Robert E. Hegel, Richard C. Hessney, eds., *Expressions of Self in Chinese Literature*, New York: Columbia University Press, 1985, p. 163.

　　史恺悌认为虬髯客是一个以天下为己任的游侠，当然，这个"天下"指向维护他所忠于的那一方的正统意识形态，但是这个故事深受道家的影响，虬髯客身上的游侠元素跟儒家角色相反。虬髯客被放置到一个以天下为己任的游侠身上，也被植入一个长生不老的拥有财富和知识的神秘道士身上。和虬髯客的身份一样让人感兴趣的是他与其他主角的关系。"故事中的每一个插曲，故事中的每一次'移动'，都描绘了至少两个掌握权力的对手的相遇，每一次都清晰显示了他们之间原本就存在的恰当关系。"①京城外的一家客栈是他们第一次相遇的地方，逃亡的李靖和红拂遇见了虬髯客，最初充满了紧张的气氛，最后三个人变成了盟誓的兄妹，围坐在一起吃饭。这种敌对与顺从的模式，后来在虬髯客和李世民的相遇中重复出现，两个人面对面碰上，彼此打量。第一次会面，虬髯客在末位就座，他很快就察觉到李世民可能是未来的帝王，第二次会面就是著名的棋局对弈场景，虬髯客那不知名的道士同伴扔棋认输，暗示李世民注定会成为帝王。②

　　虬髯客体现了游侠的忠诚观念。为了表现虬髯客的忠诚，作者描述了他对背信弃义者的仇杀行为。虬髯客性格中的这一面，在他与李靖和红拂的第一次会面中就显现出来，虬髯客听说李靖打算去投靠李世民，他要求李靖去打酒，然后从皮囊里掏出一个男人的心肝，切碎吃掉，而后为朋友出谋划策。他解释到，那个被吃掉的人背叛了他，他花了十年的时间密谋报仇。史恺悌指出，这种姿态代表着更深层的含义，"李靖和红拂逃离了京城和

---

① Catherine Swatek, "The Self in Conflict: Paradigms of Change in a T'ang Legend", in Robert E. Hegel, Richard C. Hessney, eds., *Expressions of Self in Chinese Literature*, New York: Columbia University Press, 1985, p. 158.

② Catherine Swatek, "The Self in Conflict: Paradigms of Change in a T'ang Legend", in Robert E. Hegel, Richard C. Hessney, eds., *Expressions of Self in Chinese Literature*, New York: Columbia University Press, 1985, p. 159.

原本效忠的君王，新的关系替代了旧的关系，即便面对充满危险的新规则，他们还是断然抛弃了熟悉的生活"[1]。虬髯客还表现了对李世民新政权的忠诚。最初的会面，虬髯客被描述成一个粗鲁的野蛮人，当时他无礼地出现在红拂身边，斜躺下来注视着她，这种粗鲁行为虽然惹怒了李靖，但是在红拂看来这位客人值得他们信任，于是他们很快变成了盟誓的兄妹。正是由于对朋友的忠诚，李靖和红拂被证明适合为李世民建立的新秩序效劳。[2]

（二）重视友谊

华裔学者刘绍铭将英雄定义为讲义气的男人，他们的友谊可以用"报"这个概念来检验的。《吴保安》讲述的是两个朋友之间迂回曲折的循坏报答的故事，我们可以将吴保安的生活当作现实而非小说看待。刘绍铭根据《旧唐书》的来源重构了吴保安的生活，意欲探讨吴保安的英雄形象，指出只有吴保安和郭仲翔配得起这句格言："朋友是第二个自我。"

刘绍铭指出在吴保安之前，刺客于将最能体现中国友情"报"的无私精神。而吴保安对朋友不寻常的牺牲，验证了在中国传统文化中的"报"。虽然吴保安和郭仲翔实力都不够强大，但是他们的行为处事体现了最好的中国游侠精神。[3] 当然，如果我们用挑剔的眼光去检验两者的关系，发现郭仲翔为吴保安所做的无非就是一封出于欣赏而非同情而写的推荐信，举手之劳的事情。但这是我们站在给予者而非接受者的立场所看到的。对于吴

---

[1] Catherine Swatek, "The Self in Conflict: Paradigms of Change in a T'ang Legend", in Robert E. Hegel, Richard C. Hessney, eds., *Expressions of Self in Chinese Literature*, New York: Columbia University Press, 1985, p. 163.

[2] Catherine Swatek, "The Self in Conflict: Paradigms of Change in a T'ang Legend", in Robert E. Hegel, Richard C. Hessney, eds., *Expressions of Self in Chinese Literature*, New York: Columbia University Press, 1985, p. 164.

[3] Joseph S. M. Lau, "Love and Friendship in T'ang Ch'uan-ch'i", *Monumenta Serica*, 37, 1986 – 1987, p. 163.

保安来说，重要的是态度，而不是努力的结果。进一步来看，吴
保安苦心经营了十年，是为了一种理想的朋友关系，而不是郭仲
翔这个人。① 同样，《水浒传》里的鲁智深决定成为林冲的生死兄
弟，就是因为后者对于他的军事才能予以热切的回应。对于鲁智
深来说，这种来自陌生人的回应足以成为欣赏的暗示。这种血族
关系足以考验友谊，可以用下面的一首诗来描述："太行岭上二
尺雪，崔涯袖中三尺铁。一朝若遇有心人，出门便与妻儿别。"
（《侠士诗》）进士崔涯、张祜落第后，经常在江淮一带游走，聚
众饮酒，侮辱戏谑当时有名望的人；或者乘着酒兴，自称为江湖
上的豪侠。这两个人的喜好志向相同，相处得特别融洽。因此，
吴保安这样一个古道热心的男人，毫不犹豫地离开家中的妻儿，
想必旁人是不会惊讶的。

---

① Joseph S. M. Lau, "Love and Friendship in T'ang Ch'uan-ch'i", *Monumenta Serica*, 37, 1986－1987, p. 163.

第四章 英语世界唐传奇的人物研究

　　唐传奇塑造了多种性格鲜明的人物形象，如爱情故事里的恋爱主人公、神怪故事里的梦过者和修道者以及英雄故事里快意恩仇的游侠。此外，还有一类人受到了英语世界唐传奇研究者的关注：唐传奇里的异人，如薛爱华描述了唐代故事中的胡人，苏其康分析了唐传奇故事里如《杜子春》《柳毅传》的中东人，蒋兴珍讲述了唐传奇的奇人。当然，英语世界的唐传奇研究主要集中三类人物形象：一是妓女形象，以李娃和霍小玉为代表；二是文人形象，主要包括恋爱的文人和修道的文人，以张生和杜子春为代表；三是神女形象，主要包括狐仙和龙女，以任氏和湘妃为代表。

第一节 妓女

　　妓女暗含玩乐之意，由于身处风月场的特殊环境，妓女的情感往往亦真亦假，令人唏嘘。唐代的妓女与文人有着千丝万缕的联系，两者经常被人们称为"才子佳人"。唐传奇以妓女为主人公的作品有《李娃传》《霍小玉传》《杨娼传》等。

一 唐代妓女文化

对于唐代的妓女生活，荷兰汉学家高罗佩（R. H. Van Gulik）在《中国古代性事》（*Sexual Life in Ancient China*）一书中进行了特别细致的描写。妓女是唐代的社会构成要素，也是京城和各地风雅生活的重要组成部分，大量的官员和文人升迁时会携带妻妾及歌女一同前往。这些歌女实际上就是妓女，高罗佩认为她们吸引男人的手法一是能喝酒，二是性技巧熟练。后一点相当重要，男人出门游玩意在升官或做生意，将自己中意的妓女送给对方能达到良好沟通的效果。①

美国汉学家李豪伟指出跳舞、唱歌和写诗是妓女身上的明显标签。妓女懂得如何穿着优雅地勾引男人，男欢女爱之事技巧娴熟。隋唐时期，风月场上的女人并不是消极等待，而是主动出击以引起男人的注意和赞美。比起之后宋朝妓女遭受的社会道德规则的约束，唐朝的妓女更能相对自由地表达思想，这些天资聪颖的女人因为诗歌成就获得了文人的尊重，她们率真地写下了爱情的欢愉、孤独分离的苦闷以及生活的徒劳感。"通过诗歌，我们可以很明显地看出，妓女的身体虽是被束缚的，但是精神并未被压制。她们的想法自由，她们的诗歌充满诗意，表达了精神的个性解放。低下的社会身份并不妨碍她们写下诸多有意义的优美诗歌。"② 唐传奇的霍小玉便是兼具美貌和诗歌才华于一身的妓女典型。至于妓女的结局，比起后宫的女人们，或许她们要幸运得

---

① R. H. Van Gulik, *Sexual Life in Ancient China: A Preliminary Survey of Chinese Sex and Society from ca. 1500 B. C. till 1644 A. D*, Leiden, Boston: Brill, 2003, p. 179.

② Howard S. Levy, "T'ang Courtesans, Ladies and Concubines", *Orient/West*, Vol. 7, No. 3, 1962, p. 52.

多，因为她是自由的，只要得到"母亲"的允许，她就能外出，享受与大量追求者同行的日子，可能还会有身居高位的男人买下她当作妻子或者妾。①

在唐代社会，性是维系严苛的阶级差距的更深层动机，和自己所属阶层内的人结婚是保证等级体系运转的一种有效方式。奴隶被当作私人财产，由主人买卖和处置生死，她们可能会变成妓女，但绝不会成为合法的妻子。法律通常是这样描述的："诸以妻为妾，以婢为妻者，徒三年。以妾及客女为妻，以婢为妾者，徒一年半。各还正之。"② 较高阶层的男性和较低阶层的女性之间的性关系是被允许的，但是较低阶层的女人不能借机将自己变成合法的妻子。妓女从属于最低等级，她就像普通的奴隶一样很容易被买卖，然而她的社会地位甚至更低，因为她在性方面被认为是肮脏的、不纯洁的。"这些妓女拥有贤妻良母通常不具备的爱情和经济的独立，即便如此，也无法弥补她失去成为体面人的损失，她的无可挽回的不幸是社会惩罚卖淫恶果所导致的。"③ 妓女大都成为爱人的妾，属于对方既无道德标准也无合法权利的私人财产。

谢丹尼指出理解唐代爱情的关键是繁盛的妓女文化。妓女长期以来从属于中国社会不可忽视的一部分，妓女对社会和文化产生了根本的影响，安史之乱导致的社会骚动更是加深了妓女文化的繁盛，许多妓女和娱乐从业者被释放或者从京城逃离，使得她们流向这个国家的其他地方。更值得注意的是这种"沦陷"的影响加深，旧的道德标准似乎坍塌了，女人和歌舞成为人们宣泄对

---

① Howard S. Levy, "T'ang Courtesans, Ladies and Concubines", *Orient/West*, Vol. 7, No. 3, 1962, p. 54.

② 《唐律疏议》卷十三《户婚律》第178条。

③ Yu-hwa Lee, *Fantasy and Realism in Chinese Fiction: T'ang Love Themes in Contrast*, San Francisco: Chinese Materials Center, 1984, p. 51.

现实不满情绪的一条途径，于是在中晚唐出现了文人和妓女文化的特殊结盟。纵观中国历史，尽管妓女已被上层社会接纳，但是当作为儒家社会中流砥柱的文人公开张开双臂欢迎妓女，并创造了一种新的爱情理想时，等级体系的森严和社会地位的鸿沟最终导致了文人和妓女关系的破裂。① 这也是唐传奇爱情故事多为悲剧的缘由所在。

从妓女文化的产生与文人的关系来看，唐代孙棨的《北里志》是窥视唐代妓女生活的最佳文本，它揭示了大量中国文化对男女关系的态度，也记载了唐代众多文人和妓女间的彼此迷恋，白居易、元稹和杜牧都曾用诗歌歌颂这样的爱情生活。王静注意到文人和妓女之间的风流韵事组成了唐传奇中独特的内容，妓女文化的繁盛与文人阶层的出现息息相关，文人通过科举制度获益，他们只有当官或者成为作家，才有能力同时获得权力和特权，怀抱社会理想，成为身处时代的主角，成为妓女文化最重要的赞助者。②

二 李娃

唐代妓女世界复杂而充满阴谋，有自己的一套运行法则，会威胁男主角代表的世俗文人社会，挑战了使男主角获得官职的道德秩序。当郑生滑落深渊时，他在精神和身体毁灭的边缘苦苦挣扎。被父亲打了之后，他被描述为"毙"，这个词语意味着衰落、崩塌以及精神死亡。但导致他沦落至如此下场的李娃，慢

---

① Daniel Hsieh, *Love and Women in Early Chinese Fiction*, Hong Kong: The Chinese University Press, 2008, p. 15.

② Jing Wang, Courtesan Culture in the "Beili zhi" (ecords of the Northern Quarter) in the Context of Tang Tales and Poems, Ph. D. dissertation, The University of Wisconsin-Madison, 2009, p. 15.

慢地救活了他。李娃以"母亲"的身份教导和引导郑生，帮助他的精神获得重生，也标志着李娃的转变，这正是研究者关注的重点。

（一）情人、母亲、妻子三者合为一体

劳泽发现"真正的爱情"是妓女文化经济必需的牺牲品，但似乎"真正的爱情"超越了经济压力。[①] 在唐代故事里，那些与妓女陷入爱河的男人都会清醒地意识到维系彼此的关系，花费是必需的。但郑生却试图跟李娃打造一个私人小家庭，这种努力打败了隐藏在妓女住所背后的整个文人动机，妓女的住所最重要的功能是男人们彼此相遇、建立友谊、相互炫耀和建立牢固的社会关系的地方。但郑生并没有意识到这一点，因为他坚信他跟李娃的关系才是事情的全部。"他没有意识到一个男人去妓女的住所是为了遇见男人，而非女人，而这导致了他被李娃欺骗。"[②]

《李娃传》通过妓女李娃施展的爱情魅力，创造了一种反爱情形态。《李娃传》建构了作为年轻文人和道德暧昧的女人之间某个特定僵化的爱情遭遇类型，故事虽然集中于郑生经历的磨难，但李娃扮演了一系列与郑生相关的"角色"，这些"角色"对郑生命运产生了巨大影响，它是将情人、母亲、妻子三者合为一体，波动起伏且富于变化。劳泽认为若要定义一个男人的身份，只需细心检验他身边最亲密女人的行为和应承担的责任，李娃为郑生做到了这一点，而且还做了很多：她变成了郑生严厉的老师。[③] 最初的李娃缺乏思想的独立性，只是简单遵从夫人的意

① Paul Rouzer, *Articulated Ladies: Gender and the Male Community in Early Chinese Texts*, Cambridge: Harvard University Asia Center, 2001, p. 243.

② Paul Rouzer, *Articulated Ladies: Gender and the Male Community in Early Chinese Texts*, Cambridge: Harvard University Asia Center, 2001, p. 243.

③ Paul Rouzer, *Articulated Ladies: Gender and the Male Community in Early Chinese Texts*, Cambridge: Harvard University Asia Center, 2001, p. 247.

愿。在得知郑生挥霍掉所有的钱后，李娃的真实感受是："迩来姥意渐怠，娃情弥笃。"（《李娃传》）李娃虽然有自己的想法，但她还是执行了抛弃郑生的计划，却又害怕郑生的家庭报复她。李娃的道德恐慌迫使她放弃作为女儿的身份，虽然她承诺会继续养育"母亲"，但还是和郑生一起建造了新房子。虽然模拟了女儿离家去和丈夫生活在一起的行为，但李娃实际上扮演了母亲的角色。例如，与郑生曾从事殡葬工作的失败相比，李娃对郑生的培养无疑是成功的，郑生如今走上了一条受到众人期许的进阶之路。李娃说服郑生重新刻苦学习，很快他在考试中获得成功，恢复了名声。站在这一点来看，李娃让他离去与出身于显赫家族的女孩结婚，她的"母亲"角色就此结束。但郑生拒绝离开她，李娃最终同意陪他去遥远的地方就职。在旅途中，郑生遇到了自己的父亲并与他和解。父亲坚持让他跟李娃结婚，于是李娃被重新纳入传统的家庭体系中。这时李娃卸除了"母亲"的角色，她也像郑生一样以一个崭新的角色获得了重生。

（二）李娃的回答

蔡凯文指出，《李娃传》讲述了李娃的转变，她从一个充满情欲的妓女变成了一桩受人尊重的婚姻里的纯洁配偶。李娃和"母亲"的关系明显就是一种纯粹的经济联系，金钱就能解散两人的关系，李娃后来获得了自由，她解救郑生的行为意味着改过自新。文中没有详细描述对李娃同情郑生的动机以及李娃的心理转变，李娃对郑生的态度转变的动机源自她回答"母亲"的那番言论："不然，此良家子也，当昔驱高车，持金装，至某之室，不逾期而荡尽。且互设诡计，舍而逐之，殆非人行。令其失志，不得齿于人伦。父子之道，天性也。使其情绝，杀而弃之，又困踬若此。天下之人，尽知为某也。生亲戚满朝，一旦当权者熟察其本末，祸将及矣。况欺天负人，鬼神不佑，无

自贻其殃也。"(《李娃传》)

这段义正词严的回答可以从四个方面来理解：一是郑生来自出身良好的家庭；二是李娃导致了郑生的毁灭；三是李娃导致了郑生父子关系的毁灭和颠覆；四是李娃害怕权威的报复，也害怕上天的惩罚。①蔡凯文指出，为了清除、控制、同化李娃，作者赋予了她主流意识形态认可的身份。"李娃帮助郑生获得身份认同，不是出于她作为一个被剥削阶级女性的意愿，而是出于既剥削她又考验郑生的上层社会的意愿。"②从上面第一条来看，她的回应一开始就认同郑生的阶级地位，提醒着自己，妓女的地位处于社会群体的底层。从第二条和第三条来看，她谴责自己在郑生家长式成功的道路上扮演了破坏的角色，这导致了郑生的个人毁坏以及与此密不可分的父子关系的毁坏。第四条则表明她害怕朝廷的报复。"个人（男性精英中的良家子）、父子关系（父子之道）和朝廷为郑生组建了一个圈子，但李娃被排斥在外，她只有努力去赢得自己的社会地位。"③

蔡凯文还比较了李娃和霍小玉两人讲话的区别。与李娃不同的是，霍小玉在讲述自己的故事时，其实接受了剥削社会施加给悲惨爱情的妥协方案。这两个女性的讲话犹如一出音乐剧，两个遭受蹂躏的女性为她所爱之人唯一能做的事情就是如此。④

（三）从公共妓女到汧国夫人

杜德桥关注李娃的身份和背景，他讨论了"良善社会"和娱

---

① S. C. Kevin Tsai, "Ritual and Gender in the 'Tale of Li Wa'", *Chinese Literature：Essays，Articles，Reviews*，Vol. 26，2004，p. 119.

② S. C. Kevin Tsai, "Ritual and Gender in the 'Tale of Li Wa'", *Chinese Literature：Essays，Articles，Reviews*，Vol. 26，2004，p. 120.

③ S. C. Kevin Tsai, "Ritual and Gender in the 'Tale of Li Wa'", *Chinese Literature：Essays，Articles，Reviews*，Vol. 26，2004，p. 121.

④ S. C. Kevin Tsai, "Ritual and Gender in the 'Tale of Li Wa'", *Chinese Literature：Essays，Articles，Reviews*，Vol. 26，2004，p. 122.

乐世界的冲突，郑生和他的父亲是一方，妓女李娃和她的"母亲"是另一方。李娃的身份地位是《李娃传》中最具有想象力的描述，杜德桥将李娃视为反常的女性——狐女和尤物，她对个体和周遭环境具有潜在威胁。他认为李娃最令人信服的是从一个公共妓女转变为汧国夫人，同时李娃为郑生的自我转变准备了条件。李娃是由"母亲"来管理的，她明确归于妓女阶层，妓女的活动后来在9世纪孙棨的《北里志》里有着详尽的描述。这些妓女并不是由官方机构或确定的家族来管理的。她们由"母亲"管理，"母亲"买下或通过公开的方式雇佣她们，在很小的年纪就失身并被带入交易中。她们站在门外拉客，顾客以现金支付嫖资，她们有时被顾客雇佣为同伴，在外面就被称为"下婢"。李娃经历了这一切，并知晓自己在抛弃郑生计划中扮演的角色。但是一个重要的改变发生了，郑生再次出现，李娃决定去对抗自己的"母亲"，她拿出一大笔钱，"母亲"答应让李娃离开，于是李娃在别处跟郑生生活在一起并独自照顾他。她称这桩交易为"赎身"，杜德桥认为此时她摆脱了最初的契约身份，"现在李娃和爱人共同组成一种新的关系，她不屈服于郑生的物质权威，反倒成为郑生在物质和精神方面的双重依靠"[1]。但在世人的眼里，李娃变成了赎买者的妾，作为女人，她与被家庭和社会抛弃的郑生生活在一起，身份必然是不寻常的。但是当她结婚时情形却改变了，她不再是一个被赎身的妓女，而是拥有了牢固的婚姻身份，最终成为汧国夫人。

　　《李娃传》明确地陈述了各种冲突的价值。"尤物"当然会让一个男人毁灭；男女之间的真实情感被视为积极的和永恒的人类美德而应该被守护；家族诚实的美誉被广泛散播。[2] 李娃在穿越

---

① Glen Dudbridge, *The Tale of Li Wa*, London：Ithaca Press, 1983, p. 76.
② Glen Dudbridge, *The Tale of Li Wa*, London：Ithaca Press, 1983, p. 77.

了社会障碍之后，找到了一条与社会秩序调和的道路。对于李娃而言，让人惊讶的不是内心觉醒的道德感和对男人的忠诚，而是她转变得恰如其分，比如，她离开自己的生活融入郑生的生活，以"六礼"仪式结婚，成为高贵的汧国夫人。

（四）重生的形象

谢丹尼指出故事塑造的关键形象就是李娃的重生和复活的形象。[①] 她的重生和郑生的重生一样重要，最初的李娃虽然爱着郑生，但被视为祸水和尤物，是一个最终导致郑生毁灭的妓女。后来她扮演着照顾、喂养郑生的女性角色，是正确的、孝顺的、完美的妻子和"母亲"。实际上在郑生跟他的父亲团聚之前，李娃也扮演着"父亲"的角色。就像郑生的父亲在故事一开始所做的那样，李娃尽心地辅佐着他的学习。李娃看见乞讨的郑生时心里充满愧疚，向她的"母亲"发表了一番充满道德的长篇大论，她对自己的行为感到愧疚，觉得有责任帮助郑生。当然作者在一开始埋下了伏笔，暗示李娃道德品行端正。如她跟郑生第一次相遇，郑生准备支付第一晚的伙食费时，她断然拒绝，这个事件暗示了李娃将在后来会因为坚持传统礼节而受到赞美。

但文中最有意思的地方在于李娃帮助郑生恢复健康并通过了科举考试后，拒绝留在他的身边。李娃解释自己想要照顾"母亲"，这说明李娃不光孝顺，还懂得规矩。她知道自己就是一个身处底层世界的他者，上层社会没有为她预留合适的位置。这就是传统儒家社会隐形的界限，一旦男人跻身于上层社会，一个非正统身份的女人就得离开。李娃懂得不能越界，但是当郑生的父亲坚持让她跟郑生结婚时，她同意了。"早先李娃是作为他者的

---

① Daniel Hsieh, *Love and Women in Early Chinese Fiction*, Hong Kong: The Chinese University Press, 2008, p. 162.

创造物存在，但是她的行为使得自己变成了得体的女人，受到象征古老父权制的郑生的父亲的欢迎。他的批准是至关重要的。"①李娃之后被允许进入上层社会，在那里她扮演着妻子和母亲的角色，得到了国家、皇帝和上天的赞美与祝福。《李娃传》开始于一个男人对女人领地的侵袭，在故事的结尾处女主角屈服了，因受到欢迎而重返父权制的世界。此时，世界回归至它的常规状态。

谢丹尼最后指出李娃将尤物和儒家女性模范融为一体，前后两个李娃的形象差异显著，她不得不慢慢地转换和重生。②一开始，李娃是一个危险的爱人，结尾她是一个善良的妻子，当她扮演郑生的保姆和母亲的角色时，任何暗示两个人浪漫的极具情欲的关系都被抹掉了。这让人想起了之前《红楼梦》里两个自相矛盾的女主角，恋人黛玉和善良的妻子宝钗，曹雪芹意识到了这种根本的分离，才描述了故事是如何走向悲剧的。

三 霍小玉

冯睿发现正如故事发生的那样，霍小玉的付出和李益的无力报答暗示了两个恋人对于礼节的理解完全不同。正常来说，一个嫖客在清早离开妓女并没有什么过错，但是霍小玉不要钱而是选择风流，于是这个故事的重心转移，重新定位了两人的关系。游戏规则随之改变。"从短暂的许愿开始，霍小玉对李益的要求改变了故事的本质，因为他们的关系既没有受制度的约束，也不合

---

① Daniel Hsieh, *Love and Women in Early Chinese Fiction*, Hong Kong: The Chinese University Press, 2008, p. 166.

② Daniel Hsieh, *Love and Women in Early Chinese Fiction*, Hong Kong: The Chinese University Press, 2008, p. 167.

乎家庭礼节。现在霍小玉遵守口头契约，在爱情世界里想要维系一种既非纳妾也非纯粹的经济交易的男女关系。"①

冯睿指出，身处中唐浪漫文化语境下，霍小玉对李益提出的超越妓女行为的要求是理解整个故事的关键。② 霍小玉认为李益拥有年轻的资本去追求情爱之外的东西，如果他一味沉迷于浪漫，就会在儒家社会中失去他的应有位置。所以霍小玉尝试为了李益等待八年，为他提供可供选择的空间，她极力保存与社会的外在要求格格不入的浪漫。在这期间，她既不是妓女也不是妾，而是一个全身心投入浪漫爱情的开拓者。当然，霍小玉所做的一切在当时是需要极大勇气的，她爱得刻骨铭心，但在得知李益背叛了她后，却毫不犹豫地剥离了世俗的情感依附。霍小玉的爱情意图是故事的中心，例证了浪漫文化难以捉摸的本质，在一种有限的生活空间里，霍小玉尝试去定义生活的不确定性，探究浪漫的深度，霍小玉的提议有利于"保持真实"，更具有抒情意味但缺少现实主义色彩，结果李益很快爽约了。③ 像李益那样的文人，可以相对不受约束地追求浪漫爱情，但也不会放弃社会对他的要求，只是推迟遵守的时间而已，所以李益的背叛不可避免。

张雪莉对霍小玉充满了同情。指出霍小玉是为了爱而复仇，④ "报"是侠的重要道德品质，不管他们是报答恩人还是复仇。霍小玉是唐传奇中唯一因为失去爱人而复仇的女性。她矢志不渝地

---

① Linda Rui Feng, Youthful Displacement：City, Travel and Narrative Formation in Tang Tales, Ph. D. dissertation, Columbia University, 2008, p. 188.

② Linda Rui Feng, Youthful Displacement：City, Travel and Narrative Formation in Tang-Tales, Ph. D. dissertation, Columbia University, 2008, p. 189.

③ Linda Rui Feng, Youthful Displacement：City, Travel and Narrative Formation in Tang Tales, Ph. D. dissertation, Columbia University, 2008, p. 191.

④ Shirley Chang, Stories of the "Others"：The Presentation of the Unconventional Characters in Tang (618–907) Chuanqi, Ph. D. dissertation, University of Wisconsin-Madison, 1993, p. 146.

追求爱情，反抗当前的社会习俗。在被李益无情抛弃了之后，她不但活着的时候找寻他，甚至死后也缠着他。莺莺与霍小玉不同，张生对爱情保持着冷静的态度，他的同伴也赞同抛弃这个潜在的棘手的女人。因此，从某种意义上说，作为尤物的莺莺遭到了张生的背叛是正常的。面对同样的情形，《霍小玉传》采取截然相反的态度。霍小玉不是一个能给男人带来灾难的尤物，而是一个受虐的值得同情的爱人。李益因事业和家庭的双重束缚而抛弃了自己的爱人，这桩风流韵事变成了公众丑闻，甚至故事的最后出现了侠为霍小玉主持正义。

　　将霍小玉和莺莺进行比较的还有李耀春。同样都是才子佳人的爱情故事女主人公，莺莺和霍小玉从一开始就性格差异明显。莺莺的性格有所保留，但极其冷静，而霍小玉的性格是一往无前和起伏不定的。一方面，霍小玉产生了对爱情的担忧，担心在跟李益做爱之后会立即被抛弃，这源于李益对她开过的玩笑："小娘子爱才，鄙夫重色，两好相映，才貌相兼。"（《霍小玉传》）尽管李益发誓终生不变心，但霍小玉明显感受到自己可能面对被抛弃的命运。除了这些不安全感以外，霍小玉也觉得自己比李益低人一等，因为李益是一个拥有一定名声的年轻诗人，而她仅仅只能赞美他的诗歌。反观《莺莺传》，从人性的自卑程度和复杂性考虑的话，《莺莺传》里落败的一方必定是张生。我们无法想象莺莺因为被抛弃而去复仇，因为她做不出这样的事情。除了两位女主角的不同性格之外，公众对两位男主角背叛爱情的反应是有区别的。在元稹的故事里，公众赞成张生的行为，整个事件被处理成一个道德告诫故事。它变成了一件轰动的、值得尊重的事，众人的评论始终保持一致，这实际上反映了文人们的回应。① 但

---

① Yao-Chung A. Li, Against Culture: Problematic Love in Early European and Chinese Narrative Fiction, Ph. D. dissertation, Columbia University, 1980, p. 325.

是霍小玉有许多同情者，从先前就熟知这件事的人到一般公众，都对李益抛弃霍小玉的行为感到愤怒和震惊。对这桩风流韵事"皆怒生之薄行"。这种公众的愤怒被一个穿着黄色袍子的大侠具体化，他轻松地掠走了李益并将其带到将死的霍小玉面前，两人最后一次见面。"掠走李益和两人最后一次见面的情节将这个故事带入新的高潮，将死的女主角标志着男主角精神崩溃的开始。借助具有同情心的公众去揭露无情的恋人，霍小玉作为受害者提出的要求理应得到公平处理。"①

第二节　文人

生活在唐代的文人一般有四大梦想：进士及第、结媛鼎族、荣华富贵、得道成仙。②《莺莺传》是唐传奇的爱情名篇，男主角张生的文人身份受到英语世界研究者的诸多关注，而《杜子春》是唐传奇著名的神怪故事，主人公杜子春同样也引起了研究者的学术兴趣。

一　恋爱者——张生

《莺莺传》的结局以崔莺莺和张生的失败爱情告终，对于张生抛弃莺莺的决定，作者元稹明显是持赞成态度的，但这一直成为众多研究者为之着迷并各抒己见的发力点。国内一些研究者对张生的决定提出尖锐批评，并尝试为张生做出决定的"真

---

① Yao-Chung A. Li, Against Culture: Problematic Love in Early European and Chinese Narrative Fiction, Ph. D. dissertation, Columbia University, 1980, p. 325.

② 陈淑丽：《由〈李娃传〉的结局管窥唐代社会及文人意识》，《重庆科技学院学报》2011 年第 7 期。

正”理由找到合理的解释。鲁迅认为故事对张生行为的辩护特别低劣，用“遂坠恶趣”来表明他的态度。郑振铎的批评判断极为典型：这个故事最令人感到奇怪和矛盾的地方在于张生毫无缘由地抛弃了莺莺。① 陈寅恪则尝试解读张生的行为，他认为这个故事带有自传性质，莺莺在现实生活中是一个妓女，她是作者元稹在某桩风流韵事中碰见的。② 那么英语世界的研究者又是否赞同国内学者的观点呢？他们是怎样看待张生这个唐代的文人呢？

（一）作者的影子

大部分英语世界的研究者支持以上国内学者的观点，即张生的生活是作者元稹人生经历的写照，“如果元稹在小说中描绘了自身所处的环境、愿望、希望和满足，那么张生就不需要为抛弃莺莺杜撰一个理由。读者，特别是后面时代的读者，只会更理解张生，小说其实没有出现模糊不清的观点”③。对于张生始乱终弃的道德选择，元稹深有同感。在唐代社会，人们往往用性行为来评判一个女人，比如，面对张生选择一桩约定的有利可图的婚姻去帮助实现他的理想抱负，莺莺只得自行离开，尝试去开启新的生活。当一个女人被社会打下了性肮脏的烙印后，大概就不必指望有更好的生活了，只能在补偿中度过余生。但男人不像女人，他只能依据自身的社会价值来评判自我，所以辉煌的事业是一个男人出人头地的绝佳证明。特别是年轻人，他同时需要用才华和攀爬有影响力的人去获得官位。结婚就是获取成功的便捷之举，元稹便遵循这条路径，在《梦游春诗七十韵》中写下了婚姻带给

---

① 郑振铎：《插图本中国文学史》，商务印书馆 1961 年版，第 385 页。

② 陈寅恪：《元白诗笺证稿》，文学古籍刊行社 1955 年版，第 69 页。

③ Yu-hwa Lee, *Fantasy and Realism in Chinese Fiction：T'ang Love Themes in Contrast*, San Francisco：Chinese Materials Center, 1984, p. 69.

他的好处。他将自己的妻子比作美丽却短暂的扶桑花，自己的婚姻犹如一根藤攀附在高树上。张生与莺莺的恋爱激情减弱了，爱情消退了，在面临一桩有利可遇的姻缘时，元稹无法置身事外地要求张生放弃它，"或者可能潜意识之外，他狡猾地利用了小说的结尾，用社会偏见去看待爱情和性欲"①。

李玉华指出："张生可能会因为在恋爱中自我沉溺，暂时偏离正题，但是他没有因这种沉溺而自我毁灭。此外，足够宽容的社会赦免了发生在他身上的不正当恋爱的责任，他不必与被他引诱的女人结婚。除非张生自我良心发现，否则他不会遭受抛弃莺莺带来的道德惩罚。"②从这个意义上说，张生抛弃莺莺是理所当然的，因为他不能为了和莺莺在一起而抛弃原本存在的责任。所以张生并没有像莺莺那样拥有对爱情的深刻理解，面对莺莺的痛苦，他还是继续坚持追求功名。即便张生理解莺莺所有的怀疑和恐惧，可他若在科举考试中成功，必定会选择抛弃她。对于自己带给莺莺的不可磨灭的伤害，张生几乎没有表现出一丝怜悯的情绪。

海陶玮认为："在故事框架内，叙述者无法说服读者去接受张生抛弃莺莺的行为是正当的、符合道德的、有感情的甚至是容易做到的。"③更让人迷惑的是，叙述者明显不合时宜地赞同了张生的行为，海陶玮判断可能这是作者自传式的心理描述，才使得人物、作者和叙述者形成一致的态度。由此可见，元稹虽然完美地塑造了莺莺的形象，将她置于传统儒家价值观的冲突旋涡之

①　Yu-hwa Lee, *Fantasy and Realism in Chinese Fiction：T'ang Love Themes in Contrast*, San Francisco：Chinese Materials Center, 1984, p. 68.

②　Yu-hwa Lee, *Fantasy and Realism in Chinese Fiction：T'ang Love Themes in Contrast*, San Francisco：Chinese Materials Center, 1984, p. 79.

③　James Robert Hightower, "Yuan Chen and 'The Story of Yingying'", *Harvard Journal of Asiatic Studies*, Vol. 33, 1973, pp. 104 – 105.

中，但由于元稹居于男性话语权的主导地位，他让张生故意退回到主流道德的队伍中，以便更符合主流价值观的要求，却把莺莺放到社会冲突的对立面。在唐朝残酷的现实环境中，张生得到莺莺后，却最终抛下她独自面对后果。他觉得对莺莺不需要履行道德责任，比这个更过分的是，张生后来依据社会许可的道德观念去判断和谴责曾经的恋人。由此可见，张生完全遵守传统儒家的道德评判准则，他那曾经仅有的抗争瞬间消逝。所以，我们无法用现代人的眼光去揣测张生的动机，在传统的中国社会里，事业、婚姻以及爱情之间存在很难平衡且根本性的冲突。

（二）矛盾综合体

众多研究者批评张生的性格自私自利且自相矛盾。荣之颖认为从审美角度来看，《莺莺传》的失败之处在于对张生的描述不够深入且前后相互矛盾，张生对莺莺的行为明显不恰当，他却设法为抛弃莺莺寻求伦理层面的借口，张生身上缺乏理性和情感的冲突，前后人物形象的转变充满矛盾。[①] 要想理解这种矛盾，必须绕到张生的背后去挖掘"礼"的主题。张生在遇到莺莺之前，解释自己从未与女人交往过，可这是一个不折不扣的讽刺。他说自己不喜欢漂亮放荡的女子，因为对美色的贪欲会令人声名狼藉，但是当他遇到莺莺这个真正的美人时，却赞美她是来自天堂的仙女，是"非凡的创作"，他的大脑即刻丧失了所有关于"礼"的意识。当莺莺的母亲同意他与莺莺的婚姻时，他却没有求婚，离开一段时间后又希望重启秘密关系。当莺莺拒绝后，他又想用情诗唤回她的心。即使张生知道莺莺爱他并在等待求婚，但是他没有付诸行动，而是再一次离开去了京城。科举考试败北后，他又给莺莺写信赠送礼物。当莺莺敞开心扉回应后，他又决定中断

---

① Angela Jung Palandri, "Yuan Chen's 'Hui Chen Chi': A Re-Evaluation", *Pacific Coast Philology*, Vol. 9, 1974, p. 59.

彼此的关系并向他的朋友展示莺莺的情书。张生这一系列反复变化的行为皆是"礼"使然，早期的张生诚实，不做任何逾越"礼"的事情，遵守严苛的儒家道德法则，到后期他的行为既不道德也很下流，缺乏对"礼"的坚持，反而试图在道德层面将背弃莺莺合理化。

罗曼琳指出，张生呈献给读者的是一个矛盾的角色。作为诱骗者，他不顾礼节去抓莺莺的手；作为浪漫史最具权威的见证者，他不得不背叛与莺莺的誓约。张生的说教不只是背弃莺莺的说辞，还是对不合情理的风流韵事给出的解释，借口只能是强加在他身上的社会法则带给他的压力所致。他对爱情的谴责导致众人对莺莺的非难，他自己拥抱了儒家法则，莺莺则成为携带了爱情污点的一方，但他与莺莺的重逢，明显看得出他对莺莺残留的情感依附。① 尽管现代读者一边倒地批评张生，可以解释为读者的道德偏见，但也是张生矛盾的角色所致。

对于元稹创作了自相矛盾的张生的动机，罗曼琳给出了自己的答案：通过张生这一文人形象去发现隐藏在他背后的文人爱情观。作为唐代所有爱情作品的创作者，当时的文人认同女性的情感自主权，这使得文人获得了其他阶层男人所不拥有的专属优越感。从这一点上就能理解张生对莺莺的背弃，他先是用诗文俘获了莺莺，然后当众公开莺莺的书信，以此当作征服她的战利品，向朋友讲述他的浪漫史，最终决定结束它。张生讲故事的强烈欲望实际上与他拒绝与莺莺结婚的心思是一致的，因为对他来说，爱情只是一种不平常的情欲经历，对于爱情，他可以用来吹嘘，但并不需要任何漫长的托付。"通过把莺莺作为情人而不是妻子介绍给公众，张生果断地让爱情浪漫史原封不动并结束它，从而

---

① Manling Luo, Discourse Formation in Tang Tales: Literati Identity Construction and the Writing of Chuanqi (China), Ph. D. dissertation, Washington University, 2006, p. 61.

阻止了它向婚姻方向发展。"①

（三）倾听张生的内心话语

长久以来，张生所说的话几乎是一边倒地受到批判、忽视和鄙弃，几乎没有人愿意接受张生替自己辩护的举动，也没有人明显地赞同他的朋友和作者元稹的观点。海陶玮就发出过疑问："作者真的希望我们被张生歇斯底里的一番话说服吗？"②《莺莺传》之前的小说很少塑造像莺莺那样鲜活的人物形象，她遭到了恋人的背叛并为此付出了代价，所以大多数读者反对张生，他们将同情给了莺莺。

一部分英语世界的研究者却发出了不同的声音。谢丹尼认为若想理解张生的行为和故事结局，关键在于要去倾听张生自己的内心话语。③ 张生的解释符合基本的文人信仰，他的辩护建立在莺莺改变的基础上，莺莺总是处于变化之中，是难以预测、喜怒无常和自相矛盾的，莺莺奋不顾身的激情令张生感到恐惧。由于性别的根本差异，人类世界的爱情当然会失败，甚至不可能发生，元稹仅仅是回答了其中的一种可能性。毋庸置疑，故事的结尾元稹是赞成张生的决定，或者他宁愿相信这是唯一的正确的决定，但同时他也没有为此欢呼，他觉得这不是一个理想的决定，理想的解决方案可能压根就不存在。一个人也许会做出"正确"的选择，但会带来错误的后果。因为在男人和女人面前，爱情、冲突和悲剧是与生俱来的。虽然相对莺莺来说张生没有在恋爱中受到伤害，也得到了朋友们的赞同，但他的决定没有令他"快

---

① Manling Luo, Discourse Formation in Tang Tales: Literati Identity Construction and the Writing of Chuanqi (China), Ph. D. dissertation, Washington University, 2006, p. 64.

② James Robert Hightower, "Yuan Chen and 'The Story of Yingying'", *Harvard Journal of Asiatic Studies*, Vol. 33, 1973, p. 120.

③ Daniel Hsieh, *Love and Women in Early Chinese Fiction*, Hong Kong: The Chinese University Press, 2008, p. 206.

乐"。在众人责备张生对莺莺的感情时，他成功脱身，但是那些指责的人不会消失。"这一点元稹清晰地表达了出来，他描述了在两人分别结婚后张生试图去拜访莺莺，他用的是对受挫的恋人的古典式描写。当莺莺拒绝跟张生见面时，张生表达了生气和不满。虽然他成功地抑制了对莺莺的感情，但他并不具备儒家圣人的平和与明智。"① 元稹力图展现恋人各自结婚后的生活图景，让人感受到这就是真实生活里的样子，也是极其偶然发生的事情，以此表明张生没有过错。

宇文所安指出，这个故事出现了不确定的阐释，是因为有两种相反的视角相互角力，却没有一方占据上风，他洞察到了故事中的一些关键冲突。从张生的立场出发，《莺莺传》就是一个关于年轻人道德成长的故事，在经过小小的堕落和悔悟之后，认识到莺莺作为"尤物"的危险，最后回到儒家伦理道德的主流圈子内。这种解读一直存在于文本当中，却无法控制整个叙事。宇文所安归结了其中的原因："莺莺时而太过动人，时而太过脆弱，因而不能仅仅化约成张生道德教育的叙事工具。"② 元稹刻画的莺莺"尤物"形象丰满且具有强大的性格魅力，能吸引读者，并试图控制整个故事文本。所以，如果单纯将《莺莺传》解读为道德成长故事，似乎不够有说服力。站在莺莺的立场上，男女主人公置身于唐代盛行的浪漫文化氛围中，那就是另外一种故事的解读了。莺莺在遇到张生后专注而充满激情，并自愿委身于张生，这种基于情感而非道德责任的社会价值，被同时代的很多人如张生的朋友所肯定，就是今天的读者对这样的社会价值观也是高度认

① Daniel Hsieh, *Love and Women in Early Chinese Fiction*, Hong Kong: The Chinese University Press, 2008, p. 208.
② ［美］宇文所安：《中国"中世纪"的终结：中唐文学文化论集》，陈引驰、陈磊译，生活·读书·新知三联书店 2006 年版，第 130 页。

同的。反观张生，他辜负了对莺莺的美好承诺，为了自己的大好前程而断然抛弃对方。可是这种解读也无法主导整个故事，莺莺虽充满激情，但她明明可以成为张生合法的妻子，为何过早就献身，从这一点上看，她的社会动机完全不明朗，特别是故事的结尾，她曾如此深爱张生，却在被抛弃一年后嫁为人妇。

所以宇文所安断定，整个故事存在两种不同的社会价值观念的冲突，然而，"它们都成功地削弱了对方，我们因此面对的是一个呈现了可信人性的故事，而不是规范的、由单一价值符号主控的文本"[1]。对于元稹是否就是真正的张生，宇文所安给出的是双重回答。如果元稹不是张生，那他肯定是一位能与福楼拜相提并论的讽刺大师，他无情地剖析了传统道德观念和假装与之对立的虚假浪漫形象，把控着两种对立的价值观，却又同时破解了它们。[2] 如果元稹本人就是张生，意味着他代表的一定是张生的态度，即大声地告诉周围的人，莺莺是一个危险的"尤物"，他很幸运地从莺莺的掌控下逃脱。但元稹又总是提醒读者："稹特与张厚，因征其词。"（《莺莺传》）这种将自己与小说人物区分开来的动机也是令人生疑的。

对于元稹的创作动机，英语世界的研究者给出了各种不同的解读，对于张生的人物评价也是截然不同，元稹跟张生的关系恐怕永远都是一个谜团，但这也是文本批评永恒的价值和魅力所在。

二 修道者——杜子春

在唐传奇故事中，追求长生不老是一部分男主人公矢志不渝

---

① ［美］宇文所安：《中国"中世纪"的终结：中唐文学文化论集》，陈引驰、陈磊译，生活·读书·新知三联书店 2006 年版，第 132 页。

② ［美］宇文所安：《中国"中世纪"的终结：中唐文学文化论集》，陈引驰、陈磊译，生活·读书·新知三联书店 2006 年版，第 149—150 页。

的人生理想，也是他们的终极目标，但往往以失败告终，杜子春就是其中的一位。

（一）原型英雄

阿德金斯将杜子春视为原型英雄，因为他符合原型英雄的十二个特征：（1）英雄的身份地位；（2）英雄身上的冒险标记；（3）英雄在旅途；（4）男主角被召唤去冒险；（5）英雄进入神怪地方；（6）英雄经受考验；（7）英雄的双重性；（8）英雄遇见了智慧的老者；（9）英雄有一门武器；（10）英雄获得奖赏；（11）英雄遇见一个神仙；（12）英雄离开世界。[①]《杜子春》的主要事件被分解成一系列的象征、主题、动机或功能等因素，每一个因素在描绘原型英雄的生活时被赋予了既定的作用。

英雄既可以是有钱又悠闲的男人，也可以像杜子春那样是放荡者："杜子春……乘肥衣轻，会酒徒，征丝竹歌舞于倡楼，不复以治生为意。一二年间，稍稍而尽。"（《杜子春》）并非每个人身上都具备男主角式的冒险特质，作为原型英雄之一的杜子春，是被作者精心挑选出来的，在特殊环境中能对即将发生的事情做好心理准备。表面上这些明显的标记有消极价值，但是实际上意味着在命运的安排面前，英雄只是活生生的人，他无力获取世俗的成功或者有意识地反对这种功名。

英雄的另一个消极标志是过着放荡者的生活，英雄生活的消极阶段可以与许多原型英雄生活中的孩童时期相比较："……儿童会经历长时间的阴暗期，这是一段极端危险、充满障碍、失宠的时期。他要么沉湎于自己的内心世界，要么被抛向未知的外在世界，他所触及之处都被一片黑暗笼罩……在经历长时期的阴暗

---

① Curtis P. Adkins, "The Hero in T'ang Ch'uan-ch'i Tales", in Winston L. Y. Yang, Curtis P. Adkins, eds., *Critical Essays on Chinese Fiction*, Hong Kong: The Chinese University Press, 1980, p. 41.

生活之后，他的真正个性才会显露出来。"① 作为放荡者的杜子春，"儿童期的阴暗"特征很明显地出现在他的身上。

"故事中出现的通报者及其被召唤去冒险的经历，是主人公开始新生活的信号，它预示通过入口进入神怪世界，主人公可能会面临因不同选择而带来的危机。拒绝这种要求会丢失宝贵机会，接受这个要求则意味着丰厚的奖赏，但是必然会承担巨大的风险。"② 杜子春在挥霍钱财后遇到了一位老者，经受了重重考验，老者带他修仙，参与虚幻的冒险，在昏睡状态下进入神圣世界，体验纯粹的具有象征意义的梦。神怪世界是一个潜藏着至高权力的危险地带，要么失败要么成功。虽然结果是不确定的，但进入这个世界就是一个无法改变的可靠行为，而不是逃避或者自我否定。"这就证实了神怪世界的出现意味着对英雄大脑潜意识的强烈刺激，英雄进入这个领域会激发与之交往的怪物的潜在破坏力量，但同时也有可能获得神的丰厚赏赐。"③ 在一般情况下，英雄在成功进入神怪世界后，他必须经受一个或多重考验，从轻易可以做到的事情到复杂危险的任务。这是为了考验杜子春在痛苦绝望中坚守的意志，也是为了考验他是否能够完成任务。一旦考验失败，杜子春寻找长生不老药就失败了。

但是杜子春追求长生不老具有重要的象征意义，这个过程远不是简单地将神秘处方混合成药物那么简单。阿德金斯揭示了它是一场英雄冒险，伴随许多人物和事件的原型旅行，杜子春是为

---

① Joseph Campbell, *The Hero with a Thousand Faces*, Princeton: Princeton University Press, 1972, pp. 328 – 329.

② Curtis P. Adkins, "The Hero in T'ang Ch'uan-ch'i Tales", in Winston L. Y. Yang, Curtis P. Adkins, eds., *Critical Essays on Chinese Fiction*, Hong Kong: The Chinese University Press, 1980, p. 42.

③ Curtis P. Adkins, "The Hero in T'ang Ch'uan-ch'i Tales", in Winston L. Y. Yang, Curtis P. Adkins, eds., *Critical Essays on Chinese Fiction*, Hong Kong: The Chinese University Press, 1980, p. 43.

了寻找某些人生更重要的事情才拒绝了世俗价值。① 旅行开始于一个奇怪的炼丹房，从这开始，杜子春跨过门槛进入超意识的精神世界。他遭遇了七种情感，克服了除救人外所有的困难，最终还是失败了，只能返回正常生活去过凡人的日子。作为典型的原型男主角，杜子春身处一场巨大变数的考验当中，与柳毅那样的英雄被认为是因为科举考试失败而冒险不同，杜子春是因自己的肆意挥霍而冒险，但他没有完成任务，考验失败犹如死亡，意味着一个人无法获取全部的自我知识，或者用心理学术语来说就是精神失常或患上神经衰弱症。②

此外，杜子春和老人的关系是初学者和经验丰富的先行者的关系，或者用原型理论术语来讲是英雄和智者的关系。③ 神秘老人在这个故事中扮演着双重角色，他先是作为杜子春获取金钱的神怪帮助者，然后在一系列考验中以智者的面目示人，承担着炼制长生不老药的任务。智者是作为神秘的捐助者出现的，但故事没有揭示他的身份和目的。这样的帮助是神灵保护男主角的信号，杜子春通过冒险来承担对老人的责任，他的命运从现实社会转移到一切皆有可能的神怪世界。那个依旧神秘的老人也出现在新的世界，他指导杜子春穿越危险的冒险。在完成任务之后，英雄一般会得到奖赏，而且不止一种。杜子春得到的奖赏先是各类珍宝，再是龙王的女儿成为他的妻子，最后是长生不老。在原型

① Curtis P. Adkins, "The Hero in T'ang Ch'uan-ch'i Tales", in Winston L. Y. Yang, Curtis P. Adkins, eds., *Critical Essays on Chinese Fiction*, Hong Kong: The Chinese University Press, 1980, p. 46.

② Curtis P. Adkins, "The Hero in T'ang Ch'uan-ch'i Tales", in Winston L. Y. Yang, Curtis P. Adkins, eds., *Critical Essays on Chinese Fiction*, Hong Kong: The Chinese University Press, 1980, p. 45.

③ Curtis P. Adkins, "The Hero in T'ang Ch'uan-ch'i Tales", in Winston L. Y. Yang, Curtis P. Adkins, eds., *Critical Essays on Chinese Fiction*, Hong Kong: The Chinese University Press, 1980, p. 45.

理论术语中这些都是具有象征意义的珍宝。

(二) 经历精神冒险的文人

蒋兴珍认为杜子春在探寻长生不老的过程中获得了充分的发展，经历了一场文人实现自我的冒险和精神旅行，从一个带着男孩子气的挥霍者变成了成熟、负有责任感的成年人。最初杜子春是不负责任的挥霍者，在获得道士的信任辅助炼金之前，他连续三次被赠予金钱，经受了诸多考验，这一系列考验是道士和他订下的契约，也促使杜子春不断学习思考。蒋兴珍指出杜子春和道士之间存在微妙的相互作用，在杜子春精神成熟的过程中，道士赐予的每一份礼物预示着对他的鼓励和劝诫，这个故事可以被阐释为一个对社会富有责任感的人的精神成长。杜子春在修仙时变成了一个女人，"作为人类个体，性的改变也可以解释为更强调爱人的能力，而非性别身份或者身体形式的转变，这是一个人的本质所在。毫无疑问，牛僧孺故事里蕴含了怜悯之心和哲学深度，有助于将杜子春作为最具影响力的唐代原型英雄的化身"[1]。

蒋兴珍指出杜子春被老者赐予金钱作为礼物，代表了文人满足愿望的自由。杜子春通过考验和磨难汲取了有益的经验教训，明白真正的自由必定是用自我约束和责任心赢得的。杜子春为了证明自己有自我约束的能力和对他人的责任心，他将所有的心思都放到最后一次考验上，脱离了对自我的恐惧和对妻子的情感依附，抛弃了所有的人类愿望。然而，在炼金过程中，当他目睹自己的孩子被谋杀时，再也无法保持沉默，因为他无法超越最强大的人类情感，即一个母亲对孩子的爱。"自觉地、无私地付出促使杜子春暂时忘记了自己天然的男性身份，这就是人最根本的本

---

[1] Sing-chen Lydia Chiang, "Daoist Transcendence and Tang Literati Identities in 'Records of Mysterious Anomalies' by Niu Sengru (780 – 848)", *Chinese Literature*：*Essays*，*Articles*，*Reviews*，Vol. 29，2007，p. 19.

质特征，它阻止了杜子春前往长生不老世界的最后入口。"① 道士的离别谈话凸显了爱是全部人类情感中最根本的东西，这也是唐代社会所提倡的社会价值。人类在自我实现的传统路径上总会面对诸多问题，要么是佛教的情感分离，要么是道教的长生不老，这是杜子春面临的艰难抉择。故事的结尾，杜子春遗憾的不是错过了享受神仙生活的机会，而是没有遵守诺言，他实际上已经做出了自己的选择。"男主角随随便便地返回了人类世界，他现在一定是'做好了准备'，《杜子春》的作者不是要验证我们无法追寻长生不老的目标，而是邀请读者思考升仙失败对人类的影响以及个体应承载的东西。"②

（二）儒生

里德从杜子春是否符合儒生的要求，即是否拥有儒家的社会责任感来评价他。杜子春的人物性格经历了前后巨大的转变。最初他是一个受人排斥和嘲笑的挥霍者，遇到陌生的老者后，杜子春的生活出现了转折点，他被老者重复地、完全不符合逻辑地赐予巨大的财富。第一次他将财富挥霍一空，第二次他像以前一样还是把财富挥霍一空，但是这次他产生了一丝羞愧之情。第三次，当老者再一次给他金钱时，他决定控制住自私自利的冲动，终于明白了自己的社会责任。在不断出现的财富面前，杜子春最需要去挣脱陷入的道德困境，花钱的方式也显露出他的道德选择。所以，里德认为出现被重复赐予的礼物的情节是为了让杜子春实现自己的真正价值。最初杜子春把所有的钱财都花费在满足

①　Sing-chen Lydia Chiang, "Daoist Transcendence and Tang Literati Identities in 'Records of Mysterious Anomalies' by Niu Sengru（780 – 848）", *Chinese Literature：Essays，Articles，Reviews*，Vol. 29，2007，p. 18.

②　Sing-chen Lydia Chiang, "Daoist Transcendence and Tang Literati Identities in 'Records of Mysterious Anomalies' by Niu Sengru（780 – 848）", *Chinese Literature：Essays，Articles，Reviews*，Vol. 29，2007，p. 18.

自己需求上，是一个自私自利的浪子，后来转变成一个成熟的男人，偿还了所有的债务，照顾家族中的寡妇和孤儿，安排着家族的各种婚丧嫁娶事宜。"总之，他通过履行社会责任和义务来实现自己的价值。他从一个自私自利、行为不端的人，转变为一个热心而有责任的社会家庭成员，这一点令人欢呼雀跃。"①

杜子春性格的转变体现在他所经历的两次重生。第一次重生让杜子春经受了自私自利的考验，他重生为一个慈悲的有家庭责任心的男人。尽管他看起来好像放弃了对自我满足的追求，但是他仍然会坚忍地、英勇地面对生活，在怪物出现时挺身而出，而这正是老者所希冀的。② 因为老者当初提出倘若杜子春不成功，那就是他病入膏肓，无药可救。一旦杜子春完成行善，便会让他加入修仙。修仙的前提是行善，从这点看起来，杜子春通过了最初的考验，老者认为既然杜子春战胜了自私自利的欲望，他就能够拒绝种种接踵而来令人眼花缭乱的身外之物。

第二次重生是杜子春进入升仙的虚幻场景里。杜子春经受了重重考验，诸如愤怒的众人、恐怖的兽群、不可控的环境和地狱鬼魂的恐吓。他的妻子向他尖叫，祈求他出声，让箭镞、刀斧、沸水和铁水快点停止，让她所遭受到的一切慢下来。他默默地忍受这些可怕的幻觉，成功地克制了自己的情绪并经受住了随后的地狱折磨。在这次重生过程中，"杜子春展示了作为一个男人的刚毅性格，他一直勇敢地履行着早期被唤起的社会责任心"③。直至他面对自己的亲人不忍下手而导致功亏一篑，最

---

① Carrie E. Reed, "Parallel Worlds, Stretched Time, and Illusory Reality: the Tang Tale 'Du Zichun'", *Harvard Journal of Asiatic Studies*, Vol. 69, 2009, p. 333.

② Carrie E. Reed, "Parallel Worlds, Stretched Time, and Illusory Reality: the Tang Tale 'Du Zichun'", *Harvard Journal of Asiatic Studies*, Vol. 69, 2009, p. 334.

③ Carrie E. Reed, "Parallel Worlds, Stretched Time, and Illusory Reality: the Tang Tale 'Du Zichun'", *Harvard Journal of Asiatic Studies*, Vol. 69, 2009, p. 337.

终修仙失败，但是母子之爱让他获得了众人的赞许。由此可见，如果从儒家伦理入手来评价杜子春的话，他根本就不是一个失败者。

第三节　神女

在人类和神仙相恋的唐传奇故事里，男女主角通常是年轻书生和来自仙界的美丽女子。沈亚之的《湘中怨辞》《异梦录》《秦梦记》就是描写人神相恋的故事，鲁迅赞之为："皆以华艳之笔，叙恍惚之情。"① 与此类似的还有《任氏传》中任氏的故事、《柳毅传》中龙女的故事，它们引起了英语世界研究者的强烈兴趣。

一　狐仙任氏

《任氏传》讲述了年轻的郑六和美丽女子相遇的故事。故事的第一句写道："任氏，女妖也。"（《任氏传》）"妖"意味着是能够伤人的神怪，是来自另一个世界的他者。

（一）跨界的身份

德国汉学家顾彬（Wolfgang Kubin）指出《任氏传》强调"奇"，这个故事应该被看作现实发生的遭遇神女的世俗故事，狐仙任氏是唐传奇里频繁出现的神仙，可看作神怪的化身。他对任氏穿着白色衣服产生了兴趣，指出任氏有能力拥有真实的感情。在唐代文学里白色象征死亡，真爱和死亡在文学世界里须臾不离。白色在这个故事里有两个作用。"一是帮助任氏界定自己的真实身份，她属于地下世界，白色预测了她的命运，一旦她进入

---

① 鲁迅：《中国小说史略》，商务印书馆 2011 年版，第 69 页。

了人类世界，违背了自身意愿，她就只得死在这个世界。二是郑六只是在任氏的世界遇见了她，这一点很重要，说明郑六还是能随时回到家中妻子的身边。"[1] 故事的最后一句"她非人"描述了任氏的特征，所以她才会被猎狗撕成碎块。这并不是叙述者讲给读者听的，而是她的爱人郑六向他的朋友韦崟讲述任氏不幸的遭遇。

任氏即便千辛万苦地进入人类世界，最后还是被猎狗咬死，作为他者，她不被允许跨越两个世界之间分明的界限。任氏的死亡意味着跨界行为注定失败。这个故事由双重对立的东西来支配。才子佳人其实是男人和女人、世俗和神灵、人和妖对立的象征。"佳"的内涵不仅仅是美丽，它是上天决定的那部分，即任氏被认为具有天人的特征，或者郑六遇见她时认为她是仙女。这或许能让人理解为什么郑六看任氏的第一眼时既着迷又恐惧。男人和女人的世界并不总是相互排斥，它们之间也有裂缝。然而男主角郑六很容易进入任氏的情感领地，他跟任氏待在一起的那一夜发生了什么不得而知，但是一定不同于他在自己妻子的臂弯里所享受到的。第二天一早他从店主的口中得知昨晚自己待过的地方，竟是一座狐狸精勾引男人的废墟，他所认为的真实不过是幻象罢了。而任氏想要在人类世界留下足迹是相当困难的，最后她死于由男人支配的社会规则之下。所以在故事的结尾，任氏被猎狗发现时没有穿衣服，她只能想方设法以原本狐狸的身份逃跑，再也无法用衣服来隐藏自己的真实面貌。

（二）有恩必报

任氏是一个懂得报恩的人，她对郑六的报答出自郑生愿意将她当作人类来对待，这一点是极不寻常的。因为在许多鬼怪跟人

---

[1] Curtis P. Adkins, The Supernatural in T'ang Ch'uan-ch'i Tales: an Archetypal View, Ph. D. dissertation, Ohio State University, 1976, p. 89.

类相爱的故事里，人类在发现鬼怪的真实身份后通常会选择逃离或者杀死鬼怪。但是郑六克服恐惧继续追求任氏，他将任氏当作真正的人类爱人。同样，任氏对郑六充满了爱意，为了信守对郑六的承诺，她断然拒绝了韦崟的性要求。

如果说任氏对郑六的报答是情理之中，那么，任氏是否需要报答韦崟呢？洪越对此进行了回应。在故事的结尾，韦崟选择不再追求任氏，任氏却选择了一个在她看来是两全其美的办法。任氏决定用成为郑六伴侣的方式报恩，但对于韦崟的报恩，她面临一个困境：如何同时完成情感债务的偿还。问题在于她无法同时将身体献给两个男人。如果她用身体来报答韦崟的话，那就会违背她对郑六的承诺。反之亦然。任氏也意识到了这一点，从她跟韦崟表示的歉意就能得知。为了解开这个困局，她借用了其他女人的身体，使用神怪法力将京城最美的女人献给韦崟，来代替自己的身体，从而实现了对韦崟的报恩。

不过，任氏跟韦崟的关系是模糊的。尽管任氏拒绝了韦崟的性要求，但仍保留着性的亲密行为，"这种不确定的男女关系引发了忠诚和背叛的问题，任氏跟韦崟的亲密关系难道不是对郑六的背叛吗？"[①] 虽然没有给出明确的答案，作者却在结尾对任氏遵守道德准则予以了赞美。任氏抛弃了狐狸精的本性，坚守道德原则，通过对已婚男人的承诺瞬间变成了传统女性的典范。

（三）狐仙人类化的道德困境

作为故事的中心人物，任氏是带有神怪血统的女妖，但又不是普通的狐仙，因为她具有一颗悔恨之心。当郑六再一次追求任氏并承认自己喜欢她时，任氏经过剧烈的思想斗争接受了他。"郑六许下炽热的爱情誓言，急于踏过神怪世界和人类世界的边

① Yue Hong, The Discourse of Romantic Love in Ninth Century Tang China, Ph. D. dissertation, Harvard University, 2010, p. 81.

界，并推动任氏拥抱人类世界，赋予她人类的身份，使她成为忠诚、纯洁和温柔的女人。"① 为了打消郑六对她是否有一颗善心的疑虑，任氏承认自己是一只狐狸，但她否认了自己的动物性，坚称从未伤害过人类。任氏以过往的受害者作为跳板，反而明确了自己进入人类世界的资格，变成了她自己所创造出的环境的受害者。所以，人类的方式和狐仙的方式在此完全被颠覆了。②

任氏是一只聪明的狐狸，设计让韦崟进入她和郑六的恋人世界。任氏必须负责郑六的丰足生活，但她又缺乏类似于仙女变出财物的魔法，于是，她为自己的恋人找到了韦崟这个靠山。从恋人团聚直到任氏死亡，郑六不断变得边缘化，他的地盘被有钱而放纵的同伴韦崟接管了。由此我们发现，韦崟的出现使得任氏的形象变得复杂起来。在爱情的私人世界里，任氏身处充满掠夺和敌意的环境中，郑六对她的性侵犯却被浪漫化。所以韦崟的加入导致原本不稳定的爱情世界和人类世界变得更为错综复杂。③

更为重要的是，韦崟的出现为狐仙任氏"人类化"带来了一个道德困境：作为一个深受两个男人恩惠的女人，任氏不得不在忠诚于一个男人和感激另一个男人之间保持平衡。任氏的解决办法像人类那样绝妙却又令人厌恶。一方面，她反抗韦崟最初的强暴行为，拒绝后来温柔的赞美之声，保持对郑六的忠诚。这样的忠诚极为难得，即便在人类当中，也少有狐仙这样的女人。但另一方面，任氏主动使用魔法和诡计促成美貌女子跟韦崟在一起，成为她的替代品。为了报答韦崟的感情和满足他的贪欲，她毫不

① Yao-Chung A. Li, Against Culture: Problematic Love in Early European and Chinese Narrative Fiction, Ph. D. dissertation, Columbia University, 1980, p. 292.

② Yao-Chung A. Li, Against Culture: Problematic Love in Early European and Chinese Narrative Fiction, Ph. D. dissertation, Columbia University, 1980, p. 292.

③ Yao-Chung A. Li, Against Culture: Problematic Love in Early European and Chinese Narrative Fiction, Ph. D. dissertation, Columbia University, 1980, p. 292.

犹豫让其他女人堕落，导致她们通奸、流产、名声扫地。"不但她的'人类化'行为有矛盾之处，两个世界的价值对立也是如此。任氏放弃了背负罪恶的狐狸身份，成为善良的女人，可为了满足郑六和韦崟的愿望，她又必须恢复暴力和堕落，然而这是对人类世界的潜在背叛。"① 由此李耀春断定《任氏传》将人类世界和来生世界并置，作者对人类爱情的批评是嘲讽的而非虚无主义的。

（四）自我意识的觉醒

任氏是一只独一无二的狐狸，不仅拥有自己的名字，而且就她的处境来说，即便知道她是一只狐狸，她的爱人还是愿意继续两人的关系。所以她和郑六第二次见面时才有了这样的疑问："公知之，何相近焉?"

任氏的性格特征中蕴含着自我意识的觉醒，具有两层含义。第一层含义是作为狐狸的任氏，懂得羞耻。她猜测，郑六就算知道她的真实身份也不会憎恨她，韩瑞亚指出："出现在人类世界的当然不仅仅只有她这只狐狸，她不想成为人类眼中的妖怪。任氏试图做出解释，人类对勾引人的狐狸精的固有敌意被当作了狐狸会对人类伤害的依据，却忽视了人类与狐类通婚的巨大变异或者狐狸被欺骗的愤怒。任氏坚信狐狸是各种各样的，而她就能避免这种负面关系带来的悲剧命运。"② 事实上，这种觉醒帮助任氏迅速确立了自己在郑六心目中的地位，再也没有人提及她的出身。第二层含义是任氏熟知人间法则。男人知晓她是一只狐狸，从肉体上了解她，而其他人可以认识她的美德，虽然她因被侵犯

---

① Yao-Chung A. Li, Against Culture: Problematic Love in Early European and Chinese Narrative Fiction, Ph. D. dissertation, Columbia University, 1980, p. 293.

② Rania Huntington, "Tigers, Foxes and the Margins of Humanity in Tang Chuanqi Fiction", *Chinese Literature* (Cambridge, M. A.), No. 1, 1993, p. 55.

而失去了本该受到保护的贞洁，但她选择了原谅人类。当然，她的动物性没有被她的个人品质所模糊，尽管作者认为她在美德上超越了人类的一般女性，但她并不是一个"真实"的女人，她容忍自己的爱人没有孩子，她不是一个合法的妻子，也不期待自己有公婆。这些品性的缺失令她失去了证明自己作为人类价值的机会。

任氏身上的这种自我意识带有悲剧色彩，她的死亡不可避免。如果任氏就是普通狐狸故事里的主人公，我们可以预见，郑六一旦发现她的狐狸本形就会失去兴趣，任氏则还会继续勾引其他年轻人。就算郑六愿意抛下合法的妻子，他肯定希望任氏一直在原地等着，而此时他的爱人任氏已经走得太远，显然这样的爱情是不对等也是不现实的。所以，韩瑞亚推断只有在任氏作为一只狐狸不害怕继续维持一种长久的情感关系时，她的死亡才变得绝对必要。①

二 龙女湘妃

作为龙女之一的湘妃，被人们认为是最重要的和最富有的水神，将湘妃这一形象向前推动的是沈亚之的《湘中怨辞》。沈亚之声称在 818 年听到了这个故事，但显然他将熟悉的主题加工创造了一番，融入了神因过失被流放到人间、龙女的身份、失去的爱情等更多内容。到了《柳毅传》《灵应传》这一类的神怪故事，情节发生了重大变化，即陷入困境的龙女总会寻求人类的帮助。与其他动物变成人的故事不同，龙宫总是被描述成一个完整复杂的世界，它有别于个体进入的人类世界，尽管柳毅是在人间结婚的，但是龙女更喜欢将自己的丈夫带回龙宫。

---

① Rania Huntington, "Tigers, Foxes and the Margins of Humanity in Tang Chuanqi Fiction", *Chinese Literature* (Cambridge, M. A.), No. 1, 1993, p. 56.

　　劳泽认为《柳毅传》暗含了作者对水下的龙宫和神怪世界的政治秩序的幻想，柳毅和洞庭龙女的爱情被渗透了这种神怪语境，龙女的报恩形象变得复杂起来。① 柳毅第一次见到龙女时："视之，乃殊色也。然而蛾脸不舒，巾袖无光，凝听翔立，若有所伺。"（《柳毅传》）对于一见钟情的两人来说，这并非偶然的场面。劳泽指出美貌标志着社会差异和解救龙女的价值，龙女衣衫褴褛的样子暗示了她是受到不公才沦落到如此田地的，但隐匿不了她的价值。② 后来当柳毅之前的两个妻子死去后，龙女决定扮成人类新娘接近他，她对柳毅的爱是毋庸置疑的。龙女拒绝再婚，即便她的非人类属性与对柳毅的忠诚相互排斥，她还是千方百计想要报答柳毅。但龙女无法洞悉柳毅的真正动机，被迫欺骗他，成为人类跟他结婚，后来才告之柳毅真相。龙女使用计谋是为了报答柳毅的救命之恩，这样的爱情故事充满了艺术仪式感，为了爱情能得到社会礼节的认可，迫使龙女采取新奇的报答方式。"在唐代，报恩的愿望与对爱情的渴望混为一体。"③ 所以，龙女的形象不是单一的和静态的。

　　谢丹尼指出龙女帮助柳毅完成了宗教身份的转变，柳毅逐渐从理想的儒家绅士变为爱人和神仙，龙女则是多情和浪漫的，"从一开始她就因为柳毅心动，她希望柳毅也有这样的感觉"④。龙女后来向他坦白了自己的身份，柳毅表示没有疑虑她的龙女身份。她宣称："夫龙寿万岁，今与君同之。水陆无往不适。君不

---

　　① Paul Rouzer, *Articulated Ladies：Gender and the Male Community in Early Chinese Texts*, Combridge：Harvard University Asia Center, 2001, p. 232.

　　② Paul Rouzer, *Articulated Ladies：Gender and the Male Community in Early Chinese Texts*, Combridge：Harvard University Asia Center, 2001, p. 237.

　　③ Paul Rouzer, *Articulated Ladies：Gender and the Male Community in Early Chinese Texts*, Combridge：Harvard University Asia Center, 2001, p. 237.

　　④ Daniel Hsieh, *Love and Women in Early Chinese Fiction*, Hong Kong：The Chinese University Press, 2008, p. 185.

以为妄也。"柳毅回答:"吾不知国客乃复为神仙之饵!"(《柳毅传》)故事里的爱情、美貌、道家、长生不老、水中世界等诸多元素混合,因为龙女,柳毅的生活从公开的儒家领域转入私人的带着道家气息的理想世界,最终他和妻子一起成为神仙而离开现实世界。

薛爱华认为《柳毅传》的龙女仍然带着神怪世界的标记,柳毅的出现就是为了寻找她。跟以前故事里的道士寻求成仙一样,这个最耸人听闻的龙女故事遵循着古老的寻找模式。但与前者注定失败的寻找相反,新的模式允许寻找的成功,即便是转瞬即逝的。这个故事用华丽的辞藻表现了龙类闯入人类生活的虚幻形式。例如,当柳毅向龙女询问绵羊时,她解释它们是"雨公",也就是雷公、雷婆。水中龙宫更像人世间豪华的官邸,而不是一座用贝壳装饰的供湖神居住的破旧房子。除了复仇的钱塘龙用自己的方式解救龙女外,所有的龙类在柳毅面前的表现像很有派头的人类的样子,他们的谈话非常世俗化,他们的歌唱和娱乐跟唐代京城里的没什么两样。实际上,龙女在描述她父亲的宫殿时也说洞庭和京城之间没什么区别。

第五章　他者眼光与中西对话

　　英语世界的唐传奇研究与国内的唐传奇研究相比，两者存在研究的趋同性。比如中西研究者共同挖掘唐传奇义本的政治寓言，都重视文本的文史考证等。但由于东西方的文化趣味、学术传统等方面的差异，两者的研究却又各具特色。英语世界唐传奇研究的理论视角独特且多样，必定会给国内唐传奇研究带来启发。通过国内外唐传奇研究的比较，我们发现双方观点无论能否引起共鸣抑或争鸣，都需要在中西对话中求同存异、平等交流。

第一节　英语世界唐传奇研究的理论视角

　　英语世界对唐传奇的研究出现了传统的批评理论，如陈珏的影射理论。此外，西方的其他理论研究方法在英语世界的唐传奇研究中得到应用，如原型理论、人类学、女性主义批评、符号学、结构主义、跨学科理论和阐释学等。一方面，研究者探讨了唐传奇文本内容，建构文本意义，从而挖掘文本的真实意图；另一方面，研究者对唐传奇文本意义进行多维阐释，力图建构无限衍生的多元、变化、不确定的意义阐释空间。

一 原型英雄的身份认同

根据西方原型理论，阿德金斯将唐传奇故事可以分为三个阶段：初期、行动和结局。初期阶段包括英雄的出现和进入神怪世界的各种准备；行动阶段包括神怪世界对英雄的各种考验和奖赏；结局是对英雄的安排，描述他们离开凡间后的最终定居点。"唐传奇明确强调第二阶段那些经受考验和奖赏的神话轮回，这也符合坎贝尔的第二阶段——夏季神话。唐传奇被认为是中国小说第一次有意识地创作，……这些故事不仅能论证一般原型特征，也遵循小说发展的基本规律。"[①] 阿德金斯运用西方的原型批评理论阐释唐传奇故事，将原型英雄放入普遍范式的模型当中，使得他们的行为符合这一模式准则，且处于动态发展之中，具有鲜明的人物特征。原型英雄中的一部分是文人，他们擅长诗文技巧，推崇正直、孝道、忠诚和友谊等儒家美德，在紧要关头愿意将自己置身危险之中，但是在面对压倒一切的困难时不会蛮干，如《柳毅传》中的柳毅。另一部分是军事行动者，他们被称为"与龙战斗的人"，阿德金斯指出这个术语形象地描述了光明与黑暗、秩序与混沌或者任何一组对立词语的冲突，如"别将欧阳纥略地至长乐，悉平诸洞，罙入险阻。"（《补江总白猿传》）男主角欧阳纥便是这类人，他是一个常胜将军，妻子被猿人掳走后欧阳纥找到猿人的住所并打败了它，让妻子重新回到自己身边。

英雄旅行的目的是和女性结合，无论是神怪故事中的神仙还是现实主义故事中的人，英雄旅行到某个地方就会遇见一个女性

[①] Curtis P. Adkins, "The Hero in T'ang Ch'uan-ch'i Tales", in Winston L. Y. Yang, Curtis P. Adkins, eds., *Critical Essays on Chinese Fiction*, Hong Kong: The Chinese University Press, 1980, p. 46.

人物。会有美好、危险或死亡等不同的结果，如果英雄运气好的话会遇到一个仁慈的神仙，赠给他许多金银珠宝以及长生不老魔力。然而如果他遇到一个危险的神怪物体后可能会遭遇死亡，如《老蛟》。用人类学的术语来看，人类与神仙的性爱结合暗示着人类繁荣生活的延续，而在心理学的术语中预示着与灵魂的结合，即自我和智慧的总称。①

英雄的对手是冒险中的敌人，通常被描述成龙、恶魔或者王，从人类学的角度来分析的话，这样的人代表着冬季世界的死亡。唐传奇中有着大量不同类型的敌人代表。如《柳毅传》中龙女的丈夫是清河龙王的二儿子，他虐待妻子，联合父母将龙女流放在外。敌人以人类的面目现身，通常是一个年长之人，享有较高的社会地位。这符合年轻人反对长辈的原型特征，如《无双传》中的敌人年龄较大且比男主角更有权力，最初英雄王仙客想要征得无双的父亲同意迎娶无双，但是失败了。接着无双成为宫女，难度加大，但是王仙客经过谋划并得到高人相助，最后成功地将无双调包逃走，而付出的代价仅是三天的生命。这种模式暗示当前只是暂时的失败，但最后的胜利充满血腥味。从某些方面来看，敌人是年纪较大的男人且能力高于英雄。虽然每个故事的内容不同，但隐藏的特征类似，因此也证明了原型本质的盛行。

二　《李娃传》的仪式文本意义

杜德桥指出《李娃传》中出现的短语"父子如初"，实际上

---

① Curtis P. Adkins，"The Hero in T'ang Ch'uan-ch'i Tales"，in Winston L. Y. Yang，Curtis P. Adkins，eds.，*Critical Essays on Chinese Fiction*，Hong Kong：The Chinese University Press，1980，p. 45.

是对《左传》中"郑伯克段于鄢"的人类学意义的暗示。蔡凯文赞成这一观点，他认为《左传》的这一经典情节因庄公的母亲对弟弟的宠爱而被部分颠覆，庄公发誓"不及黄泉，无相见也"。正如"两人不再相见"的誓言阻碍了庄公与母亲的母子关系，《李娃传》中的父亲破坏了父子关系，责难挥霍的儿子，"何施面目，复相见也"。维克多·特纳（Victor Turner）和布尔迪厄（Pierre Bourdieu）的仪式理论为阐释《李娃传》隐藏的仪式文本意义提供了崭新的视角。

（一）"父子如初"的仪式感

人类学家维克多·特纳指出仪式是"一套起到唤起作用的设计工具，能够唤醒、引导和控制各种强烈的情感，如憎恨、恐惧、喜欢和悲伤"[①]。赞比亚东北部的恩丹布女子因冒犯母系祖先而无法怀孕，要通过伊瑟玛仪式恢复生育能力，由此确认女人的部落身份。这个仪式的高潮在于这种不孕的女子要走入一条地道，终点象征死亡，从地道走出来后便获得重生，象征子宫的生育权利。从本质上看，一种仪式出现时，一个新的身份和地位的重生必定会承载一套新的社会关系，旧的身份必须死去。在《左传》和伊瑟玛仪式中，地道都暗示了死亡，走过隧道的仪式行为意味着重生，借助口头音乐表演来修复与祖先被损害的关系：在伊瑟玛仪式中，病人和她的丈夫在仪式完成后唱着歌，而庄公和他的母亲赋诗。

这种仪式性同样存在《李娃传》中："仪式在文本中是一种牵制策略，借助仪式，一个永久的阈限人物被同化和驯服，使得李娃免遭不稳定因素的威胁。"[②] 李娃既是毒药也能治愈疾病，她

---

① ［苏格兰］维克多·特纳：《仪式过程：结构与反结构》，黄剑波、柳博赟译，中国人民大学出版社 2006 年版，第 41 页。

② S. C. Tsai Kevin, "Ritual and Gender in the 'Tale of Li Wa'", *Chinese Literature：Essays，Articles，Reviews*，Vol. 26，2004，pp. 126 – 127.

通过郑生的身份地位获得被折射、重组和再赐予的形象。和李娃相遇的男人被性阉割，经历了社会性毁坏以及潜在的死亡。只要她在场，男性的身份地位是不稳定的，因此需要她为对方所遭受的苦难负责。"这个故事展现了一个不同文化话语掺杂的复杂领地，冲突或被解决或悬而未决，既涵盖男性的性焦虑和父权制的社会话语，也涵盖中国诗歌中的神以及不同叙事方法的文学话语，更有暗含礼和情的知识分子话语。"①

（二）六礼仪式与身份跨界

布尔迪厄根据各种不同的社会因素将人划入不同的阶层，某个阶层外的人借助仪式进入此阶层，而这一阶层内的人也可以通过仪式游荡在阶层外，由此仪式成为社会界限的中介。"仪式起到法则的作用，界定了郑生和李娃之间的关系；建构了组织结构，缓和冲突的文化话语以便形成中心议题。"② 李娃跨越了自身所处的社会界限，成功地拥有其他社会群体的角色。她从一个充满情欲的妓女变成了受人尊重的婚姻配偶，那是因为六礼仪式让她脱离了危险的、有罪的性欲，将她变为贤妻良母。李娃导致了郑生的毁灭，她只有让郑生重生来为自己赎罪。从仪式层面上看，她是仪式之路上的一个工具，先是毁灭郑生，后是一步步教导郑生重建自己的身份地位，教会他扮演反儒家的浪荡儿子的他者角色，后来又教会他成为具有儒家自我的人。

为什么《李娃传》中郑生的父亲会坚持举行六礼的结婚仪式呢？蔡凯文尝试用人类学理论回答这一点。他指出通过与父权的共谋，李娃得到了父系的批准，曾经不堪的妓女过往就会轻易地

---

① S. C. Kevin Tsai, "Ritual and Gender in the 'Tale of Li Wa'", *Chinese Literature: Essays, Articles, Reviews*, Vol. 26, 2004, p. 118.

② S. C. Kevin Tsai, "Ritual and Gender in the 'Tale of Li Wa'", *Chinese Literature: Essays, Articles, Reviews*, Vol. 26, 2004, p. 127.

被抹掉。李娃受到上流精英社会的欢迎，郑生的父亲坚持用正式的"六礼"驳回了儿子最初的温和计划，因为一个社会的合法性是由象征性行为来定义的，但作为妓女的李娃并非社会的普通一员，如何通过这些仪式接纳来自卑微家庭的新娘，这是一个有待回答的问题。就像布尔迪厄观察的那样，从社会层面上看，李娃作为特定社会阶层的一员，与那些从未经历过这些仪式的人相比，仪式使得对她的专制约束合法化，使得社会差异神圣化。"李娃通过参加一个她从未经历过的仪式，被转换到一个迥异的社会群体中去了，她成功地跨越了社会界限的藩篱。"① 实际上，蔡凯文借助中国婚姻中的六礼仪式，探究了《李娃传》中的性别和社会焦虑是如何被转变和驯化的，摒弃了这种神奇转变中的文学审美。

三　女性主义文学批评

在中国传统社会里，女性扮演着多种不同的性角色：寡妇、妻妾、妓女、情人等，用一句古老的谚语来概括就是："妻不如妾，妾不如婢，婢不如妓，妓不如偷，偷不如淫。"但是传统的性学观，特别是男性作者撰写的文学作品往往与此相抵触，在面对"淫"的庞大力量时，他们总是按照传统礼教，打算掌控和制止女性情欲可能产生的威胁。② 倪豪士依据女主角的性事表现将她们分为两类：第一类是果敢型，女主角的性欲持续不减弱，如《莺莺传》《非烟传》《欧阳行周传》中的女性，但都以悲剧收场。第二类的女主角扮演着缺乏性欲的角色，用尽职尽责的妻子

---

① S. C. Kevin Tsai, "Ritual and Gender in the 'Tale of Li Wa'", *Chinese Literature：Essays, Articles, Reviews*, Vol. 26, 2004, p. 122.

② William H. Nienhauser, "Female Sexuality and the Double Standard in Tang Narratives：A Preliminary Survey", in Eva Hung, ed., *Paradoxes of Traditional Chinese Literature*, Hong Kong：The Chinese University Press, 1994, p. 16.

身份来解决两性间的性欲压力。如李娃从名妓变为郑生的人生导师；任氏从色诱郑六的女子变为贤淑的妻子，不仅拒绝韦崟的求欢，还在许多方面指点郑六。

以《莺莺传》为例，倪豪士发现这是因性关系而导致的悲剧，故事经常强调莺莺以自身的魅力迷惑自己的恋人。张生"年二十三，未尝女色。"（《莺莺传》）但他声称自己是"真好色者"："登徒子非好色者，是有凶行。余真好色者，而适不我值。何以言之？大凡物之尤者，未尝不留连于心，是知其非忘情者也。"（《莺莺传》）这暗示着他将来遇见的女子可能就是尤物。在张生救了莺莺一家后，他在答谢宴会卜对莺莺一见钟情，即刻将莺莺当作猎物："张自是惑之。愿致其情，无由得也。"（《莺莺传》）莺莺最开始拒绝了张生的表白，后来禁不住张生持之以恒地追求而答应他，从"终夕无一言"说明了莺莺消极顺从的性格特征。但张生和莺莺的感情仍以悲剧收尾。张生最终抛弃了莺莺，他甚至确认世间一切美貌女子都可能极具危险性，并将这一切合理化："大凡天之所命尤物也，不妖其身，必妖于人。使崔氏子遇合富贵，乘娇宠，不为云为雨，则为蛟为螭，吾不知其所变化矣。……予之德不足以胜妖孽，是用忍情。"（《莺莺传》）此处特别强调美貌女子具有某种超自然的力量，"妖"具有蛊惑、迷惑的力量。莺莺因自身的力量改变了自己和他人的命运，但迷惑和荒谬被当时的旁观者看出："时人多许张为善补过者矣。予尝于朋会之中，往往及此意者，夫使知者不为，为之者不惑。"（《莺莺传》）女性潜藏的力量会威胁到儒家维持社会秩序的基本法则。

在《莺莺传》和《河间传》这两篇截然不同的作品里，我们无法找到对于女性性爱的细节描写，只有男性关于房事的观点。由此可见，社会既存的性别歧视在文学作品里也能找到自己的知音，对于唐传奇的女主角而言，大概没有性满足和性喜悦而言，当然，放荡的河间排除在外。她们始终无法真正控制自己的情欲，性欲给她们带来了诸多不幸，她们迷惑人心，通常使男主角陷入苦难之中。如莺莺持续表露着自己的原始欲望，结果却换来当时人们的轻蔑和鄙夷。倪豪士最后得出结论："这些唐代故事体现了中国性观念的基本原则，所谓中国人的'性爱'，即非婚姻关系的性行为，几乎是男性的专利，女性只享有以贞洁与忠诚为中心的伦理道德约束而已。"①

洪越指出唐传奇爱情故事的主题之一就是女性拥有选择自由，9世纪时描写男女间恋爱关系故事发生了重要转变，唐代营造的宽松氛围是浪漫爱情产生的最根本原因。在9世纪之前，爱情故事的两性关系基本是由阶级等级来定义的，而到了9世纪，女性开始在爱情中自由选择并真实地表达爱和尊重。"尽管故事里的女主角属于较低的社会阶层，然而她们被赋予从未有过的特质——自己选择爱人、参与两性关系的协商、在爱情问题上发表见解。"② 对于浪漫爱情中的个体而言，把握情感的自主权，无疑实现了自我价值，尽管风尘女子无法从文人那里获得社会经济地位，但是她们的感情和愿望还是得到了尊重。

另外，谢慧娴指出生活在唐朝西安的四位女性武则天、杨贵妃、鱼玄机和李娃，处于唐朝独特的文化氛围中，她们得到了性欲的满足，在追逐爱情目标时流露出某种程度的个人主义。她们自己掌握着主动权，相对自由地追求文化和性，在流动的社会中努力寻找改变自己命运的机会。和武则天、杨贵妃、鱼玄机不同的是，李

---

① William H. Nienhauser, "Female Sexuality and the Double Standard in Tang Narratives: A Preliminary Survey", in Eva Hung, ed., *Paradoxes of Traditional Chinese Literature*, Hong Kong: The Chinese University Press, 1994, p. 16.

② Yue Hong, The Discourse of Romantic Love in Ninth Century Tang China, Ph. D. dissertation, Harvard University, 2010, p. 58.

娃虽然是一个妓女，但是她勇于自责，后又忠诚于自己的爱人，最终拥有幸福的结局并获得了传统历史学家的赞许。①

四　"南柯一梦"的符号学阐释

冯睿指出尤里·洛特曼（Yuri Lotman）的文化符号域理论包含与反文人（para-literati）阶层相关的经验、价值、想象力和焦虑感，能在唐传奇的旅行故事中找到合适的落脚点。对于唐代反文人来说，充满虚构经历的故事倾向于发生在他们生活的阈限阶段，特别是梦中成真的故事，因为它们包含的愿望最为明显。如《樱桃青衣》《南柯太守传》和《枕中记》，主人公完全入睡，经历一场跟现实相关的梦。在梦中，主人公的俗世生活愿望得以实现，一旦返回现实世界，他就会冥思苦想刚刚做过的梦。这三个故事都是用最简单的故事情节清晰地表达了集体愿望和持久不变的悖论，可以用"南柯一梦"来表达，因此作者完全有动机去检测已被有效密封的社会符号域。在那个虚拟的世界里，同样包含基本的考试流程、成功的动机、正常的进入路径和清除阻碍成功的障碍。

在"南柯一梦"的故事里，主人公离开日常生活的世界，进入一个特别世俗化的世界。唐传奇塑造的同类型主人公属于写作模式一个重要变化，即从记录一个人在旅行中的所见所闻转变到反文人作为一个社会群体的遭遇。"这些主人公的身份原本一开始就确定了，但官员阶层及时扩展出的一条裂缝，解放了他们，为每一个原本远离仕途的故事做好了万全的可能性准备，可以在

①　Jennifer W. Jay，"Vignettes of Chinese Women in T'ang Xi'an（618–906）：Individualism in Wu Zetian, Yang Guifei, Yu Xuanji, and Li Wa," *Chinese Culture*, Vol. 31, No. 1, 1990, p. 85.

这些人身上贴上惊奇、机遇、危险和濒死的标签。"①《樱桃青衣》《南柯太守传》和《枕中记》通过符号域描绘了梦的实现,从某种程度上说,重新界定现实、人与社会、大自然和文化的关系是最直接稳定的。"在唐传奇故事里出现了一种新型的旅行故事,也论证了恰如其时的裂缝能够被扩展至相互结构关联的文人体验中。通过故事的重新结合,这道裂缝呈现了世界一隅的意义,而非描述权力政治。"②

第二节　阐释之辩

1983 年,英国著名汉学家杜德桥的《李娃传》注释本面世。除了完整翻译《李娃传》外,杜德桥还考证了《李娃传》的不同中文版本,并对文中的众多词语事无巨细地加以注释考证。之所以这么做,是因为他认为《李娃传》的这些词语能让读者联想起中国文化典籍中的典故,并和其中的词语遥相呼应,且这样的注释法对其他的唐传奇作品也适用。这种注释法无疑大大扩展了原作的内涵,将原作的注释和解读延伸至中国古典文学典籍领域。但作为普通读者,若没有专业的学术素养很难去理解其中的含义,这导致杜德桥的《李娃传》注释本引发了不小的争议。

一　标注联想之词

在译著《李娃传》一书的第七章"评注理论"中,杜德桥直

---

① Linda Rui Feng, Youthful Displacement: City, Travel and Narrative Formation in Tang-Tales, Ph. D. dissertation, Columbia University, 2008, p. 214.

② Linda Rui Feng, Youthful Displacement: City, Travel and Narrative Formation in Tang-Tales, Ph. D. dissertation, Columbia University, 2008, p. 216.

言完成唐传奇《李娃传》的批评版本是一项复杂的工作，建构文本仅仅是其中的一步，阅读、解释和注解文本仍是关键性的挑战，均衡读者的心理预期和阅读后的收获取决于编者对问题的判断，特别是外国编撰者需要面对无处不在的翻译困境。"译者面对的除了可能比阿登编撰者花上更多时间的冗长的几百条注释，更需要精心处理文中的联想和暗示。"① 所以标注故事里丰富的文学典故以及联想，成为杜德桥的主要任务，他将文中一些包含文学典故和引发联想的词予以了详尽解释，我们可称这些词为"联想之词"。② 杜德桥声称借鉴了西方莎士比亚学的研究方法，特别是看到弗兰克·克默德（Frank Kermode）的注释后大受启发："遵循《阿登版莎士比亚》的模式——特别是弗兰克·克默德所整理的《暴风雨》的详尽版本，我尽力去挖掘《李娃传》故事表层之外的文本，找出它对儒家经典、文学传统以及同时代用语的联想。"③

1954 年，英国剑桥大学著名学者弗兰克·克默德注释了《暴风雨》，此注释本是西方权威的莎士比亚作品注释丛书中的一本。克默德在《暴风雨》里发现了跟埃涅阿斯纪相关的联想，但他将注意力放在更明显的文本联想上，比如奥维德《变形记》中美狄亚的祈祷所蕴含的情感表达，与《暴风雨》第 15 出中普洛斯彼洛展现的精神魅力极其相似。他推断莎士比亚一定读过奥维德的《变形记》，然后在构思写作《暴风雨》时，应该是联想到了它，并进行模仿。这里他用的是"推断"一词，说明没有经过实证研究，缺乏科学依据。作家是主观性的创作，大概只有莎士比亚本人才能解开克默德的推断之谜吧。

---

① Glen Dudbridge, *The Tale of Li Wa*, London: Ithaca Press, 1983, p. 101.

② "联想之词"称呼以及这一小节的研究思路受到许浩然的文章《英国汉学家杜德桥与〈李娃传〉研究》（《海南大学学报》2012 年第 4 期）的启发，特此表示感谢。

③ Glen Dudbridge, "A Second Look at Li Wa chuan", in Eugene Eoyang and Lin Yao-fu, eds., *Translating Chinese Literature*, Bloomington, Indiana: Indiana University Press, 1995, p. 69.

克默德的这种莎士比亚注释方法启发了杜德桥，他立即联想到《李娃传》的作者白行简是个有才华的年轻知识分子，刚刚从科举考试中脱颖而出，成功转身为官方认可的社会话语圈子中的一员。单单从这个背景就可以推测他的基本阅读经历："至少可以肯定的是，他会和朋友（和最早的读者）私下品读儒家典籍和《文选》，这些都是官方承认的前唐文学经典，它们是这个时期年轻人接受教育的'圣经和莎士比亚'。一个刚刚才从科举考试中获胜的人拥有了这些跟大脑表层意识相关的古老知识，毫无疑问接下来他就会发现，故事承载着许多回应，如《道德经》《礼记》《文选》，有时还是《论语》《诗经》《孟子》，有时会是《三国志》《世说新语》。"① 以下的几个例子就是杜德桥在《李娃传》中标注的联想之词。

表5-1　中国文学典籍中的词语与《李娃传》的联想之词对照表

中国文学典籍中的词语	《李娃传》的联想之词
伯夷叔齐闻之，相视而笑曰：嘻！异乎哉！此非吾所谓道也。（《左传》）	娃下车，姬逆访之曰："何久疏绝！"相视而笑
出谷戍，释宋围，一战而霸，文之教也。（《左传》）	吾观尔之才，当一战而霸
叔于田，巷无居人。（《诗经》）	四方之士尽赴趋焉，巷无居人
事不谐矣。（《后汉书》）	苟患其不谐，虽百万，何惜
不待父母之命，媒妁之言，钻穴隙相窥，逾墙相从，则父母、国人皆贱之。（《孟子》）	情苟相得，虽父母之命，不能制也
孔子泫然流涕曰："吾闻之，古不修墓。"（《礼记》）	将认之而未敢，乃泫然流涕

杜德桥用这种方法标注《李娃传》中的联想之词，是否可行呢？我们知道，白行简作为科举考试的成功者，他一定熟知中国

---

① Glen Dudbridge, *The Tale of Li Wa*, London：Ithaca Press, 1983, p. 101.

文学典籍，但这两者不一定会产生直接影响，白行简在使用某句话时，未必就是想起了某个典故。对此，杜德桥的解释是："作者可能有意地使用一个短语，联想到跟经典的关联，想要他的读者认可并彰显它的经典力量；他可以使用一个短语，作为熟悉的古典惯用语，作者和读者都会认可，但没有什么特别的文学含义；他也可以使用一个短语，使其内在化，被无意识地使用，当它浮现在大脑时是为了满足一些不善表达的需要；他也可以使用一个短语，是目前文学习惯中共同存在的一部分，人们熟悉它，但是跟它的古老来源相去甚远。"① 由此可见，杜德桥也认可作者和使用的短语之间并不是存在必然联系。但翻译本身就是一种批评形式，读者自然会联系故事语境，翻译也承载了杜德桥大量的个人阐释，所以对浮现在故事中的许多文学影射和联想，绝非他们捕风捉影。

二　"所有的注释都是过度注释"

自杜德桥的"联想之词"注释法面世后，西方学界有人质疑这是"过度注释"，理由是"过度注释"只会增加读者的负担，注释只针对原文就可以了，文本的解读是读者自己的事情。持这种观点的人建议杜德桥舍弃探讨《李娃传》对儒家经典和文学典范的联想，只专心注释故事本身，反而能给读者带来身临其境的鲜活感。

不过杜德桥并没有接受这样的建议，他认为不管是外国译本还是中国的评注本都忽略了文中诸多有意识的文学影射和联想，中国所有的古典写作都是带有暗示性的写作，其实通过理解儒家典籍、早期的历史经典以及大量衍生文本就能获知这是一种语言

---

① Glen Dudbridge, *The Tale of Li Wa*, London: Ithaca Press, 1983, pp. 101 – 102.

的用法。"中国中古诗歌的读者认同诗歌中的暗示，他们灵敏地感知着诗歌里蕴含的丰富性，此外已熟知评论标准的作者在其中起了很大作用。但是散文，特别是小说式的散文，引起的读者关注就少得多，不过中国小说可能仅有最著名的《聊斋志异》已经开掘了可供比较的深度。"①

于是，杜德桥打算通过追踪小说文本的古典足迹，展示故事的多维空间，他尝试用这种崭新的方法阅读《李娃传》。在有限的时间和能力范围内，要系统性地确认这种来自正统文学中的语言暗示，发掘出典籍上的关联是一项虽费力但不困难的工作，真正的困难在于没法采纳固定的标准去评估这些回应和联想。大量的古典暗示在文本里将会被附加意义，有时是反讽意义。"这样的短语，即便它们在新的语境下没有承载什么有分量的东西，但仍然会折射出旧观念的色彩。对于某种不确定的情况来说，它们在有准备的读者头脑里起着作用，增加了意义的价值。"②

之后杜德桥似乎意犹未尽，在1995年继续回应人们的质疑。如果《李娃传》注释针对的是中国读者，"过度注释"确实只会带来不便甚至烦恼，但在翻译实践中，大多数外国编撰者不容易洞察到中国语言和文体的细微差别。西方读者面对《李娃传》时，他们可能会在中国读者认为没有意义的地方找到意义，在中国读者明白的地方写下注释，这就是"过度注释"的价值。从这种意义上说，所有的注释都是"过度注释"。

杜德桥用"圈子"一词来表达"过度注释"的真正含义。"一个文学文本以它本原的面貌直接面向母语文化的读者，我们将这种情形定义为一种能直接交流的圈子。从定义上来说，即便是由作者或其同时代人来注释，针对的也是圈子以外的读者，因

①　Glen Dudbridge, *The Tale of Li Wa*, London: Ithaca Press, 1983, p. 100.
②　Glen Dudbridge, *The Tale of Li Wa*, London: Ithaca Press, 1983, p. 102.

为这种注释行为本身就意味着交流的失败。"① 圈子以内的读者将
注释视为累赘，由于过分强调文本内更微妙的潜在的暗示结构，
他们的想法容易发生扭曲。因此，杜德桥提出不去考虑"过度注
释"以及译介规则的变化，而只需关注严谨的译介环境下的相对
价值模式。"我们可将这个模式看作一个更大范围的圈子，里面
是一群被更深层圈子所鄙视却欣然接受了注释的读者，那么反过
来注释又将人引向外在的圈子。"② 所以，他认为圈子外面的读者
很乐意去接受这种"过度注释"。

杜德桥将"过度注释"视为一种可以促使理解圈层不断扩大
的机制，他的注释本是为西方读者所写的关于中国文学语言的导
读，为了吸引更多人深入解读这个故事，"过度注释"通过标注
联想之词来挖掘深厚的中国传统文化背景，帮助读者化解其中的
陌生，文本阐释的目的在于读者。"持批评态度的编撰者在面对
翻译任务时通常都会带着一些困惑，他们拿出看家本领尽力去修
复一个文学文本直至作者原本想要留给世人的程度。如果做得好
的话，他们就会清除掉翻译转换中的失落，抚平那些放手一搏的
编者留下的变形，表现一部真正的艺术作品应展示的明亮的颜色
和清晰的线条。"③ 怎样把文本中的每一个词语分解成另一种文化
的语言，这是摆在每一位外国编撰者面前的一道难题。在《李娃
传》出版后，杜德桥收到了一封喜欢中国文学的朋友的来信，信

---

① Glen Dudbridge, "A Second Look at Li Wa chuan", in Eugene Eoyang, Lin Yao-fu, eds., *Translating Chinese Literature. Bloomington*, Indiana：Indiana University Press, 1995, p. 68.

② Glen Dudbridge, "A Second Look at Li Wa chuan", in Eugene Eoyang, Lin Yao-fu, eds., *Translating Chinese Literature. Bloomington*, Indiana：Indiana University Press, 1995, p. 68.

③ Glen Dudbridge, "A Second Look at Li Wa chuan", in Eugenc Eoyang, Lin Yao-fu, eds., *Translating Chinese Literature. Bloomington*, Indiana：Indiana University Press, 1995, p. 67.

中写道："当然，你清楚过度注释的风险，就是故意使表述变得
迂腐陈旧……如果注释只针对原文，读者就会身临其境地体验你
所希望引入的文化意识，无须跨越语言的障碍。"[1] 这些话击中了
问题的要害，如果翻译分解了一个完整的中国文本，那么使用一
种外国语言来挖掘它的文学渊源，存在一定的危险。杜德桥是这
样回复疑问的："对于中国读者而言，'过度注释'确实只会带来
不适甚至痛苦，但如果外国的编撰者接受了为自己国家的读者解
释中国文学的任务，就必须竭尽全力做好。压力是不可避免的，
妥协没有用，不必轻易下结论。"[2]

　　杜德桥的观点得到了美国汉学家倪豪士的支持。他不认为这
种方法存在过度注释的危险，因为从《李娃传》的读者群体来
看，不管是唐代的读者还是今天的西方读者，都能读出杜德桥所
挖掘的文本联想意义。在唐代，《李娃传》应该有着不同的读者，
准确的读者范围是无法获知的，但白行简和其他唐传奇作家必定
是将读者目标放在唐代上层社会成员身上，文人积极地活跃在文
学圈，明显能够读懂各种知识暗示。[3] 倪豪士举证了跟白行简同
一时代的可能的读者，如王启、韩愈、白居易，博学的他们如果
阅读《李娃传》的话，一定能够领会文本中浮现的联想和暗示。
和白行简同一时代的王启，是白行简的大哥、白居易的朋友，他
在兄长王播死后悲伤地写下："嗜学，非寝食不辄废。天下之书
无不读，一经目，弗忘也。"韩愈同样是一个嗜学的人，"愈生三

---

① Glen Dudbridge, "A Second Look at Li Wa chuan", in Eugene Eoyang, Lin Yao-fu, eds., *Translating Chinese Literature. Bloomington*, Indiana: Indiana University Press, 1995, p. 68.

② Glen Dudbridge, "A Second Look at Li Wa chuan", in Eugene Eoyang, Lin Yao-fu, eds, *Translating Chinese Literature. Bloomington*, Indiana: Indiana University Press, 1995, p. 68.

③ William H. Nienhauser, "A Third Look at 'Li Wa Zhuan'", *T'ang Studies*, Vol. 25, 2007, p. 95.

岁而孤，随伯兄会贬官岭表。会卒，嫂郑鞠之。愈自知读书，日记数千百言，比长，尽能通《六经》、百家学"。韩愈自己的亲人则提供了更详细的例证，韩愈的亲家李邢评价他："年十四五，能间记《论语》《尚书》《毛诗》《左氏》《文选》，凡百余万言，凛然殊异，姑氏子弟莫敢为敌。"倪豪士坚信这类人是故事的内部读者，有可能是《李娃传》最主要的读者。此外，倪豪士指出大量的唐传奇是被重写的故事，在重构过程中，作者想要展示自己的博学，就会期盼读者领悟与文学典籍相关的联想："我们能从白行简现存的大多数诗歌的字里行间找到对早期的历史、小说和哲学的联想。因此，现代的读者应该不会惊讶杜德桥从《李娃传》挖掘出大量的文本联想，同样也不会怀疑白行简的目标就是为了这些能够分享他的价值观、教育经历和人生阅历的见多识广的读者。"①

所以倪豪士也尝试用标注联想之词的方法注释《李娃传》的文本。如郑生跟李娃的第一次见面，年轻的郑生目不转睛地盯着她时"回眸凝睇，情甚相慕"。倪豪士指出"回眸凝睇"这个短语也出现在唐传奇的其他作品里，如《任氏传》里的郑六在一个市场上偶遇任氏，起初任氏不太理睬他，但待到郑六向她示爱后，她"回眸去扇，光彩丽如初"；和李娃一样是绝色美人的杨贵妃，第一次和唐玄宗相遇时："回眸一笑百媚生，六宫粉黛无颜色"，当她的鬼魂站在唐玄宗面前时"含情凝睇谢君王"；《非烟传》中的赵象对非烟感兴趣，非烟"含笑凝睇而不答"；《莺莺传》中恋人的第一次相见："以郑之抑而见也，凝睇怨绝，若不胜其体者。"倪豪士认为这些共有的词语意味着作者可能受到共有的文学典籍的影响，虽然有时文学的表达与传统语境

---

① William H. Nienhauser, "A Third Look at 'Li Wa Zhuan'", *T'ang Studies*, Vol. 25, 2007, p. 100.

意义相反，但是它们在文中营造了便于读者理解文本，欣赏故事的语境。

三　隐藏的互文性

1995 年，杜德桥写下文章《〈李娃传〉再探》（A Second Look at Li Wa chuan），他认为文本远远超出了其表面叙述，儒家经典、文学传统以及当时的文本习惯就暗暗地漂浮在潜在的结构当中，所以研究者有责任将其中的互文性挖掘出来，给西方读者最好的解读。① 2007 年，倪豪士在《唐研究》发表《三探〈李娃传〉》（A Third Look at "Li Wa Zhuan"）回应杜德桥的观点。

倪豪士重新评估了杜德桥的《李娃传》评注本，源于在二次阅读文本中发现的联想和呼应，倪豪士集中精力去证实杜德桥研究《李娃传》的方法，除了仍旧沿用弗兰克·克默德的《暴风雨》注释法，还增加了《李娃传》中文本联想的数量，评述杜德桥已经指出的联想，并尝试为《李娃传》提供第二种文学语境。② 倪豪士将杜德桥的方法解释为一种互文性，"至于具体研究方法，就是利用电子文本及索引去理解古籍中词语的含义及用典（借助电脑，我们对互文文本的掌握大有提高，可达到古典诗人杜甫般的百科全书式的记忆水平）。对文本要采用细读精研的方法，我运用的就是新批评与形式主义批评相结合的方法"③。他认为《李娃传》的文本和语境展现了一种互文性，他在杜德桥的注释本里

① Glen Dudbridge, "A Second Look at Li Wa chuan", in Eugene Eoyang, Lin Yao-fu, eds., *Translating Chinese Literature*, Bloomington, Indiana: Indiana University Press, 1995, p. 68.

② William H. Nienhauser, "A Third Look at 'Li Wa Zhuan'", *T'ang Studies*, Vol. 25, 2007, p. 91.

③ William H. Nienhauser, "A Third Look at 'Li Wa Zhuan'", *T'ang Studies*, Vol. 25, 2007, p. 105.

发现了大量的文本互文性，这更能证实《李娃传》与中国传统文学的呼应和联想。

在杜德桥版本的《李娃传》第 26 行"乃诈坠鞭于地"，杜德桥写下了很长的注解，指出这可能是对《公羊传》的联想："起初是对颠覆权威的暗示，表示郑生的大好前程将掉入道德危机中的信号。"① 郑生下马站在京城的街道上，手里拿着鞭子，倪豪士觉得这样的场景同样让人想起崔国辅《长乐少年行》中开头的场景："遗却珊瑚鞭，白马骄不行。章台折杨柳，春草路旁情。"倪豪士推测白行简可能很了解这首诗，它收录在 750 年殷璠编选的有影响力的选集《河岳英灵集》中。秦朝在战争年代修建了章台，但是在汉朝，章台意味着京城安居乐业的地方，白唐朝视为表达对季节的愉悦，杨柳象征着女性的喜悦，因此鞭子掉落，马不再往前行走，一个无礼的年轻人和一个妓女在这安居乐业的地方调情，所有这些形象和《李娃传》的第一个场景相呼应。若丢弃这样的语境，那么读者对年轻郑生的期望值就改变了。第 38 行出现李娃的求爱者如何"洁其衣服"，事实上，唐代读者可能认同"洁其衣服"这种表达，因为在《毛诗序》中也有过这样的描述："《羔裘》，大夫以道去其君也。国小而迫，君不用道，好洁其衣服，逍遥游燕。"第 12—14 行中的"盛其服玩车马之饰"，父亲的支持以及自己的性格使得郑生变得自负。倪豪士认为杜德桥在这儿可能希望读者想到司马迁赞美季布"自负其材"，读者可能会意识到季布的转变和《李娃传》中年轻郑生经受的考验之间的密切关系，季布是打仗英勇的指挥官，但后来被迫为奴，躲避汉高祖的追杀。

倪豪士高度肯定了杜德桥的研究贡献，指出杜德桥采用的方

---

① Glen Dudbridge, *The Tale of Li Wa*, London：Ithaca Press，1983，p. 113.

法不仅仅适用中国小说，"被筛选出来的东西方读者属于内在圈子的一部分，这个圈子建构了基于互文性影响的文本能被清晰联想的广泛谱系。因此这个唐传奇故事与其他的故事在诗学内容上应有许多共同点，有关这些故事的联想在唐诗中也有类似的地方，值得现代读者同样关注"①。所以倪豪士建议阅读《李娃传》这样的故事，一定要借鉴《阿登版莎士比亚》注释本的研究方法，正如杜德桥所做的那样。

不管是杜德桥的圈子说还是倪豪士的互文性，它们之间的共同点是重视读者对文本的接受情况，文本是否过度注释取决于是否有利于读者对文本的理解，文本不断衍生出的意义是为了读者更好地接受与理解。对于普通的西方读者来说，杜德桥的联想之词注释法确实带来巨大的挑战，读者必须熟知中国传统文学典籍，而如果读者是西方汉学家或者中国文学研究者的话，优势就不言而喻了。杜德桥阐释文本的最终导向是读者，而且是特定的读者。所以他认为不会发生"过度注释"的危险。

倪豪士曾写过文章《南柯太守传的语言、用典和外延意义》，此文运用了类似于杜德桥的注释方法。此外，2007 年倪豪士的著作《传记与小说——唐代文学比较论集》中《〈南柯太守传〉、〈永州八记〉与唐传奇及古文运动的关系》一文中比较了《南柯太守传》与《永州八记》的一些相似之处，并提出传奇的语言容易受到中国典籍《左传》《史记》《汉书》等传统的叙述手法的影响。杜德桥的方法向读者提供了一种文本阐释的可能性，我们的文学经典如果需要面对英语世界的专业读者，这未尝不是一个可以尝试的注释方法。

---

① William H. Nienhauser, "A Third Look at 'Li Wa Zhuan'", *T'ang Studies*, Vol. 25, 2007, p. 110.

第三节　中西唐传奇对话的共鸣与争鸣

由于共同的研究对象，英语世界的唐传奇研究跟国内的唐传奇研究有相似之处，体现了研究思路的连贯性。而中西观点的碰撞使得唐传奇研究存在争鸣现象，两者的学术对话与视界融合持续发展。这一节将对中西唐传奇研究进行比较，探讨对话中产生的共鸣与争鸣现象，阐释唐传奇研究方法和研究内容的差异性与互补性。

共鸣：文史考证方法

《李娃传》是唐代著名的爱情传奇小说，国内学术界对《李娃传》的研究由来已久，但关于此书的标题和成书年代一直是文学史上悬而未决的问题，至于《李娃传》的写作动机更是众说纷纭。现选取国内外比较有影响力的三位研究者的观点予以探讨，他们是英国汉学家杜德桥、美国汉学家倪豪士和国内学者卞孝萱，运用的方法均为中国传统的文学研究方法——文史互证。所谓"证"就是考察小说中反映历史的真实性，历史考据是必不可少的，讲究事实依据，蕴含实证性。有研究者认为文史互证的具体做法包括两方面："其一，从文学作品中挖掘出有价值的史料，补正史书之漏（误）载、曲笔与讳言；其二，借史释诗文，以更准确地理解诗文之寓意。"① 概而论之，就是文学和历史互为补证。文史互证是中国传统的学术研究路径，这种研究方法以文学为最终归宿，意在通过挖掘写作的政治背景，窥视作者的政治态

---

① 雷艳红、陈双燕：《文史互证细思量——读卞孝萱先生〈唐人小说与政治〉》，《史学史研究》2003 年第 4 期。

度。唐传奇研究运用的就是小说证史，它将历史考据和审美想象融合在一起，从而实现了对作品意义的有效阐释，也为阐释活动建构了难以逾越的边界。

（一）《李娃传》的成书时间

关于《李娃传》的成书日期，在卞孝萱提出新的观点之前，国内主要有两种不同的看法。一是戴望舒认为原文中的"乙亥"应为"乙酉"，二是王梦鸥认为原文中的"乙亥"应为"己丑"。

1. "元和十四年"之说

卞孝萱认为以上两种说法皆有缺陷。① 因为无论是贞元二十一年（乙酉）还是元和四年（己丑），白行简都没有获得"监察御史"官衔，也没有与李公佐在长安会面的可能。

反驳了戴望舒和王梦鸥两人的观点后，卞孝萱就从白行简何时拥有"监察御史"官衔以及白行简是否跟李公佐在长安会见提出了自己的观点。卞孝萱通过梳理白行简的诗，如《白集》卷十《别行简》诗和《寄行简》诗、《白集》卷十七《得行简书，闻欲下峡，先以此寄》、《白集》卷四十三《三游洞序》、《白集》卷十九《初加朝散大夫，又转上柱国》和《行简初授拾遗，同早朝入阁，因示十二韵》等，他推断白行简在元和十四年写作《李娃传》时的官职是监察御史。针对元和十四年白行简跟李公佐是否有可能在长安会面的问题，卞孝萱先是查找了李公佐的行踪，李公佐在《谢小娥传》的结尾写道："其年（元和十三年）夏月，余始归长安。"再对白行简的行踪进行追查后，卞孝萱发现元和十四年白行简极有可能就在长安。最后卞孝萱总结因为元和十四年的干支是"己亥"，极有可能在流传的过程中，有人将"己亥"写为"乙亥"。

---

① 卞孝萱：《校订〈李娃传〉的标题和写作年代》，《社会科学战线》1979 年第 1 期。

他的这种研究思路与其他研究者的思路不一样，大家一般推算作者的写作时间是不是"乙亥"年，但卞孝萱假定文中白行简的官职监察御史是对的，他跟李公佐在长安见面也是对的，从而反推出小说的写作时间，因此提出了"元和十四年"之说。元和十四年，白行简的职务与"传"中所述白行简的职务相符，同时很可能与李公佐在长安相晤。

2．"长达几年"之说

倪豪士则推断《李娃传》的成书时间可能长达几年。倪豪士先从唐传奇《李娃传》的文本入手，指明了国内推测白行简写作时间的几种观点。"戴望舒（1905—1950）断为贞元二十一年或永贞元年，王梦鸥提出元和四年（809），张政烺和卞孝萱都认同元和十四年（己亥岁819），刘开荣则推测是元和十年到长庆初年。李剑国先生也讨论了此传'乙亥'岁的问题，且对以上观点均不赞同。"① 倪豪士提出了一个新的观点，就是白行简写作《李娃传》的时间并不能具体归结到哪一年，而是花了几年时间才完成。他的理由出自《李娃传》的最后几句话："贞元中，予与陇西［李］公佐话妇人操烈之品格，因遂述汧国之事。公佐拊掌竦听，命予为传；乃握管濡翰，疏而存之。"

倪豪士进一步结合唐代文人喜好来深挖小说的创作时间，唐代文人总爱聚在一起交谈沟通，由此倪豪士断定白行简如果听到了民间"一枝花"，肯定会转述给别人。另外，《李娃传》也提及："予伯祖尝牧晋州，转户部，为水路运使，三任皆与（郑）生为代；故谙详其事。"倪豪士由此推断白行简很可能是从家中长辈那里得知李娃的故事，所以他得出结论："白行简创作《李

---

① 该处材料来源为2009年4月美国汉学家倪豪士教授在复旦大学举办的复旦文史学堂上发表的"重审《李娃传》"的演讲，网络出处为 https：//iahs. fudan. edu. cn/fudan/article. html#id＝417，2022 年 1 月 6 日。

娃传》便像许多唐代文人作诗一样，是一个长期过程。如果我们只强调《李娃传》是哪年写成的，也许不能完全了解白行简的创造过程。"①

3. "与《李娃行》同一年完成"之说

杜德桥也对白行简创作《李娃传》的时间这一争论话题感兴趣，他是用文史考证的方法从两个方面入手，一是《李娃传》和《一枝花》的关系，二是《李娃传》与《李娃行》的关系。

首先来看杜德桥考证《李娃传》和《一枝花》的关系。他先从《类说》文本中的李娃故事入手，发现李娃曾被称为"一枝花"，白居易写下了相关诗文，元稹曾写回信给白居易，信中有一段提到他听过约九小时的《一枝花话》，但由于文本遗落导致回信内容模糊不清，只能确定白居易的信的真实性，而无法考证元稹的信。杜德桥建议从对陈翰的《异闻集》的评论中去发现更有价值的材料，这个建议是两个假设的基础，而这两个假设又是厘清《李娃传》的成书时间的关键问题，一是李娃和"一枝花"其实是同一个人；二是可以追溯故事传入白行简耳朵里的可能性，自然会涉及元稹和白居易的社会经历以及他们的生活圈。可以肯定的是，白居易写给元稹的信和元稹的回信是同一年。杜德桥通过仔细查阅元稹与白居易的通信发现，讲述"一枝花"的时间很明显是803年春到806年，戴望舒、刘开荣是认可这种时间推测的，但其他的研究者却忽略了这一点。唐代文人喜欢在家中或旅行途中聚集在一起聊天，便有了一个故事流传的可能性，从元稹的诗歌和书信中也能发现这一点。杜德桥承认李娃和"一枝花"是同一人的证据并不够充分，但他认为元稹和《李娃传》的

①　该处材料来源为2009年4月美国汉学家倪豪士教授在复旦大学举办的复旦文史学堂上发表的"重审《李娃传》"的演讲，网络出处为 https：//iahs. fudan. edu. cn/fudan/article. html#id = 417，2022年1月6日。

关系并非主要证据，更重要的是弄清《李娃行》跟《李娃传》的关系。

杜德桥梳理了白行简和元稹的文学创作活动的时间以及两人的交往，发现可以明确两点：一是《李娃传》结尾的署名缺乏任何外在的证据支持；二是元稹和白行简在元和四年（809）开始广为人知的文学交往。所以很有可能两人在同一年写下了李娃的故事。元稹在《使东川诗序》中写道："元和四年三月七日，予以监察御史使川，往来鞍马间，赋诗凡三十二章。秘书省校书郎白行简为予手写为《东川卷》。"这些诗歌中有几首已经遗失，杜德桥推测《李娃行》可能就在其中，李娃的故事跟去四川的路上有地点上的关联，"《李娃传》的高潮主要是父子和好、以六礼迎娶李娃，这两件事都是发生在剑门的驿站，剑门是通往西南的门户。809 年春，元稹去西南旅行肯定经过剑门，很可能写下《李娃行》来纪念这段行程"①。如果这个推测成立的话，杜德桥认为白行简就会收到《李娃行》这首诗，并将它作为三十二首诗之一抄录下来。那么白行简用小说去写同一个主题的理由就比较充分。但是这样的解释无法回答卞孝萱的疑问，如果真像戴望舒推断的那样，《李娃传》是受到《李娃行》的影响写成，但白行简怎会在文中只字不提《李娃行》以表示对元稹的感谢呢？

杜德桥给出了可能的解释。他推测从《李娃传》创作完成后到它出现在《异闻集》期间，它的开头和结尾经过他人之手的添加。关于《李娃传》结尾的"监察御史白行简为之传述"一句，由于并无白行简曾担任过监察御史一职的历史记载，杜德桥推断这句话原本应该是"故监察御史元稹为作《李娃行》，秘书省校书郎白行简为之传述"，其中"元稹为作《李娃行》，秘书省校书

---

① Glen Dudbridge, *The Tale of Li Wa*, London: Ithaca Press, 1983, pp. 35 – 36.

郎"可能占了一行，被抄录者遗漏了，所以变成"监察御史白行简为之传述"。① 这种人为的脱页导致官名"监察御史"错置在白行简的人名前。杜德桥的这种说法符合《使东川诗序》中元稹自署的官衔监察御史的事实，又能解答卞孝萱的疑惑，是他运用文史考证方法的一次学术实践。

（二）《李娃传》的写作动机

对于白行简写作《李娃传》的动机，从宋朝至今出现三种有代表性的说法。一为刘说。北宋刘克庄（1187—1269）在《后村诗话》中提出《李娃传》是牛李党争的产物，郑亚为郑元和，郑畋为郑元和之子郑生。二为俞说。俞正燮在《癸巳存稿·李娃传》中反驳了刘克庄的说法。三为傅说。傅锡壬在《牛李党争与唐代文学·试探李娃传的写作动机及其时代》一文中指出郑生就是郑亚，跟牛李党争相关。

卞孝萱对这三种说法皆持反对态度，他从唐代的政治社会背景以及白氏兄弟的政治立场中去探究白行简写作《李娃传》的创作动机，美国汉学家倪豪士和英国汉学家杜德桥虽然赞成影射的说法，但却提出了新的解释。

1. 卞孝萱的文学讽刺说

在唐代，妓女的社会地位极为低下，而且娶妾媵为妻的人会受到舆论非议。但当时有三位节度使师古、杜佑和李栾却是以妾媵为妻，权德舆和韩愈在为他们撰写的墓志铭上绝口不提此事，表明德宗对藩镇姑息纵容，滥用国法、伤名教。白居易曾作诗讥讽杜佑，而白行简也曾采用南朝宋人《鸡九锡文》《驴山公九锡文》讽刺大肆封爵的现象，他用夸张的方法将鸡封为"会稽公"，将驴封为"中庐公"，所以卞孝萱推测白行简写作《李娃传》将

---

① Glen Dudbridge, *The Tale of Li Wa*, London: Ithaca Press, 1983, p. 36.

妓女李娃封为汧国夫人也是采用夸张的手法。

卞孝萱还认为白行简的写作动机除了讽刺当时坏国法伤名教的滥封之事外，还跟白行简自身的生活经历有关。[①] 白行简的用意是什么呢？他父母的婚姻是老夫少妻，后白居易由太子左赞善大夫贬江州司马，罪状之一就是"浮华无行""甚伤名教"。原因在于他的诗歌《赏花》《新井》被一群小人诬陷是为了纪念自己母亲跳井而亡而作的。两相对比，德宗姑息藩镇，滥封节度使的妾媵为国人，就是坏国法伤名教的大事，却无人敢谏阻，而白行简、白居易的母亲是因亲人离去跳井而亡，却被人诬告为"甚伤名教"，想必白氏兄弟的愤慨之深。有感而发，白居易在元和十一年写下《琵琶行》，名句"同是天涯沦落人，相逢何必曾相识"跃然浮于纸间。那么，白行简用当时民间流行的说话"《一枝花》话"加工改编为《李娃传》，将妓女封为汧国夫人，以此讽刺名教之虚伪，以牙还牙，也在情理之中。

除了以上两点理由，卞孝萱还挖掘白行简跟两位重要朋友的关系，以此来推断他的写作意图和否定他人的推测。一位朋友是李公佐，白行简是在李公佐的鼓励指导下完成《李娃传》的，传的结尾点名了这一点："予与陇西公佐，话妇人操烈之品格，因遂述汧国之事。公佐拊掌竦听，命予为传。乃握管濡翰，疏而存之。"卞孝萱由此推断白行简除了感谢李公佐的支持外，更是暗示读者：《李娃传》跟《南柯太守传》属于同一类型的传奇，就是不专指一人一事，而是针对一种社会现象而发的，白行简的创作意图是讽刺名教的虚伪，故连荥阳公的名字都没有交代。在此情况下，卞孝萱认为所谓影射郑亚以及郑生的原型就是郑亚等推测是无法成立的。

---

① 卞孝萱：《唐传奇新探》，江苏教育出版社 2001 年版，第 234 页。

他的另一个朋友元稹，也是父老母少，对于白氏兄弟的境遇颇为同情，得知白居易被贬谪江州，他写下"垂死病中惊坐起，暗风吹雨入寒窗"（元稹《闻乐天授江州司马》），所以他对白行简创作《李娃传》的意图更能体会，还写下《李娃行》与之配合，可见两人的友谊深厚。元稹是李党早期的领袖，如果《李娃传》真的是牛党攻击李党之作，那么元稹定然不会写下《李娃行》配合白行简攻击自己所属的阵营。故卞孝萱认为《李娃传》成书于牛李党争时期的推测站不住脚。

现在白行简的创作动机已经清晰明了，但是卞孝萱还通过《李娃传》作品本身来探讨其用意。他指出《李娃传》丝毫没有蔑视妓女之意，而是表达出对荥阳公的谴责。小说刻画了荥阳公对待儿子行为的前后巨大反差，当他发现儿子沦落为底层唱挽歌的小人物时，便责骂曰："志行若此，污辱吾门，何施面目，复相见也？"几乎将亲生儿子打死在马鞭下，而后又绝情离去。后儿子科举及第，他却说："吾与尔父子如初。"这明显是白行简在揭露名教的虚伪。另外，为了渲染荥阳公认子的场景，卞孝萱认为荥阳生的应试登科是故意虚构的。他查阅《新唐书·选举志上》、沈既济《词科论》、封演《封氏闻见记·制科》发现荥阳生不可能瞒着家人去应试，而他连中进士、制科，他的姓名和家世早就广为人知。那么身在官场的荥阳公应该早就知道儿子科举及第，他到蜀中遇见荥阳生"投刺"时大为惊讶而"抚背拗哭移时"，应该就是作者的虚构。作者的目的是将意外认子的场面推向故事高潮，从侧面刻画荥阳公虚伪的嘴脸。

卞孝萱在论述白行简的写作动机时，采取的是先驳后立的方式，有理有据。在驳斥其他说法时，皆是引用无可辩驳的历史事实。在论述自己的看法时，先是提出自己的论点，再逐一分析，除了结合历史事实以外，还深入文本内部寻找答案，以此验证自己的观点。

跟卜孝萱不同的是，两位西方汉学家杜德桥和倪豪士皆认同《李娃传》的影射说，但与国内的影射说法相异，他们提出了自己独特的看法，皆用文史互证的方法论证自己的观点。

2. 倪豪士的影射说

倪豪士推测荥阳公子影射郑亚，荥阳公影射郑穆。他先是抛出部分研究者的影射观点，如傅锡壬、俞正燮、李剑国、刘克庄等的观点，他透过实证材料发现最晚从宋代起，就有学者开始探讨《李娃传》影射他人的可能性。荥阳公子"一上登甲科，声振礼闱。……应直言极谏科策名第一。……二事以下皆其友也。"倪豪士分析郑氏家族有声望的人其实是荥阳公子。所以他认为还存在一种可能性，即荥阳公子是郑亚，荥阳公是郑亚的父亲郑穆。①

倪豪士引用详尽的历史事实来证实以上的猜想。他先通过史书找到与郑亚相关的历史记载，如《郑畋传》曰："（郑畋）曾祖邻，祖穆，父亚，并登进士第。"（《旧唐书》第128卷）；《宰相世系五上》云："穆，河清令。"（《新唐书》第75卷上）；《旧唐书·郑畋传》："亚字子佐，元和十五年擢进士第，又应贤良方正，直言极谏制科，吏部调选，又以书判拔萃，数岁之内，连中三科。"同年进士崔嘏赞美郑亚："早升甲乙之科，雅有词华之誉。"（孟二冬《登科记考补正》）倪豪士认为郑亚和崔嘏都出生于上层社会，间接与李党相关。如果这个证据不够有说服力的话，倪豪士又指出《旧唐书》第128卷记载了郑亚和李党领袖李德裕的往来："（郑亚）聪悟绝伦，文章秀发。李德裕在翰林

① 该处材料来源为2009年4月美国汉学家倪豪士教授在复旦大学举办的复旦文史学堂上发表的"重审《李娃传》"的演讲，网络出处为 https：//iahs. fudan. edu. cn/fudan/article. html#id =417，2022年1月6日。

（820—821），亚以文干谒，深知之。出镇浙西，辟为从事。累属家艰，人多忌嫉，久之不调。会昌初，始入朝为监察御史，累迁刑部郎中。"倪豪士从这段文字推出郑亚和李党关系密切，反观白行简的生活状态，他是在荥阳附近长大的寒门子弟，通过考取功名进入上层社会，属于牛党。而且白行简小的时候，他家和郑家有交情，郑亚考中进士时，恰好白行简的哥哥白居易也在京城为官，而白行简相伴哥哥左右，所以白行简应该认识郑亚。由此倪豪士推断《李娃传》中的郑生很有可能是荥阳郑氏家族的一员。郑亚"连中三科"提升了荥阳郑氏家族的地位，这一点跟《李娃传》的故事情节吻合。

最后倪豪士提出了假设：如果白行简创作《李娃传》是受牛党之争影响的话，有可能郑穆和郑亚分别为荥阳公和荥阳公子。如果《李娃传》是影射郑亚的话，白行简创作《李娃传》当在长庆二年或三年前后。[①] 从倪豪士考证《李娃传》的创作动机和成书时间的方法来看，他采用的也是小说证史的方法，他的结论跟大多数学者推断的白行简影射说的创作结论大致吻合。当然，研究者思考的角度不一样，所引用的历史材料也会有差异，进而推断出的结果也不同。

3. 杜德桥的影射说

杜德桥认为《李娃传》里的郑生影射的不是一个人，而是郑氏三兄弟的结合体。杜德桥首先赞同历代研究者关于《李娃传》是特别针对荥阳郑氏而写的观点，他通过白行简与郑氏家族的历史记载，推断出白行简因为哥哥白居易的关系，使得他有机会接触郑氏家族的分支，并熟知郑氏家族的家事。因而杜德桥推断郑

---

① 该处材料来源为 2009 年 4 月美国汉学家倪豪士教授在复旦大学举办的复旦文史学堂上发表的"重审《李娃传》"的演讲，网络出处为 https：//iahs. fudan. edu. cn/fudan/article. html#id=417，2022 年 1 月 6 日。

氏家族发生的事件、郑家人的性格特征、婚姻、为官等话题融入了《李娃传》的故事背景。

杜德桥特别注意到与白行简同时代的郑氏家族中，有一位滁州刺史叫作郑旷，他有 3 个儿子，分别是郑云逵、郑方逵、郑公逵。《旧唐书》第 137 卷有对郑家三兄弟中的郑云逵和郑方逵的记载："郑云逵，荥阳人。大历初，举进士。性果诞敢言……（郑）方逵，受性凶悖，不知君亲，众恶备身，训教莫及……（郑）旷杖至一百，终不能毙。"① 白居易的《故滁州刺史赠刑部尚书荥阳郑公墓志铭并序》记载了郑公逵："（郑）公逵，有至行。初，公年高，就养不仕。及居忧庐墓，泣血三年。淮南节度使、本道黜陟使泊朝贤袁高、高参等，累以孝悌称荐，向名教者慕之。"② 白居易跟郑公逵有私下接触，也了解郑家的事情，这不得不令人联想到白行简和《李娃传》。"无论是朝堂的赞誉还是丑闻，郑家之事无疑会成为白居易朋友圈子中新鲜的讨论话题。如果《李娃传》是这一时期完成的，那么通过大量的讨论和回忆，作者肯定会把丰富多彩的郑家家事增添进来。"③

杜德桥最后的结论是郑氏三兄弟共同化身为《李娃传》的男主角郑生：儿子云逵有才华，功成名就；儿子方逵反对权威导致家族蒙羞，被父亲打骂差点死去，最后又恢复正常生活；儿子公逵拥有孝行，朝廷闻之后任用提拔他，位高权重。《李娃传》将这些情节糅合到故事中，通过一个至关重要的设计来实现这一点：借用死亡和重生的象征意义，主人公从社会和道德堕落的困境中挣脱出来，反而转向获得社会认同和道德胜利。④

---

① （晋）刘昫：《旧唐书》卷 137，中华书局 1975 年版，第 3770—3771 页。
② （唐）白居易：《白居易集》，中华书局 1979 年版，第 923 页。
③ Glen Dudbridge, *The Tale of Li Wa*, London：Ithaca Press, 1983, p. 51.
④ Glen Dudbridge, *The Tale of Li Wa*, London：Ithaca Press, 1983, p. 52.

小说证史法曾经引起巨大的反响，但因为需要深厚的国学功底和甘于坐"冷板凳"的学术精神，如今的研究者正慢慢疏远这种研究方法。纵观近十年的《李娃传》研究，女性主义、叙事学、人类学等西方阐释方法盛行，但这并不意味着文史互证这样的中国传统的研究方法已然过时。对于身处中国传统文化背景的研究者而言，文史互证的研究方法或许能给我们一些启发。假设《李娃传》的创作动机能得以证实的话，那么小说的主题就很清晰明了，对于故事情节的设置和人物性格的塑造也会有所帮助。

二 《李娃传》李娃形象的中西解读

《李娃传》是中西研究者争论较多的领域，争论的焦点集中在李娃的人物形象和故事大团圆的结局上。

（一）正面的传统女性形象

国内大多数研究者对李娃的评价相当积极正面，对《李娃传》的结局基本持乐观的态度。刘开荣讨论了《李娃传》的主题跟唐代的士族婚姻制度的关系，她概括了唐代文人的人生最高欲求和目标有三：一是进士擢第；二是娶五姓女；三是修国史。[①]追求进士仕途，与高门联姻，这和《李娃传》的主题似乎有着严重的冲突。故事的结尾郑生用六礼迎娶了李娃，李娃后来还被封为汧国夫人，这在当时的社会是绝对办不到的事情，"这个故事的结局似乎绝对是悲剧，不可能是喜剧。如《复活》、《茶花女》两部西方名作，虽然极端富于刺激性及革命性，然而作者的安排，仍然是悲剧的结局"[②]。除了社会背景不允许出现《李娃传》的喜剧结局外，刘开荣认为这样的结局也跟当时的法律起冲突。

---

① 刘开荣：《唐代小说研究》，商务印书馆 1955 年版，第 100—102 页。
② 刘开荣：《唐代小说研究》，商务印书馆 1955 年版，第 103 页。

但是她认为《李娃传》的结局具有积极意义，作者白行简用浪漫主义笔调描绘了当时社会最突出的跟士族阶层对立的新生力量，也描绘了新旧事物之间的剧烈冲突，男女主人公站在一条新的道路上克服了矛盾并获得了成功。"这种结局在当时社会可能是不容易实现的（如《莺莺传》的结局），但是却指出了当时社会的发展方向。"[1]

李宗为指出李娃这一人物的性格是有所发展变化的，李娃对郑生并不是一开始就保持绝对忠诚的，在抛弃郑生的骗局中，她扮演了主要角色且表演成功，只是在后来目睹郑生的生活惨状后，她才恢复了妓女身份之外的性格特征。至于《李娃传》的结局，李宗为认为白行简褒奖李娃的各种行为是其封建义人的身份使然，其理想具有浓厚的封建色彩。"《李娃传》的故事结局虽具有强烈的浪漫主义色彩而不如《莺莺传》《崔徽传》结局那样真实地反映社会现实，但它反映了作者对封建门阀制度的反感，反映了他对受压迫受侮辱的妓女的极大同情，因而具有强烈的斗争性。"[2]

程毅中指出《李娃传》塑造了一个独特的妓女形象，李娃热情聪明又美丽坚强，参与驱逐郑生的计划完全是鸨母的主意，她身不由己。当郑生蓬头垢面地出现在她面前时，她彻底顿悟，细心照顾郑生并督促他考取功名。程毅中认为李娃所做的这一切让她成为一个光彩夺目的女性，她对郑生的感情真诚，在郑生功成名就时选择离开，说明李娃头脑冷静，"李娃是那样的明智，那样的练达，她比霍小玉更加清醒，更加成熟，经历了八年的短期幸福但却没有奢望"[3]。对于《李娃传》的喜剧结局，程毅中认为

---

① 刘开荣：《唐代小说研究》，商务印书馆 1955 年版，第 105 页。
② 李宗为：《唐人传奇》，中华书局 1985 年版，第 56 页。
③ 程毅中：《唐代小说史》，人民文学出版社 2003 年版，第 133 页。

这在一定程度上表达了人民群众的理想，整个故事的现实主义风格并没有受到影响。

对于国内的《李娃传》观点，如刘开荣将《李娃传》看作对著名的郑氏家族的政治攻击，英国汉学家杜德桥直言这是用中国古老的文学传统来阐释《李娃传》，通过揭露郑生的身份去推动故事的发展，容易将它局限在特殊的历史语境下，"唐代社会的政治预言家焦虑地发现了符合他们自身形象的寓言"①。刘开荣将进士娼妓文学的产生部分归结于旧的婚姻制度问题，反复强调一个有抱负的男人若通过结婚进入拥有权势的家族，这会极大地提升他在朝廷的地位。但杜德桥反对用这种政治、历史的方法阅读《李娃传》，反对将它视为进士娼妓文学以此讽刺历史上特殊的唐代权贵。杜德桥指出李娃实际上是一个喜欢挑衅权威的人物，她的胜利完全跟故事内在的价值模式一致，李娃从最开始被奴役和充满道德无力感的境地里挣脱出来，进入了社会赋予她的最高位置，需要深刻理解她的转变。"李娃确认了一场道德胜利，作者的激情达到了顶峰——履行责任的完美女性从她丈夫所在的大家庭里赢得了情感和尊重，最后好像跟政治寓言的反讽无关。"②

（二）多重形象

反观英语世界的研究者对李娃形象的研究，通常选择从文本内部结构入手，赋予李娃新的内涵。西方研究者集中论述李娃的性格转变，她跟母亲的那段对话是文本解读的重点，她在郑生功成名就的过程中除了情人外，还扮演了母亲和人生导师的角色，实现了重大的身份转变，这些正是研究者对李娃最为感兴趣的地方。

---

① Glen Dudbridge, *The Tale of Li Wa*, London: Ithaca Press, 1983, p. 37.

② Glen Dudbridge, *The Tale of Li Wa*, London: Ithaca Press, 1983, p. 79.

保罗·劳泽发现故事虽然侧重描述郑生经历的磨难，但李娃扮演的情人、母亲、妻子三者合为一体的"角色"对郑生命运产生了巨大影响。当李娃发现在暴风雪中乞讨的郑生："生不知之，遂连声疾呼：'饥冻之甚。'音响凄切，所不忍听。娃自阁中闻之，谓侍儿曰：'此必生也，我辨其音矣。'连步而出。见生枯瘠疥疬，殆非人状。娃意感焉，乃谓曰：'岂非某郎也？'"（《李娃传》）她在这个场面中化身为郑生的"母亲"和保护人，"虽然这个相识场面令李娃悔恨，但也证明李娃就是郑生珍贵的知己和亲密爱人"①。

蔡凯文认为这个故事重点展现了李娃在成长仪式过程中的转变，即从一个妓女转变为模范妻子和济国大人。这个转变是通过李娃举行符合六礼的结婚仪式实现的，她不再是一个妓女，彻底告别过去，拥有了完全不同的生活。所以，蔡凯文认为如果将争辩放在六礼之外的层面就错失了对李娃的理解。因为六礼是关于李娃成长的仪式，通过这样的仪式李娃脱离了危险、有罪的性欲形象，转变为贤妻良母。"从叙事逻辑层面上看，她是一个警示，这个有着金子般心肠的烂俗妓女导致了郑生的毁灭，她只有让郑生恢复身份来为自己赎罪。从仪式层面上看，她是仪式之路上重建郑生身份的一个工具，伴随郑生左右，教会他扮演反儒家的他者浪荡儿子的角色，教会他成为具有儒家自我标记和对一个正统阶层负责的继承人。"② 李娃理性地认识到，即便郑生成功了，她的决定只是一个天真的赌博，在现实生活里根本就不会发生。李娃如果不想重蹈覆辙去接受如莺莺和霍小玉般的命运安排，她最

① Paul Rouzer, *Articulated Ladies: Gender and the Male Community in Early Chinese Texts*, Combridge: Harvard University Asia Center, 2001, p. 245.

② S. C. Kevin Tsai, "Ritual and Gender in the 'Tale of Li Wa'", *Chinese Literature: Essays, Articles, Reviews*, Vol. 26, 2004, p. 118.

好的赌注其实就是拒绝郑生，继续去做一个妓女，当然，如果她真这样做，那么也就没有传奇了。

杜德桥指出故事中有两个男主人公，即郑生和他的父亲，与此对应的有两个女主人公，即李娃和她的"母亲"。故事开始于郑生进入李娃和她的"母亲"的生活中，结束于李娃加入郑生和他的父亲所属的世界里。谢丹尼非常赞同杜德桥的这一观点，强调故事中关键的情节就是李娃的重生，她将尤物和儒家女性典范融为一体，前后两个李娃的性格和行为差距明显，从最初的危险爱人转变到结尾时的善良妻子，重生之路困难重重。"因为危险的爱人和善良的妻子这两种形象结合在一个人身上是极其困难的，这两个自我似乎无法同时存在。故而白行简不得不消除前一个自我，用儒家的自我替代了。"①

对于塑造李娃形象转变的内在动机，谢丹尼认为白行简意识到了女性至关重要的作用，男女之间的友好结盟，夫妻和谐相处才是社会的根基。虽然唐代妓女文化繁盛，但白行简并不想简单地把女人归为恶魔，他有信心在写作时能把控李娃这种暗含情欲的女人，将她们转变成善良的母亲和妻子，成为适应家庭生活的被驯服的女人。因此，李娃小心翼翼地从一个世界进入另一个全新的世界。

三 《河间传》的中西主题阐释

对于柳宗元的《河间传》，国内外学术界都不太重视，研究成果相当稀少，但研究视角却大相径庭。

---

① Daniel Hsieh, *Love and Women in Early Chinese Fiction*, Hong Kong: The Chinese University Press, 2008, p. 167.

（一）政治影射主题

综观国内《河间传》的研究，① 评论者主要将《河间传》的主题解读为柳宗元因牵涉王叔文党派纷争，遭到唐宪宗的疏远贬谪，故写下此文来讽刺他。

卞孝萱通过对大量文史文献的考究与驳难，剖析了《河间传》的主要写作意图，他认为此文的真正用意是柳宗元在永贞改革失败后，被贬谪至偏远荒凉之地，内心虽然充满愤懑之情，但却无法直言，只有用曲笔的方式反抗唐宪宗对自己的迫害。卞孝萱得出这样的结论是基于前人对《河间传》的 12 则评价，他指出在这些评论中，以胡寅提出来并得到刘定之、方鹏附和的"诋宪宗"说最为重要。"'永贞内禅'，王叔文集团遭受迫害的背景下，长期被贬的柳宗元，以诗文发泄怨怼，矛头所向，直指宪宗，《河间传》乃其一耳。"②

刘瑞明通过证明《河间传》不是伪作，确为柳宗元所作，来反推《河间传》的主题和作者的意图。他指出"河间"地名不是指籍贯，而是借用了河间献王刘德的典故，《河间传》的名字实

① 国内关于《河间传》研究的期刊论文为：卞孝萱《〈谪龙说〉与〈河间传〉新探》，《许昌师专学报》1997 年第 2 期；张铁夫《柳宗元〈河间传〉考证》，《求索》1999 年第 5 期；张铁夫《〈谪龙说〉与〈河间传〉后探——兼与卞孝萱先生商榷》，《船山学刊》1999 年第 2 期；金仁《〈谪龙说〉与〈河间传〉勾沉——兼与卞孝萱先生商榷》，《零陵师专学报》1998 年第 1 期；沙培铮《浅谈柳学研究的禁区——〈河间传〉》，《柳州师专学报》2002 年第 1 期；魏玉川《论柳宗元〈河间传〉的多元价值》，《唐都学刊》2004 年第 1 期；刘瑞明《柳宗元〈河间传〉不是伪作》，《柳州专学报》2010 年第 1 期；吴昌林、欧阳艳《社会性别理论下的女性形象探析——以唐传奇〈河间传〉为例》，《长春教育学院学报》2014 年第 24 期；朱重育《读〈李赤传〉话感受》，《当代思潮》1998 年第 3 期；李腾飞《也谈〈河间传〉的影射问题——与张铁夫先生商榷》，《吕梁学院学报》2016 年第 6 期；刘城《柳宗元〈河间传〉的批评与研究》，《广西科技师范学院学报》2020 年第 2 期。国外关于《河间传》和《李赤传》的研究成果只有美国汉学家倪豪士发表的 1 篇论文：William H Nienhauser, "Female Sexuality and the Double Standard in Tang Narratives: A Preliminary Survey", in Eva Hung, ed. *Paradoxes of Traditional Chinese*, *Literature*, Hong Kong: The Chinese University Press, 1994, pp. 1–20.

② 卞孝萱：《〈谪龙说〉与〈河间传〉新探》，《许昌师专学报》1997 年第 2 期。

际表明，这是一个身端行治、明察秋毫、聪明睿智的名臣被嫉妒者毁灭的悲剧，当然就是柳宗元自我哀婉的写照。他认为《河间传》的结尾能反映出柳宗元的心志，"所以，《河间传》是愤世嫉俗而感慨系之的文章，是柳宗元为自己鸣不平之作"①。

沙培铮评价《河间传》是柳宗元的一篇奇文，历来被视为研究禁区，实际上这篇文章是对永贞革新中一个小人的描述，柳宗元用曲笔暗示此人就是八司马之一的程异。他仔细研读了《柳子厚墓志铭》，把河间的身份圈在两个焦点上：一是"为将相"，二是"一时"（作不久）。② 然后通过推测跟柳宗元的交往，他推断河间这个人影射的是同为永贞革新成员的程异。但他并没有找到可靠的历史证据来论证自己的猜想，这样的论断是否站得住脚还有待商榷。

（二）女性反抗主题

柳宗元罗列了河间残暴的阴谋，特别是不为社会所认可的性饥渴，例如河间在楼上跟他人交媾时，仍窥视楼下酒铺，生怕错过任何一个男人。柳宗元在谴责河间及这一类人的行为时，愤慨之情不言而喻，所以故事中的讽喻性为评论者所关注。清代学者林纾甚至有过更为过激的批评："李赤事齷龊卑秽极矣，何足传？传在传末数言，盖斥是非取与向背之不明也。吾窃谓叔文，厕鬼也；柳州、李赤也，既已落厕，悔无及矣。"③ 美国汉学家倪豪士提出疑问，如果将《河间传》结尾柳宗元的评论解读为对文本的讽喻，"对作为中国传统社会五常之一的夫妇之道如此冷漠，那君臣关系岂不是更加危险？"④ 倪豪士认为就文学层面而言，在特

---

① 刘瑞明：《柳宗元〈河间传〉不是伪作》，《柳州师专学报》2010年第1期。

② 沙培铮：《浅谈柳学研究的禁区——〈河间传〉》，《柳州师专学报》2002年第1期。

③ 章士钊：《柳文指要》第17卷，中华书局1973年版，第55页。

④ William H. Nienhauser, "Female Sexuality and the Double Standard in Tang Narratives: A Preliminary Survey", in Eva Hung, ed., *Paradoxes of Traditional Chinese Literature*, Hong Kong: The Chinese University Press, 1994, p. 10.

定的政治背景下解读主题，难免会过度推敲故事情节，可能会破坏故事的原意。他从故事的字里行间发现了河间从诱惑勾引中得到的愉悦感："河间收泣甚适，自庆未始得也。"

倪豪士指出柳宗元是借助河间这种女性角色来反击时事，《李赤传》也是如此。《李赤传》的厕中女鬼脱胎于紫姑，她的性欲虽没有河间那么明显，但故事不断暗示女鬼的存在，如她跟李赤的亲密谈话、李赤详细描述她的住处、李赤急切想要跟她一同前往神秘莫测的世界等。倪豪士进而指出全文的关键词在于"惑"字，李赤的朋友曾问过李赤："岂狂易病惑耶？"后柳宗元又评论道"一惑于怪，而所为若是，乃反以世为溷，溷为帝居清都"，从中可以看出女性角色的力量所在。故倪豪士最后得出结论："读者虽然会倾向将'惑'看作柳宗元错误加入激进的王叔文阵营的理由，但是李赤和厕中女鬼疯狂的性爱行为验证了这一点：在唐代社会，性欲旺盛的女性往往被看作红颜祸水。"①

由于《河间传》和《李赤传》的文末均为作者柳宗元的评论，国内学者主要借此联系柳宗元的人生经历来解读文本，认为柳宗元是在政治上遭受迫害而作文，以达到政治影射的目的。但倪豪士却另辟蹊径，站在女性的立场上，将故事中的女性视为在两性关系上占据主动地位的角色，这体现了中西唐传奇研究的理论视角差异。

---

① William H. Nienhauser, "Female Sexuality and the Double Standard in Tang Narratives: A Preliminary Survey", in Eva Hung, ed., *Paradoxes of Traditional Chinese Literature*, Hong Kong: The Chinese University Press, 1994, p. 14.

第六章　结语

科技飞速发达的 21 世纪，国与国之间的交往距离不断缩小，人们的交流日益增强，不同的文化、价值观正处于激烈的碰撞和交会中。任何一种文化只有持包容开放的胸怀，才能取长补短，创新发展。如果一味地故步自封，只能被时代的潮流冲刷到历史的边缘处。基于全球化的社会文化语境，只有直面他者眼光下的文学研究，实现中西文学对话的融合会通，中国文学研究才能取长补短，共同发展。故本书将研究对象锁定为英语世界的唐传奇研究。

英语世界的唐传奇研究硕果累累，不同的价值理念、文化背景和审美趣味激荡着研究视角的差异，而西方学者耳濡目染的西方文学理论知识使得他们在研究唐传奇某些问题时更如鱼得水，常会令人耳目一新。该书对英语世界的唐传奇研究成果进行归纳、分析和借鉴，对唐传奇在英语世界的传播予以历时性的考察，对于国内唐传奇研究领域来说尚属首次，所涉及的文献资料众多，国内唐传奇研究者不一定都接触了解，若要在国内建立唐传奇知识库，这些材料一定不可或缺。更为重要的是，无论是共鸣还是对峙，这些材料能和国内的研究互通有无，激发思维的火花，开拓了国内唐传奇研究者的学术视野，并提供了新颖又有价值的研究视角。

首先，英语世界唐传奇的研究范式不同于国内的研究，研究方法多样。西方学者擅长运用文学比较研究方法。一是中国文学内部比较。李玉华对比了同以爱情为主题的《莺莺传》和《李娃传》的异同。Jennifer Jay 将李娃与同时代女性武则天、杨贵妃、鱼玄机相比，认为她们在趋同的审美趣味中显露出差异化的个性特征。王静则比较孙棨《北里志》和唐传奇两者所描绘的妓女文化，以此探讨其背后的社会文化内涵。马幼垣对比了明代话本小说"三言二拍"中的游侠和唐传奇游侠的异同，并梳理了聂隐娘、红线故事的明代话本与唐传奇的素材渊源。二是中西文学比较。李耀春将 12 世纪法国宫廷文学和唐传奇作跨文化比较，包括彼得·阿贝拉德－赫岁希斯文集和《莺莺传》小部分问题的对比、中世纪诗人玛丽·德·法兰西（Marie de France）的《籁歌》和唐传奇爱情故事的对比。苏其康比较了中古英国传奇和唐传奇在爱情、理想主义以及叙述者角色方面的差异。蔡凯文以神话学和人类学理论为依托，比较了《李娃传》和两个罗马故事的文本互文性。康达维沿着跨文化路径，从七个方面比较了中国唐朝故事和中世纪西班牙意大利故事之间的共同主题，即梦中遇险，把唐传奇放到壮阔的文化语境中去评定作品的价值，便于西方读者理解唐传奇文本。唐传奇研究中比较方法的运用，显然受到了美国比较文学理论的影响，其推崇的平行研究在欧洲学术界拥有广泛的影响，并成为比较文学学者采用的主要研究方法。所以，英语世界运用比较方法去探讨唐传奇背后的文化或社会动因，不失为独辟蹊径的研究办法。当然，在唐传奇研究的过程中，史料的引用必不可少，如杜德桥对中国史料非常熟悉，引用时也是信手拈来，他的《李娃传》研究涉及大量的中国文学典籍，如《左传》《礼记》《文选》《论语》《诗经》《孟子》《三国志》和《世说新语》等。另一位汉学家倪豪士在考证《南柯太守传》的语言、用典及故事外延关系时，同样联想到这一文本与许多中国传统文学的关联。这跟影响研究讲究实证分不开，实证讲究材料的可信度，但如何得出令人信服的结论绝非易事。

另一个比较重要的研究方法是跨文明阐发法，就是用西方文论来解读中国文学作品，以叙事学理论为例。20 世纪 70 年代正是叙事学理论在西方发展得如火如荼时，于是产生了一批唐传奇研究的实践成果。阿德金斯运用西方原型理论来建构唐传奇的内在叙事结构模式，他将焦点集中在唐传奇具有神异魔力的英雄人物如龙女、道士身上，并与西方的原型模式相比较。倪豪士以《文苑英华》中的 33 部"传"为研究对象，其中大部分是唐传奇故事，论述三种理论形态的"传"中叙述者的价值体现。Sarah McMillan Yim 探讨了文人叙述者的可信度，并认为文人叙述者能够引导读者判断文本的好坏。Tak Him Kam 分析了唐传奇叙事艺术的特征。到了 20 世纪八九十年代，叙事学理论仍然有强大的学术生命力。马幼垣论证了唐传奇故事《长恨歌》《古镜记》《南柯太守传》《枕中记》的史实和虚幻之间的关联，他发现故事的写作者扮演了作者和叙述者的双重角色，他们由此成为虚幻的创造者。谢丹尼指出沈既济的叙事风格体现在深思熟虑的修辞设计上，故事主人公诱使他的读者陷入与梦境相似的经历中，通过梦境最终理解并从现实隐退，借智者之口完成道德说教。鲁晓鹏比较了中西文学叙事方法，并以唐传奇故事《南柯太守传》和《任氏传》为例论证在当前文学理论语境下中国叙事的传统特征。

其次，英语世界唐传奇研究能带来很多反思。国内唐传奇研究虽然成果丰硕，但重复研究，很难推陈出新，而英语世界的唐传奇研究方法独特，为国内研究者提供了一定的思路和借鉴，与国内的唐传奇研究形成互补。如陈珏在《古镜记》和《补江总白猿传》中建构了一套影射模式，深挖其中的寓意，这种文化视角是国内学者不曾涉猎的。杜德桥用标注《李娃传》中词语的方法，以此引起对中国传统文学典籍的联想回应，这样的文本阐释引发了一些争议，但也令人深受启发。

从研究格局来看，近一百年来，英语世界的唐传奇研究虽具有不小规模，但研究对象过于集中，《莺莺传》是目前最受欢迎的唐传奇单篇作品，《李娃传》《霍小玉传》《杜子春》《任氏传》《虬髯客传》居于其后。当然，它们也是唐传奇中的佳作，受到关注也有其合理性。但研究集中容易导致重复，如《莺莺传》张生抛弃莺莺的动机成为众多研究者屡屡关注的话题，《李娃传》中李娃的身份与儒家伦理的冲突如何调和也是研究的中心。另外，大量的唐传奇单篇作品被忽视，译本也难觅踪影，如陈鸿的《长恨歌传》，同时代有白居易的《长恨歌》，后有改编成明代戏剧的《长生殿》，但对《长恨歌传》的研究至今未曾发现。对于唐传奇集的研究更为零碎，研究者将自己感兴趣的作品抽出来专门论述，而未能从整体上把握传奇集的特色。另外，英语世界对唐传奇作家的研究少之又少，元稹和沈亚之稍有论及，对于作品的关注远胜于作家研究。值得注意的是，西方学界的许多论著在引用研究材料时，大多来自陈寅恪、鲁迅、刘开荣等老一辈唐传奇研究者的成果，或者引用国外研究者的成果，对中国当前几十年的研究关注甚少。

近几十年来，英语世界对唐传奇的研究始终是以西方现代批评理论为基础诠释，以西释中成为唐传奇研究的主流。结构主义文论、叙事学理论、阐释学、互文性、原型理论等当代西方文艺批评理论植入唐传奇的文本解读中，这种单向阐发是以西方文化为主导实现的，容易带来中国文论的"失语"，发生文化病态现象。如果过多地借用西方文论阐释唐传奇，西方文学标准就会大行其道反而阻碍唐传奇的研究。正如比较文学学者曹顺庆教授指出的那样："无论是以中释西，还是以西释中，弄不好很有可能只片面地站在某一文化立场上，从而把某种文学简单地当作另一种文学理论的图解材料。中西比较文学领域里就出现过这样的情况，有的学者不作实事求是的具体分析，简单地把西方的文学批评理论移用到对中国古典文学作品的阐发上，结果产生了不少令人瞠目结舌的奇谈怪论。"① 所以，我们需要找到西方文学理论解读中国古代文学的契合点以及适用性，而不盲目使用和过度诠释。只有尊重文化对等原则，坚持异质文明的双向对话，才能在唐传奇研究中求同存异地发展。

最后，关注英语世界的唐传奇研究未来可期待的发展方向。

其一，国内的唐传奇作品与西方类似风格作品的对比研究，这一领域在英语世界有一定的研究基础，可从这方面加以梳理论述，具体的个案研究将会极大地拓展唐传奇研究。

其二，中国古代小说的奇幻和志怪色彩一直是西方学者感兴趣的研究点，可以将唐传奇和六朝志怪小说以及其他与此契合的小说纳入一个整体，以此探究它在西方的传播情况。

其三，在英语世界众多的唐传奇研究资料中，有一个问题多次被西方研究者提及，即唐传奇究竟是历史还是小说。这牵涉唐传奇作为小说文体的定位，一些研究者已对唐传奇的文体问题提出了自己的看法。蔡涵墨指出许多唐传奇作品虽带有神怪色彩，但并不具备"小说"虚构性特征，只是生活的再现，目的是娱乐或教化。他的理由是唐传奇很多故事来自传说，其素材来源复杂，许多类似故事不断被重述和重写，才产生了不同的传说版本。在这样的情况下，当时唐代的读者一定相信，唐传奇故事是事实而非想象力的创造性产物。② 所以他将唐传奇界定为传说而

---

① 曹顺庆：《比较文学论》，四川教育出版社 2002 年版，第 353 页。

② Charles Edward Hammond, "T'ang Legends：History and Hearsay", *Tamkang Review*, Vol. 20, No. 4, 1990, p. 359.

不是小说。持类似观点的还有艾兰，他通过对比唐代四个类似的女人复仇故事《妾报父冤事》《贾人妻》《崔慎思》《义激》的版本来源以及内容差异，发现同一个唐传奇故事在唐代有数种笔录版本，在故事被记载成文字之前就已作为传闻和闲言碎语口头流传，所以现代学者应该重新思考"小说"概念是否适用于唐传奇。

倪豪士的看法与此相反，他通过追踪著名唐传奇作者沈亚之的文学生涯，拆解沈亚之的六个故事《移佛记》《异梦录》《歌者叶记》《湘中怨辞》《冯燕传》《秦梦记》来回答自己提出关于唐传奇的三个复杂问题：来源、创造力、作者的意图。换言之，依据今天的标准是否存在一种持续的小说文本类型。最后倪豪士得出结论：沈亚之写作的唐传奇故事可以考虑为有意识的创新，可归结为中国正式的小说文类，因为他的故事里存在一个保持连续性的文本语料库，按今天的标准称之为——一种文体。① 由此可见，倪豪士认为唐传奇就是一种小说文体。

文学研究有争议才有可能激发新的学术生长点，如果沿着西方的唐传奇文体观念研究思路延伸下去，将其放置在西方对中国传统小说文体整体的观照下研究，或许是一个大有可为的重要研究领域，希望这能为国内外的唐传奇研究带来一股新的活力，深化唐传奇的现代意义。

---

①　William H. Nienhauser，"Creativity and Storytelling in the Ch'uan-ch'i：Shen Ya-chih's T'ang Tales"，*Chinese Literature：Essays，Articles，Reviews*，Vol. 20，1998，p. 70.

附录一　唐传奇的英译本

原名	译本名	译者	出版时间（年）	出版物名称
《莺莺传》	The Story of Ts'ui Ying-Ying	Arthur Waley	1919	*Translations from the Chinese*
	The Romance of the Western Pavilion	T. Y. Leo	1920	*Asia no. 5*
	The Story of Ts'ui Ying-Ying	Carlo de Fornaro Arthur Waley	1929	*Chinese Decameron*
	Hui chen chhi	E. D. Edwards	1938	*Chinese Prose Literature of the T'ang Period*
	The Story of Yingying	Chi-chen Wang	1944	*Traditional Chinese Tales*
	Golden Oriole	Christopher Levenson	1964	*The Golden Casket：Chinese Novellas of Two Millennia*
	The Story of Ts'ui Ying-ying	Arthur Waley	1965	*Anthology of Chinese Literature*
	The Story of Yingying	James Robert Hightowers	1973	*Harvard Journal of Asiatic Studies，no. 33*
	The Story of Ying Ying	William McNaughton	1974	*Chinese Literature：An Anthology from the Earliest Times to the Present Day*
	The Story of Yingying	James Robert Hightowers	1978	*Traditional Chinese Stories：Themes and Variations*
	Yingying's Story	Stephen Owen	1996	*An Anthology of Chinese Literature：Beginnings to 1911*
	Yingying's Story	Stephen Owen	1996	*End of the Chinese "Middle Ages"，Essays in Mid-Tang Literary Culture*
	The Story of Yingying	James Robert Hightowers	2000	*Classical Chinese Literature*
	Yingying's Story	Stephen Owen	2000	*Ways with Words：Writing about Reading Texts from Early China*

续表

原名	译本名	译者	出版时间（年）	出版物名称
《霍小玉传》	Ho Hsiao-yu chuan	E. D. Edwards	1938	*Chinese Prose Literature of the T'ang Period*
	Huo Hsiaoyu	Chi-chen Wang	1944	*Traditional Chinese Tales*
	The Forsaken Mistress	Christopher Levenson	1964	*The Golden Casket：Chinese Novellas of Two Millennia*
	Little Jade Huo	Ch'u Chai & Winberg Chai	1965	*A Treasury of Chinese Literature*
	Huo Hsiao-yu	Cordell D. K. Yee	1985	*Classical Chinese Tales of the Supernatural and the Fantastic*
	Huo Xiao-yu's Story	Stephen Owen	1996	*An Anthology of Chinese Literature：Beginnings to 1911*
	Huo Xiao-yu's Story	Stephen Owen	1996	*End of the Chinese "Middle Ages"，Essays in Mid-Tang Literary Culture*
	The Tale of Huo Xiaoyu	Zhenjun Zhang	2010	*Tang Dynasty Tales：A Guided Reader*
《任氏传》	Jen shih chuan	E. D. Edwards	1938	*Chinese Prose Literature of the T'ang Period*
	Jenshih，or the Fox Lady	Chi-chen Wang	1944	*Traditional Chinese Tales*
	The Fox Fairy	Christopher Levenson	1964	*The Golden Casket：Chinese Novellas of Two Millennia*
	Jen，The Fox Fairy	Ch'u Chai & Winberg Chai	1965	*A Treasury of Chinese Literature*
	Miss Jen	William H. Nienhauser	1978	*Traditional Chinese Stories：Themes and Variations*
	Miss Jen	H. C. Chang	1983	*Chinese Literature 3：Tales of the Supernatural*
	Ren's Story	Stephen Owen	1996	*An Anthology of Chinese Literature：Beginnings to 1911*
	Miss Ren，or the Fox Lady	Chi-chen Wang	2000	*Classical Chinese Literature*
《李娃传》	The Story of Miss Li	Arthur Waley	1919	*Translations from the Chinese*
	Li Wa chuan	E. D. Edwards	1938	*Chinese Prose Literature of the T'ang Period*
	Li Yahsien，a Loyal Courtesan	Chi-chen Wang	1944	*Traditional Chinese Tales*
	The Lady in the Capital	Christopher Levenson	1964	*The Golden Casket：Chinese Novellas of Two Millennia*

续表

原名	译本名	译者	出版时间（年）	出版物名称
《李娃传》	The Story of Miss Li	Arthur Waley	1965	*Anthology of Chinese Literature*
	The Courtesan Li Wa	Peter Rushton	1978	*Traditional Chinese Stories：Themes and Variations*
	The Tale of Li Wa	Glen Dudbridge	1983	*The Tale of Li Wa：Study and Critical Edition of a Chinese Story from the Ninth Century*
《虬髯客传》	The Curly-bearded Stranger	E. D. Edward	1938	*Chinese Prose Literature of the T'ang Period*
	The Stranger with the Curly Beard	Christopher Levenson	1964	*The Golden Casket：Chinese Novellas of Two Millennia*
	The Curly-Bearded Guest	Ch'u Chai & Winberg Chai	1965	*A Treasury of Chinese Literature*
	The Curly-bearded Hero	Cyril Birch	1965	*Anthology of Chinese Literature*
	The Curly-bearded Hero	Cyril Birch	2000	*Classical Chinese Literature*
	The Tale of the Curly-Bearded Guest	Jing Wang	2010	*Tang Dynasty Tales：A Guided Reader*
《杜子春》	Tu Tzu-chun chuan	E. D. Edward	1938	*Chinese Prose Literature of the T'ang Period*
	Tu Tzu-chun	Chi-chen Wang	1944	*Traditional Chinese Tales*
	Tu Tzu-Ch'un	James Robert Hightower	1978	*Traditional Chinese Stories：Themes and Variations*
	The Alchemist	James Robert Hightower	2000	*Classical Chinese Literature*
	Du Zichun	Rania Huntington	2010	*Tang Dynasty Tales：A Guided Reader*
《离魂记》	Li hun chi	E. D. Edward	1938	*Chinese Prose Literature of the T'ang Period*
	The Disembodied Soul	Chi-chen Wang	1944	*Traditional Chinese Tales*
	Twixt Soul and Body	H. C. Chang	1983	*Chinese Literature 3：Tales of the Supernatural*
	The Disembodied Soul	Cordell D. K. Yee	1985	*Classical Chinese Tales of the Supernatural and the Fantastic*
	The Departed Spirit	E. D. Edward	2000	*Classical Chinese Literature*
《枕中记》	Chen chung chi	E. D. Edward	1938	*Chinese Prose Literature of the T'ang Period*
	The Magic Pillow	Chi-chen Wang	1944	*Traditional Chinese Tales*

续表

原名	译本名	译者	出版时间（年）	出版物名称
《枕中记》	The World Inside a Pillow	William H. Nienhauser	1978	*Traditional Chinese Stories：Themes and Variations*
	The World in a Pillow	Chi-chen Wang	2000	*Classical Chinese Literature*
	Record within a Pillow	Bruce J. Knickerbocker	2010	*Tang Dynasty Tales：A Guided Reader*
《红线》	Hung-hsien chuan	E. D. Edward	1938	*Chinese Prose Literature of the T'ang Period*
	Red Thread	Christopher Levenson	1964	*The Golden Casket：Chinese Novellas of Two Millennia*
	Hung-hsien	Cordell D. K. Yee	1985	*Classical Chinese Tales of the Supernatural and the Fantastic*
	The Tale of Hongxian	Weiguo Cao	2010	*Tang Dynasty Tales：A Guided Reader*
《南柯太守传》	Nan ko chi	E. D. Edward	1938	*Chinese Prose Literature of the T'ang Period*
	A Lifetime in a Dream	Christopher Levenson	1964	*The Golden Casket：Chinese Novellas of Two Millennia*
	The Governor of Nan-ko	Ch'u Chai & Winberg Chai	1965	*A Treasury of Chinese Literature*
	An Account of the Governor of the Southern Branch	William H. Nienhauser	2010	*Tang Dynasty Tales：A Guided Reader*
《柳毅传》	Liu I chuan	E. D. Edward	1938	*Chinese Prose Literature of the T'ang Period*
	The Dragon's Daughter	Chi-chen Wang	1944	*Traditional Chinese Tales*
	The Legendary Marriage at Tung-t'ing	Russell E. Mc Leod	1978	*Traditional Chinese Stories：Themes and Variations*
	The Dragon King's Daughter	John Minford	2000	*Classical Chinese Literature*
《补江总白猿传》	Po yuan chuan	E. D. Edward	1938	*Chinese Prose Literature of the T'ang Period*
	The White Monkey	Chi-chen Wang	1944	*Traditional Chinese Tales*
	A Supplement to Jiang Zong's "Biography of a White Ape"	Jue Chen	1998	*Renditions 49*

原名	译本名	译者	出版时间（年）	出版物名称
《游仙窟》	China First Novelette：The Dwelling of Playful Goddesses	Howard S. Levy	1965	China First Novelette：The Dwelling of Playful Goddesses
	China First Novelette：The Dwelling of Playful Goddesses	Howard S. Levy	1975	Two Chinese Sex Classics
	Yu Hsien-ku	Paul Rouzer	2001	Articulated Ladies，Gender and the Male Community in Early Chinese Texts
《定婚店》	Ting hun tien	E. D. Edward	1938	Chinese Prose Literature of the T'ang Period
	Predestined Marriage	Chi-chen Wang	1944	Traditional Chinese Tales
	The Inn of Betrothal	Douglas Wilkerson	1985	Classical Chinese Tales of the Supernatural and the Fantastic
	Betrothal Inn	Robert Joe Cutter	2000	Classical Chinese Literature
《无双传》	Liu Wu-shuang chuan	E. D. Edward	1938	Chinese Prose Literature of the T'ang Period
	The Tale of the Peerless	Ch'u Chai & Winberg Chai	1965	A Treasury of Chinese Literature
	Wu-shuang the Peerless	Dale Johnson	1978	Traditional Chinese Stories：Themes and Variations
《昆仑奴》	k'un-lun nu	E. D. Edwards	1938	Chinese Prose Literature of the T'ang Period
	The Kunlun Slave	Chi-chen Wang	1944	Traditional Chinese Tales
	The k'un-lun Slave	Pedro Acosta	1985	Classical Chinese Tales of the Supernatural and the Fantastic
《李章武传》	Li Chang-wu	Rick Harrington	1985	Classical Chinese Tales of the Supernatural and the Fantastic
	Li Zhang-wu's Story	Stephen Owen	1996	An Anthology of Chinese Literature：Beginnings to 1911
《庐江冯媪传》	The Beldame Feng	H. C. Chang	1983	Chinese Literature 3：Tales of the Supernatural
	Old Woman Feng	Laurie Scheffler	1985	Classical Chinese Tales of the Supernatural and the Fantastic

续表

原名	译本名	译者	出版时间 （年）	出版物名称
《聂隐娘》	Yinniang the Swords-woman	Chi-chen Wang	1944	*Traditional Chinese Tales*
	Nieh Yin-niang	Pedro Acosta	1985	*Classical Chinese Tales of the Supernatural and the Fantastic*
《奇男子传》	ch'i nan tzu chuan	E. D. Edwards	1938	*Chinese Prose Literature of the T'ang Period*
	The Two Friends	Christopher Levenson	1964	*The Golden Casket：Chinese Novellas of Two Millennia*
《冯燕传》	Feng Yen chuan	E. D. Edwards	1938	*Chinese Prose Literature of the T'ang Period*
	Feng Yen	William H. Nienhauser	1978	*Traditional Chinese Stories：Themes and Variations*
《三梦记》	The Record of the Three Dreams	Winnie Leung	1974	*Contemporary Literature in Translation，no.21*
	A Record of Three Dreams	Madeline Spring	1985	*Classical Chinese Tales of the Supernatural and the Fantastic*
《谢小娥传》	Hsieh Hsiao-o chuan	E. D. Edwards	1938	*Chinese Prose Literature of the T'ang Period*
	Hsieh Hsiaowo，or A Monkey in the Carriage	Chi-chen Wang	1944	*Traditional Chinese Tales*
《张逢》	The Tiger	H. C. Chang	1983	*Chinese Literature 3：Tales of the Supernatural*
	Chang Feng	Douglas Wilkerson	1985	*Classical Chinese Tales of the Supernatural and the Fantastic*
《张老》	Old Chang	H. C. Chang	1983	*Chinese Literature 3：Tales of the Supernatural*
	Old Chang	Douglas Wilkerson	1985	*Classical Chinese Tales of the Supernatural and the Fantastic*
《灵应传》	Ling ying chuan	E. D. Edwards	1938	*Chinese Prose Literature of the T'ang Period*
	The Story of Ling-ying	Michael Broschat and S. K. Kao	1985	*Classical Chinese Tales of the Supernatural and the Fantastic*
《李卫公靖》	Rain-Making	H. C. Chang	1983	*Chinese Literature 3：Tales of the Supernatural*
	Li Ching	Douglas Wilkerson	1985	*Classical Chinese Tales of the Supernatural and the Fantastic*

原名	译本名	译者	出版时间（年）	出版物名称
《薛伟》	The Carp	H. C. Chang	1983	*Chinese Literature* 3：*Tales of the Supernatural*
	Hsueh Wei	Douglas Wilkerson	1985	*Classical Chinese Tales of the Supernatural and the Fantastic*
《非烟传》	Pu Fei-yen chuan	E. D. Edwards	1938	*Chinese Prose Literature of the T'ang Period*
	The Tragedy of Pu Fei-Yen	Jeanne Kelly	1978	*Traditional Chinese Stories*：*Themes and Variations*
《长恨歌传》	Ch'ang hen ko chuan	E. D. Edwards	1938	*Chinese Prose Literature of the T'ang Period*
《岑顺》	Ts'en Shun	Pedro Acosta	1985	*Classical Chinese Tales of the Supernatural and the Fantastic*
《崔炜传》	Ts'ui Wei	Simon Schuchat	1985	*Classical Chinese Tales of the Supernatural and the Fantastic*
《崔郑生》	Scholar Ts'ui	Donald E. Gjertson	1978	*Traditional Chinese Stories*：*Themes and Variations*
《古镜记》	The Ancient Mirror	Chi-chen Wang	1944	*Traditional Chinese Tales*
《郭元振》	Kuo Yuan-chen	Pedro Acosta	1985	*Classical Chinese Tales of the Supernatural and the Fantastic*
《丁岩》	Ting Yen	E. D. Edwards	1938	*Chinese Prose Literature of the T'ang Period*
《来君绰》	The Marvelous Mongolian：A T'ang Story	Howard S. Levy	1962	*Orient \ West*，7，*no.* 5
《河间传》	Mid-River	William H. Nienhauser	2000	*Classical Chinese Literature*
《柳氏传》	Chang-T'ai Liu chuan	E. D. Edwards	1938	*Chinese Prose Literature of the T'ang Period*

续表

原名	译本名	译者	出版时间（年）	出版物名称
《陶岘》	T'ao Hsien	E. D. Edwards	1938	*Chinese Prose Literature of the T'ang Period*
《申宗》	Shen Tsung chuan	E. D. Edwards	1938	*Chinese Prose Literature of the T'ang Period*
《睦仁蒨》	Mu Jen-ch'en chuan	E. D. Edwards	1938	*Chinese Prose Literature of the T'ang Period*
《周秦行纪》	Chou ch'in hsing chi	E. D. Edwards	1938	*Chinese Prose Literature of the T'ang Period*
《梅妃传》	Mei fei chuan	E. D. Edwards	1938	*Chinese Prose Literature of the T'ang Period*
《吴保安》	Wu Pao-an	Cyril Birch	1958	*Stories From a Ming Collection: Translations of Chinese Short Stories Published in the Seventeenth Century*
《求心录》	In Search of a Heart	Hsing-hua Tseng	1978	*Traditional Chinese Stories: Themes and Variations*
《鱼玄机笞毙绿翘致戮》	The Poetess Yu Hsuan-chi	Jeanne Kelly	1978	*Traditional Chinese Stories: Themes and Variations*
《张生》	Scholar Chang	Donald E. Gjertson	1978	*Traditional Chinese Stories: Themes and Variations*
《王知古》	Wang Chih-ku	Simon Schuchat	1985	*Classical Chinese Tales of the Supernatural and the Fantastic*
《韦自东传》	Wei Tzu-tung	Simon Schuchat	1985	*Classical Chinese Tales of the Supernatural and the Fantastic*

原名	译本名	译者	出版时间（年）	出版物名称
《齐推女传》	ch'i T'ui's Daughter	Pedro Acosta	1985	*Classical Chinese Tales of the Supernatural and the Fantastic*
《李子牟》	Li Tzu-mou	Rick Harrington	1985	*Classical Chinese Tales of the Supernatural and the Fantastic*
《贾人妻》	The Merchant's Wife	Rick Harrington	1985	*Classical Chinese Tales of the Supernatural and the Fantastic*
《金友章》	Chin Yu-chang	S. K. Kao	1985	*Classical Chinese Tales of the Supernatural and the Fantastic*
《杨娟传》	Yang Ch'ang chuan	E. D. Edwards	1938	*Chinese Prose Literature of the T'ang Period*
《雷民传》	Lei min chuan	E. D. Edwards	1938	*Chinese Prose Literature of the T'ang Period*
《孙恪》	Sun k'o	Simon Schuchat	1985	*Classical Chinese Tales of the Supernatural and the Fantastic*
《郑德璘传》	Cheng Te-ch'i	Paula Varsano	1985	*Classical Chinese Tales of the Supernatural and the Fantastic*
《徐佐卿》	Hsu Tso-ch'ing	E. D. Edwards	1938	*Chinese Prose Literature of the T'ang Period*
《王积薪》	Wang Chi-hsin	E. D. Edwards	1938	*Chinese Prose Literature of the T'ang Period*
《平等阁》	P'ing teng ko	E. D. Edwards	1938	*Chinese Prose Literature of the T'ang Period*
《萧颖士》	Hsiao Ying-shih	E. D. Edwards	1938	*Chinese Prose Literature of the T'ang Period*

续表

原名	译本名	译者	出版时间（年）	出版物名称
《狄梁公》	Ti Liang-kung	E. D. Edwards	1938	*Chinese Prose Literature of the T'ang Period*
《李赤传》	Biography of "Red" Li	William H. Nienhauser	1985	*Classical Chinese Tales of the Supernatural and the Fantastic*
《张华》	Chang Hua	E. D. Edwards	1938	*Chinese Prose Literature of the T'ang Period*
《湘中怨辞》	Lament from the Hsiang River: A Prose Version	Michael Broschat	1985	*Classical Chinese Tales of the Supernatural and the Fantastic*
《卢仆射从史》	无译名	E. D. Edwards	1938	*Chinese Prose Literature of the T'ang Period*

备注：英译本包括专著和期刊论文，博士学位论文中的翻译不计算在内。

附录二 英语世界的唐传奇研究年表

20 世纪 10 年代

◆1901—1910 年，高罗佩（J. J. M. de Groot）的六卷本著作《中国的宗教体系》（*The Religious System of China*）由荷兰莱顿的 E. J. Brill 出版，其中第四、五、六卷，发现唐传奇作品的译介。

◆1919 年，阿瑟·韦利（Arthur Waley）编选的《中国文学译作》（*Translations from the Chinese*）由纽约阿尔夫雷德·诺普夫（Alfred A. Knopf）出版，其中翻译了《莺莺传》（The Story of Ts'ui Ying-Ying）和《李娃传》（The Story of Miss Li），分别在第 113—136 页和第 103—113 页。

20 世纪 20 年代

◆1920 年，T. Y. Leo 发表论文《西厢记：中国八世纪的故事》（The Romance of the Western Pavilion: A Chinese Tales of the Eighth Century），载《亚洲》（*Asia*）第 20 期。

◆1929 年，卡洛·德·福纳罗（Carlo de Fornaro）编译《中国的十日谈》（*Chinese Decameron*）在纽约出版，收录了他以及阿瑟·韦利分别翻译的《莺莺传》，在第 83—97 页和第 100—113 页。

20 世纪 30 年代

◆1938 年，爱德华兹（E. D. Edwards）译著的《中国唐代散文文学》（*Chinese Prose Literature of the T'ang Period*）由伦敦阿瑟·普洛普斯坦因（Arthur Probsthain）公司出版。这是迄今为止最为全面的唐传奇英译著作。

20 世纪 40 年代

◆1944 年，王际真（Chi-chen Wang）编选的译文集《中国传统小说》（*Traditional Chinese Tales*）由纽约哥伦比亚大学出版。包括唐传奇故事 14 个，分别是《古镜记》《补江总白猿传》《离魂记》《枕中记》《任瓦传》《柳毅传》《霍小玉传》《李娃传》《莺莺传》《谢小娥传》《昆仑奴》《聂隐娘》《定婚店》《杜子春传》。

◆1948 年，Chung-han Wang 发表论文《〈游仙窟〉的作者》（The Authorship of the Yu-hsien k'u），载《哈佛亚洲研究杂志》（*Harvard Journal of Asiatic Studies*）第 11 卷第 1/2 期。

20 世纪 50 年代

◆1951 年，薛爱华（Edward H. Schafer）发表论文《唐代故事中的伊朗商人》（Iranian Merchants in T'ang Tales），载美国加利福尼亚大学出版物《闪语哲学》（*Semitic Philology*）第 4 期。

◆1953 年，海陶玮（James Robert Hightower）编撰的《中国文学题解》（*Topics in Chinese Literature*）（修订版）由美国哈佛大学出版社出版，将唐传奇放在"文言小说"这一章重点推介。

20 世纪 60 年代

◆1962 年，李豪伟（Howard S. Levy）发表论文《唐代文学的爱情主题》（Love Themes in T'ang Literature），载《东方/西方》

（*Orient/West*）第 7 卷第 1 期。

◆1964 年，鲍吾刚（Wolfgang Bauer）和傅海波（Herbert Franke）合编的译文集《金匣：两千年的中国小说》（*The Golden Casket：Chinese Novellas of Two Millennia*）被 Christopher Levenson 转译为英文，由纽约 Harcourt，Brace & World 公司出版，1978 年由格林伍德出版社（Greenwood Press）在美国康涅狄格州韦斯特波特再次出版。该书共收录唐传奇 8 篇，分别是《任氏传》《莺莺传》《南柯太守传》《李娃传》《虬髯客传》《红线》《奇男子传》《霍小玉传》。

◆1965 年，翟氏父子（Ch'u Chai & Winberg Chai）合编的《中国文学珍宝》（*A Treasury of Chinese Literature*）由纽约 Appleton-Century 出版社出版。第五章"唐代的传奇故事"，翻译了《霍小玉传》《任氏传》《无双传》《南柯太守传》《虬髯客传》。

◆1965 年，李豪伟翻译的《游仙窟：中国第一部传奇小说》［*China First Novelette：The Dwelling of Playful Goddesses by Chang Wen-ch'eng*（ca. 657 – 730）］，在东京出版，此为《游仙窟》唯一的英文单译本。

◆1965 年，白之（Cyril Birch）编选的《中国文学选集》（*Anthology of Chinese Literature*）由纽约丛树出版社（Grove Press）出版，收录了阿瑟·韦利翻译的《莺莺传》《李娃传》以及白之翻译的《虬髯客传》。

◆1966 年，阿瑟·韦利发表论文《〈游仙窟〉的口语化》（Colloquial in the "Yu-hsien k'u"），载伦敦大学亚非学院院刊（*Bulletin of the School of Oriental and African Studies*）第 29 卷第 3 期。

◆1966 年，柳无忌（Wu-Chi Liu）编著的《中国文学概论》（*An introduction to Chinese literature*）由美国印第安纳大学出版社出版，唐传奇被放入"文言和白话小说"一章来讲述。

◆1967 年，刘若愚（James J. Y. Liu）专著《中国游侠》（*The Chinese Knight-Errant*）由美国芝加哥大学出版社出版。第三章"唐朝的游侠"（Chivalric Tales of the T'ang Period）介绍了《红线》《虬髯客传》《聂隐娘》《昆仑奴》。

◆1969 年，马幼垣（Y. W. Ma）发表论文《韩愈的散文写作与传奇文学》（Prose Writings of Han Yu and Ch'uan-ch'i Literature），载《东方研究杂志》（*Journal of Oriental Studies*）第 7 期。

20 世纪 70 年代

◆1973 年，薛爱华（Edward H. Schafer）的专著《神女：唐代文学中的龙女与雨女》（*The Divine Woman: Dragon Ladies and Rain Maidens in T'ang Literature*）由美国加州大学出版社在伯克利、洛杉矶和伦敦三地出版，第五章为"唐代小说中的龙女和水神"，涉及《续玄怪录》《湘中怨辞》《柳毅传》。

◆1973 年，康达维（David R. Knechtges）发表论文《欧洲和中国唐代的梦中遇险故事》（Dream Adventure Stories in Europe and T'ang China），载《淡江评论》（*Tamkang Review*）第 4 卷第 2 期。

◆1973 年，海陶玮发表论文《元稹及其〈莺莺传〉》（Yuan Chen and the Story of Yingying），载《哈佛亚洲研究杂志》（*Harvard Journal of Asiatic Studies*）第 33 卷。

◆1974 年，荣之颖（Angela J. Palandri）发表论文《元稹〈会真记〉：一种重估》（Yuan Chen's "Hui Chen Chi": A Re-Evaluation），载《太平洋海岸语言学》（*Pacific Coast Philology*）第 9 卷。

◆1975 年，马幼垣发表论文《"话本"小说中的游侠》（The Knight-Errant in "hua-pen" Stories），载《通报》（*T'oung Pao*）第 61 卷，涉及《聂隐娘》《红线》等。

◆1976 年，阿德金斯（Curtis P. Adkins）在俄亥俄州立大学完成博士学位论文《唐传奇的神怪：一种原型观》(The Supernatural in T'ang Ch'uan-ch'i Tales：An Archetypal View)。

◆1976 年，艾朗诺 (Ronald Egan) 发表论文《〈游仙窟〉注释本的来源》(On The Origin of The Yu hsien kú Commentary)，载《哈佛亚洲研究杂志》(*Harvard Journal of Asiatic Studies*) 第 36 卷。

◆1976 年，高耀德 (Robert Joe Cutter) 发表论文《〈续玄怪录〉中注释的变化》(A Note on the Transmission of the Hsü Hsüan-kuai lu)，载《美国东方社会杂志》(*Journal of the American Oriental Society*) 第 96 卷第 1 期。

◆1976 年，黑尔斯 (Dell R. Hales) 的论文《中国古典短篇小说里的梦和妖怪》(Dreams and the Daemonic in Traditional Chinese Short Stories) 选入倪豪士 (William H. Nienhauser) 编辑的《中国文学批评论集》(*Critical Essays on Chinese Literature*)，在书中第 71—88 页，由香港中文大学出版。

◆1977 年，荣之颖的专著《元稹》(*Yuan Chen*) 由特怀恩出版公司 (Twayne Publishers) 在波士顿和曼彻斯特出版，作者在"散文小说作家"这部分论述了元稹的《莺莺传》。

◆1977 年，倪豪士 (William H. Nienhauser) 发表论文《〈文苑英华〉中"传"的结构解读》(A Structural Reading of the Chuan in the Wen-yuan ying-hua)，载《亚洲研究杂志》(*The Journal of Asian Studies*) 第 36 卷第 3 期。

◆1978 年，马幼垣编选的《中国传统小说：主题和文类》(*Traditional Chinese Stories：Themes and Variations*) 由纽约哥伦比亚大学出版，翻译了 13 个唐传奇故事，包括《任氏传》《枕中记》《柳毅传》《李娃传》《莺莺传》《冯燕传》《崔书生》《杜子春》《张生》《无双传》《求心录》《非烟传》《鱼玄机笞毙绿翘致戮》。

◆1978 年，曾露凌 (Lorraine Dong) 在华盛顿大学完成博士学位论文《崔莺莺的创造和生活》［The Creation and Life of Cui Yingying（C. 803 - 1969）］。

◆1979 年，苏其康（Francis K. H. So）在华盛顿大学完成博士学位论文《浪漫结构：唐传奇和中古英国故事的一种修辞学解读》（The Romantic Structure：A Rhetorical Approach to Ch'uan-ch'i and Middle English Tales）。

◆1979 年，Tak Him Kam 在康奈尔大学完成博士学位论文《唐传奇的兴起及其叙事艺术》（The Rise of T'ang Ch'uan Ch'i and Its Narrative Art）。

◆1979 年，Sarah McMillan Yim 在耶鲁大学完成博士学位论文《唐传奇的结构、主题和叙述者》（Structure, Theme and Narrator in T'ang Ch'uan-ch'i）。

◆1979 年，黄宗泰（Timothy C. Wong）发表论文《唐代爱情故事中的自我和社会》（Self and Society in Tang Dynasty Love Tales），载《美国东方社会杂志》（*Journal of the American Oriental Society*）第 99 卷第 1 期。

20 世纪 80 年代

◆1980 年，马幼垣发表论文《唐传奇的事实和虚幻》（Fact and Fantasy in T'ang Tales），载《中国文学：论文、文章、评论》（*Chinese Literature：Essays, Articles, Reviews*）第 2 卷第 2 期。

◆1980 年，伊维德（W. L. Idema）发表论文《石君宝的〈曲江池〉和朱有燉的〈曲江池〉：形式内的样式变异》（Shih Chün-pao's and Chu Yu-tun's Ch'ü-chiang-ch'ih：The Variety of Mode within Form），载《通报》（*T'oung Pao*）第 66 卷。

◆1980 年，李耀春（Yao-Chung A. Li）在美国哥伦比亚大学完成博士学位论文《反文化：早期欧洲和中国叙事小说的可疑爱情》（Against Culture：Problematic Love in Early European and Chinese Narrative Fiction）。

◆1980 年，阿德金斯的论文《唐传奇的英雄》（The Hero in T'ang Ch'uan-ch'i Tales）收录在杨力宇（Winston L. Y. Yang）和艾德金斯（Curtis P. Adkins）共同编辑的《中国小说论集》（Critical Essays on Chinese Fiction）第 17—46 页，由香港中文大学出版社出版。

◆1981 年，曾露凌的论文《〈崔莺莺〉的多副面孔》（The Many Faces of Cui Yingying）收录在 Richard W. Guisso 和 Stanley Johannesen 主编的论文集《中国女性：学术史的当前趋势》（Women in China：Current Directions in Historical Scholarship）第 75—98 页，由美国菲洛出版社（Philo Press）出版。

◆1983 年，英国汉学家杜德桥（Glen Dudbridge）的专著《李娃传：一个中国九世纪故事的研究和评论本》（The Tale of Li-wa：Study and Critical Edition of a Chinese Story from the Ninth Century）由伦敦伊萨卡出版社（Ithaca Press）出版。

◆1983 年，英国华裔学者张心沧（H. C. Chang）的专著《中国文学 3：神怪小说》（Chinese Literature 3：Tales of the supernatural）由纽约的哥伦比亚大学出版社出版，录有七篇唐传奇译文，分别是《任氏传》《离魂记》《庐江冯媪传》《薛伟》《李卫公靖》《张逢》《张老》。

◆1983 年，Elizabeth Wang 发表唐传奇译文《唐朝的张老故事》（Chang Lao' Story of Tang），载《东方与西方》（West and East）杂志第 28 卷第 9 期和第 10 期。

◆1984 年，李玉华（Yu-hwa Lee）的专著《中国小说的虚幻和现实：唐传奇爱情主题对比》（Fantasy and Realism in Chinese Fiction：T'ang Love Themes in Contrast），由美国圣弗朗西斯科的中

国材料中心（Chinese Materials Center）出版。

◆1985 年，高辛勇发表论文《中国的诱导故事》（Aspects of Derivation in Chinese Narrative），载《中国文学：论文、文章、评论》（*Chinese Literature：Essays，Articles，Reviews*）第 7 卷第 1/2 期。

◆1985 年，史恺悌（Catherine Swatek）的论文《冲突中的自我：唐传奇变化的范式》（The Self in Conflict：Paradigms of Change in a T'ang Legend）收录在 Robert E. Hegel 和 Richard C. Hessney 共同主编的译文集《中国文学的自我表达》（*Expressions of Self in Chinese Literature*）第 153—188 页，由纽约的哥伦比亚大学出版社出版。

◆1985 年，苏其康发表论文《中古英国传奇和唐传奇的理想主义之比较》（Idealism in Middle English Romance and T'ang Ch'uan-ch'i），载中国台湾《中山大学学报》（*The Journal of National Sun Yat-sen University*）第 2 期。

◆1986 年，高辛勇（Karl S. Y. Kao）编选的《中国古典小说中的神怪和虚幻》（*Classical Chinese Tales of the Supernatural and the Fantastic*）一书由美国印第安纳大学出版社出版。翻译了 36 个唐传奇，部分传奇文首次被翻译。

◆1986 年，高耀德发表论文《历史和〈东城父老传〉》（History and The Old Man of the Eastern Wall），载《美国东方社会杂志》（*Journal of the American Oriental Society*）第 106 卷第 3 期。

◆1986—1987 年，刘绍铭（Joseph S. M. Lau）发表论文《唐传奇的爱情和友谊》（Love and Friendship in T'ang Ch'uan-ch'i），载《华裔学志》（*Monumenta Serica*）第 37 卷。

◆1986 年，苏其康发表论文《早期中国小说和英国小说中叙述者的角色》（The Roles of the Narrator in Early Chinese and English Tales）收录在周英雄主编的《中国文本：比较文学研究》（*The Chi-*

nese Text：*Studies in Comparative Literature*）第 29—60 页，由香港中文大学出版。

◆1987—1988 年，苏其康发表论文《唐传奇中的中东人》（Middle Easterners in the T'ang Tales），载《淡江评论》（*Tamkang Review*）第 18 卷第 1、2、3、4 号。

◆1987 年，蔡涵墨（Charles Edward Hammond）在美国哥伦比亚大学完成博士学位论文《〈太平广记〉中的唐代故事》（T'ang stories in the "T" ai-p'ing Kuang-chi）。

◆1987 年，巫鸿（Hung Wu）发表论文《最早的白猿故事壁画代表作：早期中国小说艺术和文学的跨学科调查》（The Earliest Pictorial Representations of Ape Tales, An Interdisciplinary Study of Early Chinese Narrative Art and Literature），载《通报》（*T'oung Pao*）第 73 卷。

◆1988 年，司马德琳（Madeline K. Spring）发表论文《中国 9 世纪传说中的马和杰出学者》（Fabulous Horses and Worthy Scholars in Ninth-Century China），载《通报》（*T'oung Pao*）第 74 卷。

◆1989 年，高辛勇发表论文《报和报应：中国小说的故事因果关系和外部动机》（Bao and Baoying：Narrative Causality and External Motivations in Chinese Fiction），载《中国文学：论文、文章、评论》（*Chinese Literature：Essays，Articles，Reviews*）第 11 卷。

20 世纪 90 年代

◆1990 年，谢慧贤（Jennifer W. Jay）发表论文《中国唐朝西安妇女的花边新闻：武则天、杨贵妃、鱼玄机和李娃的个人主义》［Vignettes of Chinese Women in T'ang Xi'an（618—906）：Individualism in Wu Zetian，Yang Guifei，Yu Xuanji，and Li Wa］，载《中国文化》（*Chinese Culture*）第 31 卷第 1 期。

◆1990 年，鲁晓鹏（Sheldon Hsiao-peng Lu）在印第安纳大学完成博士学位论文《叙事话语的秩序：中国编史和小说中的问题》（The Order of Narrative Discourse：Problem of Chinese Historiography and Fiction）。

◆1990 年，蔡涵墨发表论文《唐朝传说：历史和传闻》（T'ang Legends：History and Hearsay），载《淡江评论》（Tamkang Review）第 20 卷第 4 期。

◆1993 年，李惠仪（Wai-yee Li）的专著《沉醉和清醒：中国文学中的爱情和虚幻》（Enchantment and Disenchantment：Love and Illusion in Chinese Literature）由普林斯顿大学出版社出版，收录两篇唐传奇的戏剧改编论文，分别是《〈南柯记〉中附属物的分离》（Detachment Through Attachment in The Story of Nan-k'o）和《〈邯郸记〉的讽刺视角》（The Ironic Vision of The Story of Han-tan），在书中第 64—69 页和第 69—77 页。

◆1993 年，蔡九迪（Judith T. Zeitlin）的专著《异史氏：蒲松龄和中国文言小说》（Historian of the Strange：Pu Songling and the Chinese Classical Tale）由斯坦福大学出版社出版，涉及唐传奇《枕中记》《谢小娥传》《南柯太守传》。

◆1993 年，张雪莉（Shirley Chang）在威斯康星大学完成博士学位论文《他者的故事：唐传奇描绘的奇异者》［Stories of the "Others"：The Presentation of the Unconventional Characters in Tang（618—907）Chuanqi］。

◆1993 年，Min Woong Park 在威斯康星大学完成博士学位论文《牛僧儒和他的〈玄怪录〉》［Niu Seng-ju（780—848）and His Hsuan-kuailu］

◆1993 年，司马德琳的著作《中国唐代的动物寓言》（Animal Allegories in T'ang China）由美国的 Eisenbrauns 出版，里面涉及牛

僧儒《玄怪录》的《崔绍》和李复言《续玄怪录》的《驴言》。

◆1993 年，韩瑞亚（Rania Huntington）发表论文《唐传奇的老虎、狐狸和人性边缘》（Tigers，Foxes and the Margins of Humanity in Tang Chuanqi Fiction），载《中国文学第一卷论文集》［Chinese Literature（Cambridge，M. A.）］。

◆1994 年，杜德桥的文章《〈柳毅传〉及其类同故事》（The Tale of Liu Yi and Its Analogue）收录在 Eva Hung 主编的论文集《中国传统文学的悖论》（Paradoxes of Traditional Chinese Literature）第 61—88 页，由香港中文大学出版。

◆1994 年，鲁晓鹏的著作《从史实性到虚构性：中国叙事诗学》（From Historicity to Fictionality：the Chinese Poetics of Narrative）由斯坦福大学出版，第五章"阅读唐代小说：历史、寓言和虚幻"专论唐传奇。

◆1994 年，奚如谷（Stephen H. West）和伊维德共同完成评论文章《西厢记》（Story of the Western Wing），收录在巴巴拉·斯都勒·米勒（Barbara Stoler Miller）编选的《比较视野下的亚洲文学杰作：教学指导书》（Masterworks of Asian Literature in Comparative Perspective：a Guide for Teaching）第 347—360 页，由美国纽约的 M. E. Sharpe 公司出版。

◆1994 年，裴小龙（Xiaolong Qiu）在华盛顿大学完成博士学位论文《中国古典文学里的爱情：中国情欲和儒家伦理》（Love in Classical Chinese Literature：Cathayan Passions vs. Confucian Ethics）。

◆1994 年，倪豪士的论文《唐人载籍中之女性性事及性别双重标准初探》（Female Sexuality and the Double Standard in Tang Narratives：A Preliminary Survey）收录在 Eva Hung 主编的《中国传统文学的悖论》（Paradoxes of Traditional Chinese Literature）第 1—20 页，由香港中文大学出版社出版。

◆1995 年，杜德桥的论文《〈李娃传〉再探》（A Second Look at Li Wa chuan），收录在由欧阳桢桢（Eugene Eoyang）和 Lin Yao-fu 主编的《中国文学翻译》（*Translating Chinese Literature*）第 67—76 页，由印第安纳大学出版社出版。

◆1996 年，陈珏（Jue Chen）发表论文《〈补江总白猿传〉中可能的年代错误和互文回应》（Calculated Anachronisms and Intertextual Echoes in "Bu Jiang Zong baiyuan〔baiyuan〕zhuan"），载《唐研究》（*T'ang Studies*）第 14 期。

◆1996 年，Richard G. Wang 发表论文《柳宗元的河间故事和小说》（Liu Tsung-yuan's Tale of Ho-chien and Fiction），载《唐研究》（*T'ang Studies*）第 14 期。

◆1996 年，宇文所安（Stephen Owen）的著作《中国"中世纪"的终结：中唐文学文化论集》（*The End of the Chinese "Middle Ages"：Essays in Mid-Tang Literary Culture*）由斯坦福大学出版社出版，其中包含论文《〈莺莺传〉：冲突的诠释》（Conflicting Interpretations："Yingying's Story"）和《浪漫传奇》（Romance），分别在书中第 149—173 页、第 130—148 页。

◆1996 年，宇文所安编辑的《中国文学选集——初始至 1911 年》（*An Anthology of Chinese Literature：Beginnings to* 1911）由 W. W. 诺顿公司（W. W. Norton Company）同时在纽约和伦敦出版，翻译了四个唐传奇故事，它们是《任氏传》《李章武传》《霍小玉传》《莺莺传》。

◆1996 年，谢丹尼（Daniel Hsieh）发表论文《〈枕中记〉里被诱惑的梦想、阅读和修辞》（Induced Dreams，Reading，and the Rhetoric of "Chen-chung chi"），载《淡江评论》（*Tamkang Review*）第 27 卷第 1 期。

◆1997 年，陈德鸿（Leo Tak-hung Chan）发表论文《文本和

话语：中国传统古典文学故事和随口口述语境》（Text and Talk：Classical Literary Tales in Traditional China and the Context of Casual Oral Storytelling），载《亚洲民间研究》（*Asian Folklore Studies*）第56卷第1期。

◆1998年，倪豪士发表论文《唐传奇的创造力和讲述故事：沈亚之的唐传奇》（Creativity and Storytelling in the Ch'uan-ch'i：Shen Ya-chih's T'ang Tales），载《中国文学：论文、文章、评论》（*Chinese Literature：Essays，Articles，Reviews*）第20卷。

◆1998年，陈珏发表论文《〈补江总白猿传〉的补充》（A Supplement to Jiang Zong's "Biography of a White Ape"），载《译文》（*Renditions*）杂志第49卷。

◆1999年，陈珏发表论文《含沙射影：中古中国文学中的影射表现模式》（"Shooting Sand at People's Shadow"：Yingshe as a Mode of Representation in Medieval Chinese Literature），载《华裔学志》（*Monumenta Serica*）第47卷。

21世纪初

◆2000年，沈静（Jing Shen）在华盛顿大学完成博士学位论文《传奇剧中的文学借鉴》（The Use of Literature in Chuanqi Drama）。

◆2000年，余宝琳（Pauline Yu）主编的《词语方式：来自中国早期阅读文本的写作》（*Ways with Words：Writing about Reading Texts from Early China*）由美国加利福尼亚大学出版社出版，共收录4篇研究《莺莺传》的论文，包括余宝琳的《莺莺传》（The Story of Yingying），在第182—185页；李惠仪的《〈莺莺传〉的小说文类和动机的混合》（Mixture of Genres and Motives for Fiction in "Yingying's Story"），在第185—192页；柯丽德（Katherine

Carlitz）的《元稹的〈莺莺传〉》（On Yingying zhuan，by Yuan Zhen），在第 192—197 页；包弼德（Peter Bol）的《〈莺莺传〉的阅读视角》（Perspective on Readings of Yingying zhuan），在第 198—201 页。

◆2000 年，闵福德（John Minford）和刘绍铭编选的《中国古典文学，第 1 卷：从远古到唐朝》（*Classical Chinese Literature*，*Volume* 1：*From Antiquity to the Tang Dynasty*）由哥伦比亚大学出版社在纽约和香港两地出版，选入 9 个唐传奇英译故事，分别是《枕中记》《任氏传》《离魂记》《柳毅传》《莺莺传》《虬髯客传》《定婚店》《杜子春》《河间传》。

◆2001 年，谢丹尼的论文《唐传奇中的义和武》（Wen and Wu in T'ang Fiction），载《淡江评论》（*Tamkang Review*）第 31 卷第 3 期。

◆2001 年，保罗·劳泽（Paul Rouzer）的专著《中国早期文本中的女性、性别和男性群体》（*Articulated Ladies*，*Gender and the Male Community in Early Chinese Texts*）由哈佛大学亚洲中心出版，第六章"从礼节到爱情"（From Ritual to Romance）涉及大量唐传奇爱情故事。

◆2001 年，美国汉学家梅维垣（Victor H. Mair）主编的《哥伦比亚中国文学史》（*The Columbia History of Chinese Literature*）由美国哥伦比亚大学出版社出版。其中《唐传奇》（T'ang Tale）这一部分是倪豪士撰写的。

◆2002 年，李惠仪的论文《成为一条鱼：中国文学的长生不老和教化的悖论》（On Becoming a Fish：Paradoxes of Immortality and Enlightenment in Chinese Literature）收录在由 David Shulman and Guy G. Stroumsa 主编的《宗教史的自我和自我变化》（*Self and Self-transformation in the History of Religions*）一书中第 29—56

页，由牛津大学出版社出版。

◆2002 年，唐·昂德尔曼（Don Handelman）的论文《独奏：自我转化中的内在社会性》（Postlude：The Interior Sociality of Self-Transformation）收录在由 David Shulman and Guy G. Stroumsa 主编的《宗教史的自我和自我变化》（*Self and Self-Transformation in the History of Religions*）一书中第 236—253 页，由牛津大学出版社出版。

◆2002—2003 年，丁香（Ding Xiang Warner）发表论文《〈古镜记〉作者和成书时间的再思考》（Rethinking the Authorship and Dating of "Gujing ji"），载《唐研究》（*T'ang Studies*）第 20—21 卷。

◆2003—2004 年，陈珏发表论文《再补谈影射模式的典型〈补江总白猿传〉》（Revisiting the Yingshe Mode of Representation in Supplement to Jiang Zong's Biography of a White Ape），载《远东学报》（*Oriens Extremus*）第 44 卷。

◆2003 年，莎拉·艾兰（Sarah M. Allen）在哈佛大学完成博士学位论文《唐传奇：故事和文本》（Tang Stories：Tales and Texts）。

◆2004 年，蔡凯文（S. C. Kevin Tsai）发表论文《〈李娃传〉的仪式和性别》（Ritual and Gender in the "Tale of Li Wa"），载《中国文学：论文、文章、评论》（*Chinese Literature：Essays，Articles，Reviews*）第 26 卷。

◆2004 年，陈珏发表论文《〈古镜记〉的历史和小说》［History and Fiction in the Gujing ji (Record of an Ancient Mirror)］，载《华裔学志》（*Monumenta Serica*）第 52 卷。

◆2004 年，陈珏发表论文《一面古老镜子的奥秘：中古中国文化历史语境下的〈古镜记〉的阐释》（The Mystery of An "Ancient Mirror"：An Interpretation of Gujing ji in the Context of Medieval Chinese Cultural History），载《东亚历史》（*East Asian History*）第 27 卷。

◆2005 年，杜德桥的论文集《书籍、小说和白话文文化：中国研究论文集》（*Books，Tales and Vernacular Culture：Selected Papers on China*）由 Brill 公司出版。

◆2005—2006 年，蒋兴珍（Sing-chen Lydia Chiang）发表论文《唐代奇闻集里的诗意和虚构性》（Poetry and Fictionality in Tang Records of Anomalies），载《唐研究》（*T'ang Studies*）第 23、24 期，讲述了唐传奇的奇遇故事《元无有》《来君绰》《柳归舜》《滕庭俊》《姚康成》。

◆2006 年，罗曼琳（Manling Luo）在华盛顿大学完成博士学位论文《唐传奇的对话机制：文人身份建构和传奇写作》（Discourse Formation in Tang Tales：Literati Identity Construction and the Writing of Chuanqi）。

◆2006 年，莎拉·艾兰发表论文《重述故事：一个唐代故事的变异》（Tales Retold：Narrative Variation in a Tang Story），载《哈佛亚洲研究杂志》（*Harvard Journal of Asiatic Studies*）第 66 卷第 1 期。

◆2007 年，倪豪士发表论文《〈李娃传〉三探》（A Third Look at "Li Wa Zhuan"），载《唐研究》（*T'ang Studies*）第 25 卷。

◆2007 年，蒋兴珍发表论文《〈玄怪录〉的道家修仙和唐代文人身份认同》［Daoist Transcendence and Tang Literati Identities in "Records of Mysterious Anomalies" by Niu Sengru（780—848）］，载《中国文学：论文、文章、评论》（*Chinese Literature：Essays，Articles，Reviews*）第 29 卷。

◆2008 年，谢丹尼的专著《中国早期小说中的爱情和妇女》（*Love and Women in Early Chinese Fiction*）由香港中文大学出版社出版，这是一部唐代小说研究论著，涉及二十多个唐传奇文本。

◆2008 年，蔡凯文在普林斯顿大学完成博士学位论文《中国和拉丁文学中隐秘的男性符号》（The Allusive Manufacture of Men Chinese and Latin Literature）。

◆2008 年，冯睿（Linda Rui Feng）在美国哥伦比亚大学完成博士学位论文《年轻的置换：唐传奇中的城市、旅行和叙事的形成》（Youthful Displacement：City，Travel and Narrative Formation in Tang Tales）。

◆2009 年，卡丽·里德（Carrie E. Reed）发表论文《〈南柯太守传〉的死亡讯息》（Messages from the Dead in "Nanke Taishou zhuan"），载《中国文学：论文、文章、评论》（*Chinese Literature*：*Essays*，*Articles*，*Reviews*）第 31 卷。

◆2009 年，卡丽·里德发表论文《平行世界、延伸的时间和虚幻现实：唐传奇〈杜子春〉》（Parallel Worlds，Stretched Time，and Illusory Reality：The Tang Tale "Du Zichun"），载《哈佛亚洲研究杂志》（*Harvard Journal of Asiatic Studies*）第 69 卷专刊第 2 期。

◆2009 年，王静（Jing Wang）在美国威斯康星大学麦迪逊分校完成博士学位论文《唐传奇和唐诗背景下〈北里志〉里的妓女文化》［Courtesan Culture in the "Beili Zhi"（Records of the Northern Quarter）in the Context of Tang Tales and Poems］。

21 世纪 10 年代

◆2010 年，洪越（Yue Hong）在哈佛大学完成博士学位论文《中国唐代 9 世纪浪漫爱情的对话》（The Discourse of Romantic Love in Ninth Century Tang China）。

◆2010 年，David Allen Herrmann 在美国威斯康星大学麦迪逊分校完成博士学位论文《〈张老〉的地位和诠释：〈续玄怪录〉作者和文本的关键点》（The Construction and Positioning of "Chang Lao": A Key to the Authorship and Contents of the Hsü Hsüan-kuai lu）。

◆2010 年，陈珏的专著《〈古镜记〉：跨学科解读》（*Record of an Ancient Mirror：an Interdisciplinary Reading*）由德国威斯巴登 Harrassowitz Verlag 出版社出版。

◆2010 年，倪豪士主编的《唐代故事阅读指南》（*Tang Dynasty Tales：A Guided Reader*）由世界科学出版公司在新加坡、哈肯萨克和伦敦三地出版，翻译了 6 个唐传奇作品，包括《红线》《杜子春》《枕中记》《南柯太守传》《虬髯客传》《霍小玉传》。

◆2010 年，宇文所安和孙康宜（Kang-i Sun Chang）共同编撰的《剑桥中国文学史》（*The Cambridge History of Chinese Literature*）由剑桥大学出版社出版，这也是迄今为止最有影响力的中国文学史。在"文化唐朝"这一章，论及《任氏传》《莺莺传》《长恨歌传》。

◆2011 年，冯睿发表论文《唐代小说中的长安和旅途故事》（Chang'an and Narratives of Experience in Tang Tales），载《哈佛亚洲研究杂志》（*Harvard Journal of Asiatic Studies*）第 71 卷专刊第 1 期。

◆2014 年，莎拉·艾兰的专著《变化的故事：中国唐代故事中的历史、流言和传说》（*Shifting Stories：History，Gossip，and Lore in Narratives from Tang Dynasty China*）由哈佛大学亚洲中心出版。

◆2015 年，罗曼琳的专著《中国中古晚期的文人讲述者》（*Literati Storytelling in Late Medieval China*）由华盛顿大学出版社出版。

参考文献

一 中文参考文献

（一）著作

卞孝萱：《唐传奇新探》，江苏教育出版社 2001 年版。

卞孝萱：《唐人小说与政治》，鹭江出版社 2003 年版。

曹顺庆：《比较文学教程》，高等教育出版社 2006 年版。

曹顺庆：《南橘北枳：曹顺庆教授讲比较文学变异学》，中央编译出版社 2014 年版。

陈文新：《传统小说与小说传统》，武汉大学出版社 2007 年版。

陈寅恪：《元白诗笺证稿》，文学古籍刊行社 1955 年版。

程国赋：《唐代小说嬗变研究》，广东人民出版社 1997 年版。

程国赋、蔡亚平：《唐代小说学术档案》，武汉大学出版社 2015 年版。

程千帆：《唐代进士行卷与文学》，上海古籍出版社 1980 年版。

程毅中：《唐代小说史》，人民文学出版社 2003 年版。

董乃斌：《中国古典小说的文体独立》，中国社会科学出版社 1994 年版。

傅璇琮：《唐代科举与文学》，陕西人民出版社 2007 年版。

葛桂录主编：《中英文学关系编年史》，上海三联书店 2004 年版。

顾伟列主编：《20世纪中国古代文学国外传播与研究》，华东师范大学出版社2011年版。

韩云波：《唐代小说观念与小说兴起研究》，四川民族出版社2002年版。

侯建：《国外学者看中国文学》，（台北）中央文物供应社1982年版。

黄大宏：《唐代小说重写研究》，重庆出版社2004年版。

黄鸣奋主编：《英语世界中国古典文学之传播》，学林出版社1997年版。

季进：《彼此的视界》，复旦大学出版社2014年版。

江守义：《唐传奇叙事》，安徽人民出版社2006年版。

李昉：《太平广记》（全十册），中华书局1961年版。

李剑国：《唐五代志怪传奇叙录》，南开大学出版社1993年版。

李军均：《传奇小说文体研究》，华中科技大学出版社2007年版。

李鹏飞：《唐代非写实小说之类型研究》，北京大学出版社2004年版。

李宗为：《唐人传奇》，中华书局1985年版。

刘开荣：《唐代小说研究》，商务印书馆1955年版。

刘象愚：《从比较文学到比较文化》，复旦大学出版社2011年版。

刘瑛：《唐代传奇研究》，（台北）正中书局1999年版。

鲁迅：《唐宋传奇集》，浙江文艺出版社2013年版。

鲁迅：《中国小说史略》，商务印书馆2011年版。

马祖毅、任荣珍：《汉籍外译史》，湖北教育出版社1997年版。

〔美〕倪豪士：《传记与小说——唐代文学比较研究》，中华书局2007年版。

〔美〕浦安迪：《中国叙事学》，北京大学出版社1996年版。

宋柏年：《中国古典文学在国外》，北京语言学院出版社1994年版。

宋莉华：《西方早期中国古典小说研究珍稀资料选刊》，社会科学文献出版社 2021 年版。

孙景尧：《沟通之道》，复旦大学出版社 2011 年版。

王丽娜：《中国古典小说戏曲名著在国外》，学林出版社 1988 年版。

王梦鸥：《唐人小说校释》（上、下），（台北）正中书局 1983 年版、1985 年版。

王辟疆：《唐人小说》，上海古籍出版社 1978 年版。

王汝涛：《唐代小说与唐代政治》，岳麓书社 2005 年版。

熊文华：《英国汉学史》，学苑出版社 2007 年版。

夏康达、王晓平：《二十世纪国外中国文学研究》，天津人民出版社 2000 年版。

［美］宇文所安：《中国"中世纪"的终结：中唐文学文化论集》，陈引驰、陈磊译，生活·读书·新知三联书店 2006 年版。

乐黛云主编：《欧洲中国古典文学研究名家十年文选》，江苏人民出版社 1998 年版。

张海惠：《北美中国学：研究概述与文献资源》，中华书局 2010 年版。

张弘：《中国文学在英国》，花城出版社 1992 年版。

赵毅衡：《当说者被说的时候——比较叙述学导论》，四川文艺出版社 2013 年版。

赵毅衡：《苦恼的叙述者》，四川文艺出版社 2013 年版。

张西平、孙健编：《中国古代文化在世界：以 20 世纪为中心》，大象出版社 2017 年版。

（二）硕博学位论文

甘晓蕾：《唐传奇意象英译的主体介入》，硕士学位论文，华东师范大学，2007 年。

何文静：《英语世界中国早期文言短篇小说翻译研究——以唐代传奇为例》，博士学位论文，上海外国语大学，2016 年。

贾彦彬：《二十世纪唐传奇研究综述》，硕士学位论文，东北师范大学，2007 年。

李艾岭：《宇文所安唐代传奇英译的描述性翻译研究》，硕士学位论文，西南财经大学，2008 年。

李明中：《1911 年后唐传奇研究之路的探索》，硕士学位论文，陕西理工学院，2011 年。

武彬：《唐传奇中的佛、道观》，博士学位论文，陕西师范大学，2008 年。

魏颉：《英语世界的〈莺莺传〉与〈李娃传〉研究》，硕士学位论文，北京外国语大学，2019 年。

吴姣姣：《唐传奇误译探微》，硕士学位论文，华东师范大学，2017 年。

席珍彦：《宇文所安中国古典文学英译述评》，硕士学位论文，四川大学，2005 年。

杨雪：《唐传奇题材演变与影响论稿》，博士学位论文，吉林大学，2014 年。

祖国颂：《唐传奇时空艺术研究》，博士学位论文，福建师范大学，2009 年。

（三）期刊论文

柏寒：《略论中国古典文学的世界影响》，《重庆师院学报》（哲学社会科学版）1994 年第 1 期。

卞孝萱：《唐传奇新探》，《扬州师院学报》（社会科学版）1995 年第 3 期。

卞孝萱：《文史互证与唐传奇研究》，《北京大学学报》（哲学社会科学版）2009 年第 2 期。

陈平原：《江湖仗剑远行游——唐宋传奇中的侠》，《文艺评论》1990 年第 2 期。

陈桥生：《唐传奇叙事模式的演进》，《宁夏大学学报》（人文社会
　　科学版）1995 年第 17 期。

程国赋：《〈古镜记〉研究综述》，《晋阳学刊》1992 年第 6 期。

程国赋：《〈莺莺传〉研究综述》，《文史研究》1992 年第 12 期。

程国赋：《〈李娃传〉研究综述》，《江汉论坛》1993 年第 4 期。

房芳：《唐传奇英译中的虚涵数意——以〈虬髯客传〉三个译本
　　为例》，《唐山文学》2017 年第 8 期。

冯孟琦：《20 世纪 80 年代以来我国唐代传奇小说研究综述》，《华
　　南师范大学学报》2004 年第 1 期。

关四平：《唐传奇〈霍小玉传〉新解》，《文学遗产》2005 年第 4 期。

顾友泽：《目录学观照下唐传奇作品的发掘及其反思》，《南通大
　　学学报》（社会科学版）2008 年第 4 期。

韩云波、青衿：《初盛唐佛教小说与唐传奇的文体发生》，《浙江
　　大学学报》（人文社会科学版）2000 年第 6 期。

何萃：《二战以来海外中国小说研究简说》，《文艺理论研究》2006
　　年第 1 期。

何文静：《英语世界唐代小说翻译的非文学取向》，《三峡大学学
　　报》（人文社会科学版）2017 年第 6 期。

何文静：《英语世界的唐代小说译介：翻译历史与研究现状》，《三
　　峡大学学报》（人文社会科学版）2019 年第 6 期。

黄鸣奋：《近四世纪英语世界中国古典文学之流传》，《学术交流》
　　1995 年第 3 期。

黄仁生：《论唐传奇在中国文学史上的演进与贡献》，《复旦学报》
　　（社会科学版）2011 年第 1 期。

蒋寅：《20 世纪海外唐代文学研究一瞥》，《求索》2001 年第 5 期。

路云亭：《道教与唐代豪侠小说》，《晋阳学刊》1994 年第 4 期。

李炳海：《女权的强化与妇女形象的重塑——唐传奇女性品格刍

议》,《学术交流》1996 年第 3 期。

李时人、詹绪左:《〈游仙窟〉的日本古钞本和古刊本》,《上海师范大学学报》(哲学社会科学版) 2006 年第 3 期。

李钊平:《结构模式及其在唐宋传奇小说中的运用》,《社会科学辑刊》2001 年第 5 期。

梁瑜霞、邹媛:《二〇〇四年唐传奇小说研究综述》,《唐都学刊》2006 年第 1 期。

刘贞、唐伟胜:《再论唐传奇篇名的英译:一种文类视角》,《解放军外国语学院学报》2019 年第 2 期。

刘彦钊:《唐代传奇小说简论》,《山西师大学报》(社会科学版) 1985 年第 1 期。

罗南超:《唐传奇在中国小说发展中的地位和作用》,《华中师范大学学报》(哲学社会科学版) 1994 年第 3 期。

马兴国:《〈游仙窟〉在日本的流传及影响》,《日本研究》1987 年第 4 期。

马兴国:《唐传奇小说与日本近代文学》,《日本研究》1991 年第 3 期。

马兴国:《唐传奇小说与日本江户文学》,《日本研究》1991 年第 4 期。

孟祥荣:《唐人小说二题》,《文学遗产》1991 年第 1 期。

孟昭连:《论唐传奇"文备众体"的艺术体制》,《南开学报》2000 年第 4 期。

沈天水:《唐人小说与唐代婚姻法》,《蒲松龄研究》2004 年第 4 期。

孙逊、潘建国:《唐传奇文体考辨》,《文学遗产》1999 年第 6 期。

石育良:《唐传奇中的两性故事》,《中山大学学报》(社会科学版) 2003 年第 4 期。

谭正璧、谭寻:《唐人传奇与后代戏剧》,《文献》1982 年第 3 期。

唐骥：《鲁迅对唐宋传奇的研究》，《宁夏大学学报》（社会科学版）1996 年第 4 期。

王国军：《〈李娃传〉用典与女性李娃的男性特质》，《兰州教育学院学报》2008 年第 4 期。

王枝忠：《关于唐代传奇和话本的比较研究》，《甘肃社会科学》1987年第 5 期。

王运熙：《试论唐传奇与古文运动的关系》，《文学遗产》1957 年第 182 期。

吴志达：《史传、志怪、传奇——唐人传奇溯源》，《武汉大学学报》（哲学社会科学版）1980 年第 1 期。

胥洪泉：《论道教对唐代传奇创作的影响》，《四川师范大学学报》（社会科学版）1990 年第 4 期。

夏秋权：《唐代爱情小说女性形象类型及其意义初探》，《殷都学刊》1999 年第 1 期。

谢真元：《唐人小说中人神恋模式及其文化意蕴》，《社会科学研究》1999 年第 4 期。

许浩然：《英国汉学家杜德桥与〈李娃传〉研究》，《海南大学学报》（人文社会科学版）2012 年第 4 期。

严正广：《浅谈唐代的爱情小说》，《求是学刊》1982 年第 3 期。

于兴汉：《唐传奇：模仿的艺术》，《山西师大学报》（社会科学版）1997 年第 2 期。

张跃生：《佛教文化与唐代传奇小说》，《华中理工大学学报》（社会科学版）1997 年第 2 期。

周发祥：《近年来西方的中国文学研究一瞥》，《文学研究参考》1987 年第 7 期。

周以量：《唐传奇〈离魂记〉在日本禅林中的接受》，《北京大学学报》（哲学社会科学版）2006 年第 1 期。

朱迪光：《唐代小说研究发覆》，《中国文学研究》2004 年第 4 期。

朱政惠：《"北美中国学的历史与现状"国际学术研讨会述评》，《史学理论研究》2012 年第 1 期。

张莉莉：《英语世界唐传奇译介的定量研究》，《中外文化与文论》2018 年第 2 期。

二 英文参考文献

（一）英文研究专著

Allen, Sarah M. , *Shifting Stories: History, Gossip, and Lore in Narratives from Tang Dynasty China*, Cambridge: Harvard University Asia Center, 2014.

Chan, Leo Tak-hung, *One into Many: Translation and the Dissemination of Classical Chinese Literature*, Amsterdam-New York: Editions Rodopi B. V. , 2003.

Chen, Jue. , *Record of an Ancient Mirror: an Interdisciplinary Reading*, Wiesbaden: Harrassowitz Verlag, 2010.

Dudbridge, Glen. , *The Tale of Li Wa*, London: Ithaca Press, 1983.

Dudbridge, Glen. , *Books, Tales and Vernacular Culture: Selected Papers on China*, Leiden, Boston: Brill, 2005.

Edwards, E. D. , *Chinese Prose Literature of the T'ang Period*, *A. D. 618 – 906*, London: Arthur Probsthain, 1938.

Gulik, R. H. Van, *Sexual Life in Ancient China: a Preliminary Survey of Chinese Sex and Society from ca. 1500 B. C. till 1644 A. D. *, Leiden, Boston: Brill, 2003.

Hsieh, Daniel, *Love and Women in Early Chinese Fiction*, Hong Kong: The Chinese University Press, 2008.

Lee, Yu-hwa, *Fantasy and Realism in Chinese Fiction: T'ang Love*

Themes in Contrast, San Francisco: Chinese Materials Center, 1984.

Lewis, C. S. , *The Allegory of Love: A Study in Medieval Tradition*, London: Oxford University Press, 2013.

Li, Wai-yee, *Enchantment and Disenchantment: Love and Illusion in Chinese Literature*, Princeton: Princeton Press, 1993.

Liu, James J. Y. , *The Chinese Knight-Errant*, Chicago: University of Chicago Press, 1967.

Lu, Sheldon Hsiao-peng, *From Historicity to Fictionality: the Chinese Poetics of Narrative*, Stanford: Stanford University Press, 1994.

Luo, Manling, *Literati Storytelling in Late Medieval China*, Seattle, London: University of Washington Press, 2015.

Miller, Barbara Stoler, *Masterworks of Asian literature in Comparative Perspective: A Guide for Teaching*, Armonk, N. Y. : M. E. Sharpe, 1994.

Owen, Stephen, *The End of the Chinese "Middle Ages": Essays in Mid-Tang Literary Culture*, Stanford: Stanford University Press, 1996.

Palandri, Angela J. , *Yuan Chen*, Boston; Massachusetts Twayne Pub. , 1977.

Rouzer, Paul, *Articulated Ladies: Gender and the Male Community in Early Chinese Texts*, Combridge: Harvard University Asia Center, 2001.

Schafer, Edward H. , *The Divine Woman: Dragon Ladies and Rain Maidens in T'ang Literature*, Berkeley: University of California Press, 1973.

Spring, Madeline K. , *Animal Allegories in T'ang China*, New Haven, Conn.：American Oriental Society，1993.

Zeitlin，Judith T.，*Historian of the Strange：Pu Songling and the Chinese Classical Tale*，Stanford：Stanford University Press，1993.

（二）英文博士学位论文

Adkins，Curtis P.，The Supernatural in T'ang Ch'uan-ch'i Tales：An Archetypal View，Ph. D. dissertation，Ohio State University，1976.

Allen，Sarah M.，Tang Stories：Tales and Texts，Ph. D. dissertation，Harvard University，2003.

Chang，Shirley，Stories of the "Others"：The Presentation of the Unconventional Characters in Tang（618 – 907）Chuanqi，Ph. D. dissertation，University of Wisconsin-Madison，1993.

Dong，Lorraine，The Creation and Life of Cui Yingying（C. 803 – 1969），Ph. D. dissertation，University of Washington，1978.

Feng，Linda Rui，Youthful Displacement：City，Travel and Narrative Formation in Tang Tales，Ph. D. dissertation，Columbia University，2008.

Hammond，Charles Edward，T'ang stories in the "T'ai-p'ing Kuang-chi"，Ph. D. dissertation，Columbia University，1987.

Herrmann，David Allen，The Construction and Positioning of "Chang Lao"：A Key to the Authorship and Contents of the Hsü Hsüan-kuai lu，Ph. D. dissertation，Wisconsin-madison University，2010.

Hong，Yue，The Discourse of Romantic Love in Ninth Century Tang China，Ph. D. dissertation，Harvard University，2010.

Kam，Tak Him，The Rise of T'ang Ch'uan Ch'i and Its Narrative Art，Ph. D. dissertation，Cornell University，1979.

Li，Yao-Chung A.，Against Culture：Problematic Love in Early European and Chinese Narrative Fiction，Ph. D. dissertation，Columbia University, 1980.

Lu, Sheldon Hsiao-peng, The Order of Narrative Discourse: Problem of Chinese Historiography and Fiction, Ph. D. dissertation, Indiana University, 1990.

Luo, Manling, Discourse Formation in Tang Tales: Literati Identity Construction and the Writing of Chuanqi (China), Ph. D. dissertation, Washington University, 2006.

Park, Min Woong, Niu Seng-ju (780 – 848) and His Hsuan-kuailu, Ph. D. dissertation, University of Wisconsin-Madison, 1993.

Qiu, Xiaolong, Love in Classical Chinese Literature: Cathayan Passions vs. Confucian Ethics, Ph. D. dissertation, Washington University, 1994.

Shen, Jing, The Use of Literature in Chuanqi Drama, Ph. D. dissertation, Washington University, 2000.

So, Francis, Kei-hong, The Romantic Structure: A Rhetorical Approach to Ch'uan-ch'i and Middle English Tales, Ph. D. dissertation, University of Washington, 1979.

Tsai, S-C Kevin, The Allusive Manufacture of Men Chinese and Latin Literature, Ph. D. dissertation, University of Princeton, 2008.

Wang, Jing, Courtesan Culture in the "Beili zhi" (Records of the Northern Quarter) in the Context of Tang Tales and Poems, Ph. D. dissertation, The University of Wisconsin-Madison, 2009.

Yim, Sarah McMillan, Structure, Theme and Narrator in T'ang Ch'uan-ch'i, Ph. D. dissertation, Yale University, 1979.

（三）英文期刊论文

Adkins, Curtis P. , "The Hero in T'ang Ch'uan-ch'i Tales", in Winston L. Y. Yang and Curtis P. Adkins, eds. , *Critical Essays on*

Chinese Fiction, Hong Kong: The Chinese University Press, 1980.

Allen, Sarah, "Tales Retold: Narrative Variation in a Tang Story", *Harvard Journal of Asiatic Studies*, Vol. 66, No. 1, 2006.

Bol, Peter, "Perspective on Readings of Yingying zhuan", in Pauline Yu, ed., *Ways with Words: Writing about Reading Texts from Early China*, Berkeley and Los Angeles: University of California Press, 2000.

Carlitz, Katherine, "On Yingying zhuan, by Yuan Zhen", in Pauline Yu., ed., *Ways with Words: Writing about Reading Texts from Early China*, Berkeley and Los Angeles: University of California Press, 2000.

Chan, Leo Tak-Hung, "Text and Talk: Classical Literary Tales in Traditional China and the Context of Casual Oral Storytelling", *Asian Folklore Studies*, Vol. 56, No. 1, 1997.

Chang, Han-liang, "The Yang Lin Story Series: A Structural Analysis", in *China and the West: Comparative Literature Studies*, William Tay, Ying-hsiung Chou, and Heh-hsiang Yuan, eds., Hong Kong: The Chinese University Press, 1980.

Chang, Han-liang, "Towards a Structural Generic Theory of T'ang Ch'uan-ch'i", in John J. Deeney, ed., *Chinese-Western Comparative Literature: Theory and Strategy*, Seattle: University of Washington, 1980.

Chen, Jue., "A Supplement to Jiang Zong's 'Biography of a White Ape'", *Renditions*, 49, 1998.

Chen, Jue., "Calculated Anachronisms and Intertextual Echoes in 'Bu Jiang Zong baiyuan [baiyuan] zhuan'", *Tang Studies*, Vol. 14, 1996.

Chen, Jue. , "History and Fiction in the Gujing ji (Record of an Ancient Mirror)", *Monumenta Serica*, Vol. 52, 2004.

Chen, Jue. , "Revisiting the Yingshe Mode of Representation in Supplement to Jiang Zong's Biography of a White Ape", *Oriens Extremus*, Vol. 44, 2003 – 2004.

Chen, Jue. , " 'Shooting Sand at People's Shadow' : Yingshe as a Mode of Representation in Medieval Chinese Literature", *Monumenta Serica*, Vol. 47, 1999.

Chen, Jue. , "The Mystery of an 'Ancient Mirror' : An Interpretation of Gujing ji in the Context of Medieval Chinese Cultural History", *East Asian History*, Vol. 27, 2004.

Chiang, Sing-chen Lydia, "Daoist Transcendence and Tang Literati Identities in 'Records of Mysterious Anomalies' by NiuSengru (780 – 848)", *Chinese Literature : Essays, Articles, Reviews*, No. 29, 2007.

Chiang, Sing-chen Lydia, "Poetry and Fictionality in Tang Records of Anomalies", *T'ang Studies*, Vol. 23/24, 2005 – 2006.

Cutter, Robert Joe. , "A Note on the Transmission of the Hsiü Hsüan-kuai lu", *Journal of the American Oriental Society*, Vol. 96, No. 1, 1976.

Cutter, Robert Joe. , "History and The Old Man of the Eastern Wall", *Journal of the American Oriental Society*, Vol. 106, No. 3, 1986.

Dong, Lorraine, "The Many Faces of Cui Yingying", in Richard W. Guisso and Stanley Johannesen, eds. , *Women in China : Current Directions in Historical Scholarship*, Youngstown, NY : Philo Press, 1981.

Dudbridge, Glen, "A Second Look at Li Wa chuan", in Eugene Eoyang and Lin Yao-fu, eds. , *Translating Chinese Literature*, Bloomington, Indiana: Indiana University Press, 1995.

Dudbridge, Glen, "The Tale of Liu Yi and Its Analogues", in Eva Hung, ed. , *Paradoxes of Traditional Chinese Literature*, Hong Kong: The Chinese University Press, 1994.

Edward Hammond, Charles, "T'ang Legends: History and Hearsay", *Tamkang Review*, Vol. 20, No. 4, 1990.

Egan, Ronald, "On The Origin of The Yu hsien k'u Commentary", *Harvard Journal of Asiatic Studies*, Vol. 36, 1976.

Hales, Dell R. , "Dreams and the Daemonic in Traditional Chinese Short Stories", in William Nienhauser, ed. , *Critical Essays on Chinese Literature*, Hong Kong: The Chinese University Press, 1976.

Handelman, Don, "Postlude: The Interior Sociality of Self-Transformation", in David Shulman and Guy G. Stroumsa, eds. , *Self and Self-Transformation in the History of Religions*, Oxford; New York: Oxford University Press, 2002.

Hightower, James Robert, "Yuan Chen and 'The Story of Yingying'", *Harvard Journal of Asiatic Studies*, Vol. 33, 1973.

Hsieh, Daniel, "Induced Dreams, Reading, and the Rhetoric of 'Chen-chung chi'", *Tamkang Review*, Vol. 27, No. 1, 1996.

Hsieh, Daniel, "Wen and Wu in T'ang Fiction", *Tamkang Review*, Vol. 31, No. 3, 2001.

Huntington, Rania, "Tigers, Foxes and the Margins of Humanity in Tang Chuanqi Fiction", *Chinese Literature* (Cambridge, M. A.), No. 1, 1993.

Idema, W. L. , " Shih Chün-pao's and Chu Yu-tun's Ch'ü-chiang-ch'ih: The Variety of Mode within Form", *T'oung Pao*, Second

Series, Vol. 66, 1980.

Jay, W. Jennifer, "Vignettes of Chinese Women in T'ang Xi'an (618 – 906): Individualism in Wu Zetian, Yang Guifei, Yu Xuanji, and Li Wa", *Chinese Culture*, Vol. 31, No. 1, 1990.

Kao, Karl S. Y., "Aspects of Derivation in Chinese Narrative", *Chinese Literature: Essays, Articles, Reviews*, No. 7, 1985.

Kao, Karl S. Y., "Bao and Baoying: Narrative Causality and External Motivations in Chinese Fiction", *Chinese Literature: Essays, Articles, Reviews*, Vol. 11, 1989.

Knechtges, David R., "Dream Adventure Stories in Europe and T'ang China", *Tamkang Review*, 4 (2), 1973.

Kominami, Ichiro, "T'ang-dynasty Ch'uan-ch'i Stories: From the Narrative Locus to the Written Work", *Acta Asiatica*, Vol. 82, 2002.

Kubin, Wolfgang, "The Girl from Chang'an Walks by: Towards the Image of Women in the Tang Dynasty", *Chinese Literature: Essays, Articles, Reviews*, Vol. 30, 2008.

Lau, Joseph S. M., "Love and Friendship in T'ang Ch'uan-ch'i", *Monumenta Serica*, Vol. 37, 1986 – 1987.

Leo, T. Y., "The Romance of the Western Pavilion: A Chinese Tales of the Eighth Century", *Asia*, Vol. 20, 1920.

Levy, Howard S., "Love themes in T'ang literature", *Orient/West* 7, No. 1, 1962.

Levy, Howard S., "T'ang Courtesans, Ladies and Concubines", *Orient/West*, Vol. 7, No. 3, 1962.

Li, Wai-yee, "Mixture of Genres and Motives for Fiction in 'Yingying's Story'", in Pauline Yu, ed., *Ways with Words: Writing about Reading Texts from Early China*, Berkeley and Los Angeles: University of California Press, 2000.

Li, Wai-yee, "On Becoming a Fish: Paradoxes of Immortality and Enlightenment in Chinese Literature", in David Shulman and Guy G. Stroumsa, eds., *Self and Self-transformation in the History of Religions*, Oxford; New York: Oxford University Press, 2002.

Ma, Y. W., "Fact and Fantasy in T'ang Tales", *Chinese Literature: Essays, Articles, Reviews*, Vol. 2, No. 2, 1980.

Ma, Y. W., "Prose Writings of Han Yu and Ch'uan-ch'i Literature", *Journal of Oriental Studies*, No. 7, 1969.

Ma, Y. W., "The Knight-Errant in 'hua-pen' Stories", *T'oung Pao*, Second Series, Vol. 61, 1975.

McMahon, Keith, "The Classic 'Beauty-Scholar' Romance and the Superiority of the Talented Woman", in Angela Zito and Tani E. Barlow, eds., *Body, Subject, and Power in China*, Chicago: University of Chicago Press, 1994.

Nienhauser, William H., "A Structural Reading of the Chuan in the Wen-yuan ying-hua", *The Journal of Asian Studies*, Vol. 36, No. 3, 1977.

Nienhauser, William H., "A Third Look at 'Li Wa Zhuan'", *T'ang Studies*, Vol. 25, 2007.

Nienhauser, William H., "Creativity and Storytelling in the Ch'uan-ch'i: Shen Ya-chih's T'ang Tales", *Chinese Literature: Essays, Articles, Reviews*, Vol. 20, 1998.

Nienhauser, William H., "Female Sexuality and the Double Standard in Tang Narratives: A Preliminary Survey", in Eva Hung, ed., *Paradoxes of Traditional Chinese Literature*, Hong Kong: The Chinese University Press, 1994.

Palandri, Angela J. , "Yuan Chen's 'Hui Chen Chi': A Re-Evalua-
tion", *Pacific Coast Philology*, Vol. 9, 1974.

Reed, Carrie E. , "Messages from the Dead in 'Nanke Taishou zhuan'",
Chinese Literature: Essays, Articles, Reviews, Vol. 31, 2009.

Reed, Carrie E. , "Parallel Worlds, Stretched Time, and Illusory
Reality: the Tang Tale 'Du Zichun'", *Harvard Journal of Asiat-
ic Studies*, Vol. 69, 2009.

Schafer, Edward H. , "Iranian Merchants in T'ang Tales", *University
of California Publications in Semitic Philology*, IX, 1951.

Schafer, Edward H. , "The Table of Contents of the 'T'ai p'ing kuang
chi'", *Chinese Literature: Essays, Articles, Reviews*, Vol. 2, No. 2,
1980.

So, Francis K. H. , "The Roles of the Narrator in Early Chinese and
English Tales", in Ying-hsiung Chou, ed. , *The Chinese Text:
Studies in Comparative Literature*, Hong Kong: The Chinese Uni-
versity Press, 1986.

So, Francis K. H. , "Idealism in Middle English Romance and T'ang
Ch'uan-ch'I", *The Journal of National Sun Yat-sen University*, Vol.
2, 1985.

So, Francis K. H. , "Middle Easterners in the T'ang Tales", *Tam-
kang Review*, 18. 1 – 4, 1987 – 1988.

Swatek, Catherine, "The Self in Conflict: Paradigms of Change in a
T'ang Legend", in Robert E. Hegel and Richard C. Hessney eds. ,
Expressions of Self in Chinese Literature, New York: Columbia Uni-
versity Press, 1985.

Tasai, S. C. Kevin, "Ritual and Gender in the 'Tale of Li Wa'",
Chinese Literature: Essays, Articles, Reviews, Vol. 26, 2004.

Waley, Arthur, "Colloquial in the Yu-hsien k'u", *Bulletin of the School of Oriental and African Studies*, *University of London*, 29, 1966.

Wang, Richard G., "Liu Tsung-yüan's 'Tale of Ho-chien' and Fiction", *T'ang Studies*, Vol. 14, 1996.

Wang, Chung-han, "The Authorship of the Yu-hsien K'u", *Harvard Journal of Asiatic Studies*, Vol. 11, 1948.

Warner, Ding Xiang, "Rethinking the Authorship and Dating of 'Gujing ji'", *T'ang Studies*, Vol. 20 – 21, 2002 – 2003.

Wong, Timothy C., "Self and Society in Tang Dynasty Love Tales", *Journal of the American Oriental Society*, Vol. 99, No. 1, 1979.

Wu, Hung, "The Earliest Pictorial Representations of Ape Tales, An Interdisciplinary Study of Early Chinese Narrative Art and Literature", *T'oung Pao*, LXXIII, 1987.

Yu, Pauline, "The Story of Yingying", in Pauline Yu, ed., *Ways with Words: Writing about Reading Texts from Early China*, Berkeley and Los Angeles: University of California Press, 2000.